書中自有圓如玉 1

風文創 923

清棠 著

目錄

序文

清棠

早晨醒來，慣例先開手機。

「叮叮叮」的訊息提示音接連響起，點開一看，才發現是自己的生日將至，這些訊息，全是祝福簡訊。

有些是朋友從遠方發來的心意，有些是合作客戶的貼心關懷，剩下的，全是鋪天蓋地的生日範本，從網路店鋪到實體店家，從銀行到理髮店，各行各業，無一遺漏，好些店家甚至是數年沒有光顧過的。

林林總總，幾近百條，數量之多，彷彿自己陡然成了世界焦點、宇宙中心，頓時哭笑不得。

一一給朋友致謝後，再把店家廣告訊息全部刪除，世界終於清靜了。

放下手機，心中依然滿是無奈。倒不是針對商家的資訊轟炸，更多的，是一種情感上的空落。

朋友都是真心的，這個年紀最是忙碌。事業、家庭、自我充實、孩子教育……需要處理的雜事林林總總，不一而論。這種情況下，朋友們還能惦記著我的生日，應該開心才是。

但總還是覺得悵然若失。

簡訊再華麗，總覺得缺點溫情。

「從前車馬很慢，書信很遠，一生只夠愛一人……」

忍不住輕輕哼唱起〈從前慢〉，這是一首很溫柔的歌，哼的是慢悠悠的舊時光。那時候，去遠方很慢，郵寄很慢，書寫的情意很長。那時候信件太慢，落筆總會忍不住字斟句酌，唯恐對親人朋友的關懷有所疏漏。

等待信件的時光裡，也是有牽掛，有期待。不管收信、寄信，都是滿滿幸福感。再看手機裡的訊息，同一系統下，所有的祝福和問候都是統一的字體、統一的字型大小、統一的顏色，再有溫情的言語，也變得冰冷，總歸不如紙上文字。

時代的進步，帶來許多快捷便利，卻也丟失了許多東西。

現在的人看「枕邊鴻雁信，天外鶺鴒詩」，讀到「鄉信略無鴻雁到，客愁惟有杜鵑啼」，是否還能感受那份情真？在許多年輕人眼裡，普通的書信來往怕已是落後、古董的代名詞了吧？

心中總歸是彆扭，突然便萌生一個想法，想寫一個關於鴻雁、關於書信的故事。

筆上談心，紙裡存情。

互不相識，卻共同成長。

互不相見，卻默契天成。

沒有身分地位的差別，只有文字的衝突和交流。

沒有外在因素的影響，只有思想的碰撞。

聽起來不切實際，實則浪漫無比，《書中自有圓如玉》便由此而生。

第一章

清明時節雨紛紛。

接連多日陰雨，燕山縣到處都潮乎乎，一不留神還能在牆角發現蘑菇。

今日終於放晴，百姓都在抓緊時間洗刷晾曬，連縣衙官宅也不例外，淡淡皂莢清香隨風飄入門窗大開的書房裡，驚醒屋裡安靜翻書的中年男人。

男人頓了頓，抬頭問邊上伺候的忠僕老周。「後邊在洗衣物嗎？」

「誒。這不是天放晴了嘛，夫人一大早就領著大夥洗曬呢。」

男人點點頭。「難怪這兒都能聞著皂莢味。」

「可不是。」老周笑嘆了句。「南方天氣跟咱們北邊真是大不同，成天濕乎乎的，這太陽一出來吶，家家戶戶都得搶著洗刷晾曬呢。」

「一方山水一方風情嘛。」

正說話間，輕快的腳步聲打外頭傳來。下一瞬，敞開的大門外探進一顆小腦袋。

「爹？在忙嗎？」

雙丫髻、葡萄眼，小臉粉撲撲，是一名可愛俏皮的小丫頭。

男人鬆開緊皺的眉心，朝她招手。「進來。」

小丫頭立刻笑彎了眼，提起裙襬歡快地跑進來。「爹、周伯。」

後者笑咪咪躬了躬身。

這丫頭姓祝，單名一個圓字，時年十一。書房裡的男人是她親爹，名喚祝修齊，今年三十有餘，是蕪山縣去歲剛上任的父母官。

祝圓撲到書桌邊。「爹，聽說你昨兒帶了不少書回來？」滴溜溜的黑眼珠直往桌上兩沓舊書上瞟。

祝修齊自然知道她的小心思，也不點出，只溫聲問道：「怎麼這個時候過來？練琴了嗎？」

祝圓笑嘻嘻。「爹您是不是看書看傻了呀？都什麼時辰——」話音未落，便挨了個腦瓜崩子。

「爹！」她捂著腦門抗議。

「沒大沒小。」祝修齊訓斥。

祝圓扮了個鬼臉，不等他發作，立即指向桌上兩沓書冊，期待地問道：「這些書能借我看幾天嗎？」

祝修齊笑笑，然後無情拒絕。「不行。」

祝圓失望不已。

「妳現在當以功課為主，閒雜書籍偶爾翻翻還行，這麼多，妳也看不過來。」祝修齊耐心解釋，完了還開始追問功課。「爹這段日子忙，沒顧得上你們，是不是都玩野了？《孟子》背下來了嗎？」

祝圓嘟嘴。「我又不是哥哥，不需要考科舉。」

祝修齊板起臉。「誰說讀書是為了考科舉？習文識字，是為了明事理、辨是非，是為了修身齊家……」

這是要開始嘮叨的節奏。祝圓一秒服軟，連忙打斷他。「我就隨口說說——我每天都有乖乖做功課的。」

祝修齊臉色微緩。「舊書不厭百回讀，熟讀精思子自知。讀書最忌一閱而過、囫圇吞棗，熟記背誦才是開始。」

祝圓摟住他胳膊撒嬌。「我知道啦，不信的話你考考我。」以她爹最近的忙碌，今兒鐵定沒時間考她。

果然，祝修齊聽了，臉上終於露出笑意。「那行，等我忙完這段時間檢查檢查。」

祝圓暗鬆了口氣。

「還有，」祝修齊可沒打算放過她，接著又問：「書法呢？最近可有懈怠？」

祝圓垮下臉。「爹……」

祝修齊了然。「看來書法是懶了。」

祝圓心虛地縮了縮脖子。毛筆字太難了，她寧願捏根炭條來寫，也不想練毛筆字啊！

祝修齊輕哼。「妳那手字再不好好練，日後——」他猛然頓住，視線在那兩沓書上轉了圈，問她。「妳想看這些書？」

祝圓怔了怔，然後急忙點頭。「想！」

祝修齊微笑。「想看的話，便拿去吧。」

這麼爽快？祝圓驚喜。「真的嗎？」

「不過……」祝修齊話鋒一轉。

就知道有後招。祝圓凝神。

「這些是蕪山縣的縣志，不管風土還是人情都寫得不錯……既然妳閒著無事，就將其謄抄一份，回頭你們兄妹幾個都好好看看，增長見聞。」

祝圓無言。「……」

「畢竟是縣志，不好留太久，妳現在就開始抄吧。」祝修齊一錘定音，轉頭吩咐周伯。「讓人把這些縣志都搬到後邊書房去。」

「是。」

事成定局，多說無益。

祝圓嘀咕。「抄就抄，不就幾本書嘛。」那麼薄的冊子，再多也抄不了幾天。

祝修齊笑而不語。

一刻鐘後，一箱縣志被搬進後院小書房。

「夏至姑娘稍候片刻，」搬書的周伯笑呵呵地跟祝圓的貼身侍女夏至商量。「後頭還有兩箱，待會勞妳幫忙收拾一下。」畢竟是縣志，小心無大錯。

「誒。」夏至爽快地應了聲。「煩勞周伯了。」

竟然還有兩箱?!她在書房只看到兩沓啊。

祝圓整個人都不好了，皺眉問道：「周伯你是不是弄錯了，怎麼還有兩箱？」她不敢置信。

周伯笑呵呵。「沒弄錯，奴才親自從縣衙裡整理出來的呢。」說完便躬身退了出去。

祝圓無語。「……」

她果然太天真了！爹這是鐵了心要讓她練好書法啊……

她仰天長嘆。「天要亡我也——」

夏至噗哧一聲，收到白眼才連忙忍住笑，然後勸道：「姑娘別嘆氣了，這麼多書，趕緊開始吧！」筆墨都已經準備妥當了。

祝圓又嘆了口氣，挑挑揀揀地從箱子裡翻出一本最薄的冊子，她拖著腳步回到書桌前。落坐，挽袖，翻書，接筆，愁眉苦臉的祝圓認命地開始謄抄大業。

「咚！」

「嘩啦！」

木凳翻倒、書冊落地。

上書房的寧靜瞬間被打破，諸位皇子、講學先生們齊齊回頭，只見兀自站著的謝崢正皺眉盯著地上的書冊。

當值的翰林講學忙走過來。「三殿下，可是有何不妥？」他是當值講學，這會兒是諸皇子練習書法的時候，謝崢自個兒坐到後頭看書，他不好多管，不過鬧出動靜，還是得問上一句的。

謝崢頓了頓，抬頭，環視一圈，然後慢條斯理指了指地上書冊，隨口道：「有蟲子。」

眾人靜默。「……」

所有人的臉色不禁都有些奇怪，年幼些的皇子們還沒修練到家，好幾個噴笑出聲又連忙捂住嘴。

他那剛滿八歲的同母弟弟謝峍卻無須顧忌，直接跳出來。「哥，你怎麼還怕蟲子啊？」

謝崢面不改色。「有何問題？」

是沒問題。謝峍做了個鬼臉。「你天天板著臉，我還以為你有多行呢。」這麼大了竟然還怕蟲子，他五歲就能捏著蟲子玩了。

排行老二的謝峸嗤笑。「老三你這也太——」

「咳咳。」適才的翰林講學忙清了清嗓子。「不過是個小意外，諸位殿下，請繼續。」然後給其他講學先生使了個眼色。

其他講學先生不傻，忙將其餘皇子的注意力引開，適才那段小插曲便算過去了。

當值講學撿起書冊，翻了翻，沒找到蟲子，轉手遞回給謝崢，輕聲道：「想必蟲子已經跑了。」然後問起功課。「三殿下在看《左傳》，可有疑問之處？」

謝崢不動聲色地接回書冊，順著話題往下道：「確實有些疑問之處，勞先生幫忙解說一二。」他翻開書頁，略過某些奇奇怪怪的東西，指了指某處，問：「先生可否詳細解說此句？」

當值講學看了眼，點頭，輕聲道：「冬無愆陽，夏無伏陰，春無淒風，秋無苦雨……」

謝崢視線停在書頁上，彷彿專心聽講，心裡卻已然駭浪滔天。

他面前的《左傳》，是宮裡司籍統一印製派發，所有皇子、皇親國戚拿到手的都是同一版本，不光書皮封面，內文字體、字型，甚至連書頁上的墨點都會一模一樣，絕對不會出現某幾本有書頁髒污、墨漬重疊的情況。

即便司籍真的出錯了，那也不該會如此……他們究竟是如何讓墨字……活起來的？

沒錯，活起來。

謝崢面前的這本《左傳》，除了原書印製得整整齊齊的小楷，空白處還有一行歪歪扭扭的墨字，彷彿有生命般，憑空出現，又慢慢消失。

——也正是被這些陡然浮現的墨字嚇著，他剛剛才會下意識扔了書冊。

子不語怪力亂神。

他本身雖有異於常人的經歷，但對這些詭異莫測之事，依然持懷疑態度。

再看看身邊正在低聲講解的當值講學，神態平和，語速不急不緩，邏輯清晰，分析精闢……沒有絲毫異樣，似乎看不見這些不停浮現的墨字。

謝崢壓下思緒，盯著書頁，再次凝神細看。

一行行歪歪扭扭的墨字慢吞吞浮現，從上到下，從右到左，依次展現，恍若有看不見的人正執筆書寫，這些墨字與《左傳》原有的端正小楷兩相交疊，重重影影，晃得人眼暈。

若不是那歪歪扭扭的字體比書頁上的大上許多，也彆扭許多，怕真是會看不清楚內容。

「……縣北十五里，小峴山西，兩山峙立，當常、往來之沖……」

這是……地志？

「三殿下，臣下的講解可有不明之處？」

講學先生的話打斷了謝崢的思緒。

他微微頷首。「沒有了，有勞先生講解。」

這些講學先生皆是翰林院選出來的經綸之士，即便不想拉攏，也沒必要得罪。

講學先生微笑，拱了拱手，安靜離開。

謝崢收回視線，繼續凝神盯著書頁。

片刻後，他索性合上《左傳》，翻開桌上另一冊書，歪歪扭扭的墨字仍再次緩慢浮現。

謝崢無言。「……」

陰魂不散。

半個月後——

「周伯！」抱著幾冊書的祝圓朝書房探頭探腦。「我爹呢？還在忙嗎？」

候在書房外的老周躬了躬身。「三姑娘。」他是從祝家跟出來的老僕，對祝圓的稱呼是依照祝家這一輩的排序來的。

「是啊，」老周的笑容收斂了些。「三姑娘，老爺這些天天天都熬到深夜，人都瘦了一圈了……您待會勸勸他吧。」

祝圓皺眉。「熬夜？我娘沒勸嗎？」她現在每天早睡早起，沒跟爹娘住一個院子，還真不知道她爹天天熬夜。

老周嘆氣。「哪裡勸得住啊。」他覷著臉。「三姑娘，老爺最疼妳了，妳去說，肯定能——」

「老周，在外頭嘀咕啥呢？是不是圓圓來了？」屋裡的祝修齊揚聲問道。

老周立即噤聲。

祝圓做了個鬼臉，推門進去。

「爹，我把謄抄稿拿來了。」祝圓將手上書冊放到桌上。「難得休沐，您怎麼還在忙衙裡的事啊？」

祝修齊沒回答，掃了眼她帶來的書冊，眉心微皺。「都過了半個月，妳就抄了這麼幾冊？」

祝圓縮了縮脖子。「我想寫好一些，就寫得慢了。」

祝修齊狐疑地看她兩眼，擱下筆，隨手揀起最上面一本翻開，下一瞬，他便皺起眉。

祝圓心裡一咯噔。這是露出馬——

「妳這字……」

祝圓繃緊神經。

「虛浮無力、歪歪扭扭！」祝修齊眉心緊皺。「我不過半年沒管妳，妳這手字怎麼半點沒進步？」

只是沒進步？祝圓暗鬆了口氣，看來這段時間的努力沒有白費。她將早先想好的理由拿出來。「爹，您誤會了，我是前些日子看了《黃州寒食帖》，覺得行書更好看，想學一學——」

「胡鬧！」祝修齊捲起書冊，朝她腦門就是一記。

祝圓哎喲了聲，捂住腦門抗議。「哪裡胡鬧了？行書多好看——」

「沒學走路就想先學跑。」祝修齊訓斥道。

祝圓不服。「多練練不就好了嘛。」覷見他的黑臉，立刻改口。「我錯了我錯了，我改回來，我今天就改回小楷！」反正她也不是真心想學行書——行書多難啊，她才不會犯這個傻。

祝修齊神色微微緩和些。「妳現在筆力不穩，先把小楷練好了，日後若是還喜歡，再練也不遲。」

祝圓連連點頭。

「還有，」祝修齊話鋒一轉，敲敲書桌。「以後每天抄寫好的稿子，都要拿來給我看看。」

祝圓啊了聲。「每天都要嗎？」

「妳不看看妳這手字……」祝修齊輕哼。「這段時日妳哥哥不在，妳都偷懶成什麼樣了，我要不盯著妳，妳不就翻天了？」

祝圓皺皺鼻子。「您這麼忙，有工夫看嗎？」收到瞪視，立即扯開話題。「春耕不是已經結束了嗎，您怎麼還這麼忙？」

祝修齊彈了下她腦門。「小孩子家家的，別管這麼多。」

「我是關心您嘛！您天天熬夜，這樣身體如何受得了？」祝圓撒嬌道，然後抱怨。「再說，您也不是第一天當縣令，怎麼到這兒半年了還是這麼忙？」

不談她那手字，祝修齊又恢復了平日的溫和。「萬事起頭難，蕪山縣跟富陽縣相隔千里，風土人情迥然，行事做法豈能一樣……忙些也是應當。」

祝圓眨巴眼睛。「都是管人，還能有啥不一樣？」

祝修齊嘆了口氣。「蕪山縣如今春糧未收、秋糧漸盡，有些老百姓撐不下去，便有那作奸犯科……」他看了眼年幼天真的女兒，嚥下到嘴的話，改口道：「我身為縣令，如何閒得下來？」

祝圓卻不是那普通孩童，一聽就明白了。她皺眉。「蕪山縣這麼窮？縣志說這邊物產富饒的呀。」

祝修齊嘆氣。「貊鄉鼠壤，民風澆薄。」

祝圓茫然。啥意思？

祝修齊莞爾，言簡意賅地解釋了一遍，大意不外乎是說蕪山縣民風不淳厚、宵小橫行。

祝圓撓頭。「那怎麼辦？難不成爹您天天都要忙著處理這些煩人事？」

「既然當了這父母官，自當盡力為之。」祝修齊摸摸她腦袋。「慢慢來吧。」

那可不行，要是累著她的帥爹爹，誰賠一個給她？祝圓咬著指甲陷入沈思。

祝修齊沒管她，放下文稿，再次將注意力轉回正事，隨口道：「若是無事，妳便回去繼續——」

「爹！」祝圓彷彿想到什麼，興奮地趴到桌子上。「既然民風不淳，何不來弄個『懲惡榜』之類的？」

祝修齊提筆的動作一頓。「懲惡榜？」

「對啊。」祝圓雙眼亮晶晶。「把那些犯事兒的傢伙大名掛上去，籍貫、罪名全都列出來，也不限放哪兒，直接貼在集市口，來去百姓都能看見。每逢市集，再找個識字的吼上一嗓子……這些人只要還有些許廉恥，鐵定都不好意思再犯事了。」

祝修齊皺起眉，認真開始思考。

祝圓則越想越興奮。「既然有懲惡，也可以再弄一個揚善的，天天宣揚好人好事。雙管齊下，齊頭並進，日積月累，移風易俗定然不是難事！」哎呀媽呀，這段日子沒白看書，一連串成語說起來真痛快！

祝修齊似乎琢磨出幾分，點頭。「想法不錯，待我跟王先生商量商量。」王先生是他的幕僚。

祝圓連連點頭。

祝修齊臉一板。「還不趕緊回去抄書？」

祝圓吐了吐舌頭，一溜煙跑了。

等出了院子，確定看不到書房了，她才鬆了口氣。

書法這關暫時算是過了，以後……猶帶著嬰兒肥的小臉閃過些許茫然。唉，以後的事，以後再說吧！她現在不過是十一歲小孩，安心學習就是了。

書房裡，祝修齊卻搖了搖頭，自語般道：「落水後大病一場，現在好了倒是活潑了些。」

過來給他添茶的老周恰好聽見，遂笑道：「活潑些挺好。畢竟是您的長女，將來嫁出去是要當家的，這樣的性子更合適。」

「話是這麼說……」祝修齊嘆了口氣。「不過她原本就不愛習字讀書，練字練了幾年，還寫成這副德行，這可怎麼是好？」

老周安慰他。「三姑娘還小呢，躺了幾個月，不急。」

「只能如此了。」

休沐日，謝崢依舊保持晨起練武的習慣，練出一身痛汗，再沐浴更衣一番，渾身都鬆快了許多。

踱進書房，謝崢停在書桌前，近身伺候的安瑞小心翼翼跟在後頭，大氣也不敢喘一聲。

謝崢只略停了片刻，接著慢慢翻開擺在桌上的書冊——

白紙黑字，行列分明；端正小楷，筆精墨妙，是普通得不能再普通的司籍制式。

這是，終於清靜了？

謝崢緊繃的神經微微鬆開了些。他輕舒了口氣，道：「泡茶。」

安瑞低喏了聲，退下去準備茶水。

謝崢掃了眼桌面，沒有他的吩咐，誰也不敢亂動書房裡的物件，這桌上的書籍舊冊便堆得有些雜亂，全是他這段日子胡亂翻過的。

謝崢隨手揀了本，落坐，沈下心開始翻閱。

安瑞端著茶水進來的時候，寬大書桌後的少年已然沈浸書海。

春末夏初的陽光從窗外灑進來，明媚透亮，暖意盎然，五官略顯涼薄的少年也被映襯得溫潤如玉。

安瑞有些愣怔。

視線不離書頁的謝崢淡淡道：「茶。」

安瑞瞬間回神。「是。」快步過去，放下茶盤，倒好茶水，輕手輕腳放到他手邊。「殿下，茶。」

謝崢端起茶盞抿了口。「安福如何了？」

安瑞抖了抖，緊張道：「奴才、奴才還沒去探過。」

謝崢抬頭看了他一眼。「得空去看看，若是沒死，問問他想不想活。」

想活又如何？不想活，又如何？安瑞沒敢問，面前的主子不過十四歲虛齡，還未變嗓，聲音有些雌雄莫辨，聽在他耳裡，卻沒有分毫少年的朝氣，甚至冷颼颼得嚇人。

好在謝崢也沒想打啞謎，他慢條斯理翻過一頁書，道：「若是想活，便給他送些藥，再找個小太監好生照看著。」

這是既往不究的意思嗎？安瑞大喜，撲通一聲跪下來。「奴才替安福謝殿下大恩！」

謝崢擺擺手，表示話題到此為止。

「誒！」安瑞麻溜爬起來站到邊上，臉上多了幾分欣喜，終於不再是剛才那副忌憚又小心翼翼的模樣。

謝崢也不管他，繼續淡定看書。

輕輕的翻頁聲，偶爾響起的添茶聲，襯托得書房越加安靜寧和。

「撕拉——」

撚起一頁紙正準備翻過去的謝崢猛地一個用力，書頁登時被撕了下來，打破了書房的寧靜。

「殿下？」安瑞嚇了一跳，急忙湊過來。

捏著紙張的謝崢閉了閉眼，再睜眼，面上已然恢復平靜，隨手把紙張往書冊裡一塞，遞給安瑞道：「去讓司籍換一本。」

「是。」

謝崢擺擺手。「出去候著吧。」

安瑞遲疑了下，應喏。「是。」躬了躬身，快步退出去。

待人出去了，謝崢的視線才移向桌面。

略停了片刻，他再次揀起一本書，翻開——熟悉的、歪歪扭扭的毛筆字果真又慢慢浮現，然後逐一消失，一如過去半個月一般。

饒是他心性沈穩，此時此刻，也忍不住爆出一句低咒。

「簡直沒完沒了！」

因這墨字出現得詭異非凡，他一直沒有輕舉妄動。

現下，他是忍無可忍了。

謝崢深吸了口氣，拽來一張乾淨宣紙，無視上面不停浮現的墨字，提筆蘸墨，穩穩落筆——

「你旦」

「——」

「是」字還未寫完，不停浮現的墨字陡然頓住，筆觸末端唰地拉出一道濃重墨痕，斜穿整頁，打斷了他的書寫。

再然後，這些詭異的墨字、劃痕又漸次消失，宣紙上只餘下他未寫完的一個半字。

謝崢眯了眯眼。

很好，看來對面……果真有「東西」。

他再次提筆，將適才未完的話寫完。

「你是何方妖孽」

剛勁渾厚，力透紙背，一看就是浸潤多年的好字。

遠在蕪山縣的祝圓尖叫一聲，撒腿奔出去。「救命啊——」

「沒有呀！」夏至將桌上的書冊、紙張翻了個底朝天，也沒發現任何影跡。「姑娘，您是不是看錯了？」

祝圓亦步亦趨地跟在後頭，聞言猶豫片刻，小心翼翼探出腦袋，越過她往桌上瞄。

夏至為了表示所言不虛，還拿起桌上謄抄到一半的本子遞給她看。「吶，乾淨得很。」她不服氣。「奴婢每天都有打掃的，怎麼會有蟲子呢！」

祝圓定睛，看見本子上的字——

「是妖是鬼」

祝圓一哆嗦，立馬縮回丫鬟的背後。

夏至茫然，仔細再看手裡紙張，啥也沒有啊！她不解。「姑娘，妳怎麼了？」怎麼跟見了鬼似的？

祝圓愣然，再次探頭——那行墨字正逐字消失。

她嚥了口口水，看向夏至，後者一臉懵。

她看不見！

祝圓張了張口，嚥下到嘴的話，遲疑片刻，走出來，強笑道：「沒事，許是我看錯了。」看看左右，指著桌上墨漬道：「剛才不小心弄髒桌子，妳去拿布巾擦擦。」

話題陡然轉換，夏至愣了愣，點頭。「好。」放下紙張，出去取打掃工具。

祝圓沒再管她，忌憚地盯著那張劃了道墨痕的宣紙，剛才那詭異出現又逐字消失的蒼勁墨字已徹底無蹤。

……或許，真是她眼花了？

「姑娘？」拿著抹布回來的夏至看見她還站著不動，狐疑了。「您今兒是怎麼了？」

「啊？沒事沒事。」祝圓回神，擺擺手。「趕緊，我得趕緊抄了送去給爹爹檢查。」

夏至看了她幾眼，見她挪了挪桌上的紙張、書冊，只得壓下疑惑，幫忙收拾。

祝圓暗鬆了口氣。

「姑娘，您這兩張灑了墨，要重新抄嗎？」

祝圓一看，可不是，都被墨團子糊了。她鬱悶不已。「都看不清寫了啥，肯定得重抄了。」都怪那詭異墨字。

夏至想了想，小聲問：「要不，跟老爺說說？」

「算了。」祝圓搖頭。「也就兩、三頁，重抄就是了。妳去忙吧。」

「是。」夏至將桌上東西歸置好，拿著抹布退了出去。

屋裡再次剩下祝圓一人。

現在是巳時末，剛下過雨的日頭明媚又熱烈，陽光透過敞開的窗戶映射進來，照得屋裡亮堂堂的。

這大白天的……那些髒東西應該不敢出來鬧騰吧？

肯定不敢的。祝圓深吸了口氣，努力說服自己。

做好心理建設後，她小心翼翼回到桌前，抽了張乾淨宣紙鋪開，再把要重抄的縣志翻出來，開始謄抄。

「……每江湖水泛或海子口進，或三叉河進，而牛屯河隘地卑，急不能洩——」

——「綏州蕪山縣人士也」蒼勁字體再次浮現！

祝圓震驚了。

它怎麼知道?!

它在監視自己？

視線一轉，落在自己剛抄的內容上，祝圓頓悟——是了，是因為她一直在抄縣志。

這東西，能看到她抄寫的內容！

這麼說，它……

祝圓盯著那張紙。它被困在裡面？

她想了想，將其他書冊挪開，捏起僅剩半杯的瓷杯，小心倒下去，紙張瞬間洇濕，她寫的墨字、劃痕慢慢被暈開。

祝圓大著膽子，迅速揭起紙張，用力揉成一團。「咻」地扔進廢紙簍裡。

全程沒有任何異動。

她狠狠鬆了口氣。

為防萬一，她還把廢紙簍踢到門外。「夏至，紙簍滿了，拿去廚房燒了。」

「是。」

目送夏至拿著紙簍走遠，祝圓神清氣爽轉回屋裡，坐到座椅上，拉出新的宣紙——

「說話」

祝圓一噎。「……」

哪裡來的髒東西，沒完沒了了是吧?!

祝圓又氣又怕，咬著指甲，腦子急轉，瘋狂想辦法，視線掃過書架，她眼睛一亮……

「——咳咳咳！」剛抿了口茶的謝崢一個岔氣，差點嗆死。

「殿下！」安瑞慌忙上前，又是撫背又是接杯盞。

半晌，謝崢終於緩過來，道：「無事。」揮手讓他退下，看向桌上宣紙。

依然是那歪歪扭扭的墨字，內容卻不一樣了，從縣志換成了——《法華經》。

謝崢啞然。

對面那東西膽子這麼小——都把經書翻出來抄了，可見是嚇得不輕，看來不是什麼髒東西。

謝崢輕叩桌面，凝神思索。

既然都是人，為何會與他筆墨相通？難道是因為他異於常人的經歷？

是的。

他不是謝崢。

應該說，他不是現在的謝崢，他是二十多年後的謝崢。

宛如大夢初醒。

夢裡的他汲汲營營二十餘載，卻遭父皇厭棄，無緣皇位，還遭新帝打壓圈禁，鬱鬱而終。

再睜眼，竟然回到二十餘年前……

「殿下。」重新給他換了茶盞的安瑞再次上前，打斷了他的思路。

謝崢抬頭。

安瑞指了指外頭，低聲道：「紅綢來了，約莫是娘娘那邊有事。」

守在門外的安平正攔著一位宮侍打扮的姑娘——想必就是紅綢了。因他前些日子才發了一通火，安平現在不敢隨意把人放進來，那丫頭看起來脾氣不小，逮著安平便高聲訓斥，連他這兒都能聽到幾分。

謝崢皺了皺眉。「去問問什麼事。」

「是。」

謝崢再次低頭。

《法華經》猶在逐字逐字慢慢浮現，力道不穩，字形不定，還歪歪扭扭……看起來像是習字不久之人，想必年齡不大，又能接觸縣志……

謝崢沈思片刻，提筆寫道——「《法華經》於我無用」

紙上墨字停了下來。

謝崢挑眉。

不等他再寫什麼，那墨字「刷刷刷」地蹦出來——

「不要虛張聲勢了！《法華經》沒用，我還有《華嚴經》、《愣嚴經》、《大般若經》……你若是膽敢做什麼，我就把經書挨個抄寫百八十遍！總有一本治得了你！」

瘋狂堆積的感嘆號、潦草得不堪入目的墨字，明明白白地展示了祝圓激動的情緒。

謝崢看到對面不停地劃點線，約莫能猜出幾分是何意，登時勾起唇角。

「拭目以待」

謝崢頗為愉快地撂下筆，恰好安瑞進來了，他隨口問道：「如何？」

「殿下，娘娘讓您過去一趟。」

謝崢剛勾起的唇角瞬間扯平。

「……聽說你前些日子罰了下人？」端坐上首的美豔婦人黛眉輕蹙。「你也老大不小了，做事怎麼如此衝動？」

都快過去半個月了，這會兒才來發作……是因這事被哪個妃子落了面子？謝崢微哂。

「我堂堂皇子，教訓下人何來衝動之說？」

沒錯，面前這位美豔婦人，正是他的生母，也是後宮四妃之一，淑妃。

聽了他的話，淑妃面上神情越發不豫。「沒說不能罰，但怎麼罰也是門學問。有你這樣一上來就把人杖斃的嗎？你看看老大、老二，都是罰下人，怎麼他們就得了仁善寬厚、體恤下人的名聲？還把人杖斃！你、你是要氣死我嗎？」

謝崢不以為意。「兒臣不是讓人給安福送藥了嗎？」

提起這個，淑妃就來氣。「你要是不把人打得半死，連藥都不需要送了！你戾氣如此之重，旁人如何看你我？尤其是你父皇……你這樣做是自毀長城你知道嗎？」

謝崢聽若未聞，端起茶盞抿了口茶。

淑妃呵斥道：「跟你說話，你聽見了沒有？」

謝崢放下茶盞，看著她。「您特地把我叫過來，就為了這事？」

淑妃臉色難看。「什麼叫『就』？這事還不大嗎？」

謝崢點頭。「確實挺大的。」站起身。「兒臣這就回去好好反省。」

淑妃驚愕。

「對了，」謝崢彷彿想起什麼，掃了眼淑妃身邊的紅綢，道：「母妃您倒是寬厚仁義，慣得身邊丫頭都敢跑到皇子居所大呼小叫、頤指氣使——」

「奴婢不敢！」紅綢臉色大變，撲通一聲跪下來。「奴婢知錯了，請娘娘恕罪！」

謝崢眉毛一挑，順勢又坐了下來。「看來母妃要管教下人了，正好讓兒臣觀摩觀摩。」

淑妃臉色鐵青。

結果自然是學不成。

謝崢被惱羞成怒的淑妃攆出了昭純宮，還被罰抄十遍《禮記》。

謝崢不痛不癢，領著憂心忡忡的安瑞慢悠悠踱回皇子居所。

外頭人多口雜，安瑞不敢多話，這會兒進了自家書房，他忙叨叨起來。「殿下，您怎麼跟娘娘鬧起來了？那畢竟是您的母妃——」

「正因為是母妃，才無須太過拘謹。」

安瑞欲言又止。

謝崢信步走到書桌前。

那詭異墨字依然漸次浮現，只是內容已經換了，換成另一本經書。

謝崢啞然。還真是鍥而不捨。

「殿下，不管如何，面上總得——」

「無事。」謝崢擺擺手。「出去候著吧。」

安瑞見他神情冷淡，只得嚥下勸說之語，默默退了出去。

謝崢的心情其實還不錯，他甚至沒等坐下，抓起羊毫便在一張空白宣紙上落墨——

「看來你挺閒的」

「！」

勤勤懇懇抄了近兩本經書的祝圓差點沒把毛筆折斷。

把毛筆戳進硯台轉了兩圈，蘸足了墨汁後，她狠狠將其壓到紙上，以刷牆的氣勢用力劃字——

「你倒是忙，忙著投胎！」不知道哪裡來的孤魂野鬼，嚇唬她不算，竟然還恥笑她?!

「說話如此歹毒，可是無父母長輩教導」

「你才無父無母無長輩！你趕緊走！滾得遠遠的。」

「你可知你在跟誰說話」

「呵呵，我管你是——」

「嗷！」

腦袋上挨了一記狠的，祝圓痛呼出聲。她連忙抬頭，對上祝修齊不悅的神情。

後者敲敲桌上宣紙。「讓妳抄縣志，妳寫這什麼玩意？」

祝圓一怔，下意識低頭看，對面崽子寫的蒼勁墨字已消退大半，轉眼就沒了蹤影。紙頁上除去未寫完的半行佛經，剩下全是自己寫的碩大的罵人字語。

還很醜。

祝圓一頓。「……」慘了。

果然，只聽祝修齊怒道：「看來縣志不適合妳，先抄十遍《禮記》，好好學學什麼叫『非禮勿言』！」

祝圓無語。「……」

她冤，她比竇娥還冤啊！

挨了老大一頓訓斥，還被罰抄書。祝圓鬱悶極了。

好不容易把爹爹送走，祝圓憋著怒氣轉回來，朝夏至道：「夏至姊姊，去廚房拿個爐子過來。」

夏至愕然。「姑娘，您要爐子做什麼？」雖然才剛踏入四月，天兒已經很暖和了呀。

祝圓苦著臉。「我要拿來燒紙。」不是取暖。

燒、燒紙？夏至大驚。「非年非節的——」

「打住打住。」祝圓擺手。「不是那種燒紙，就是平日裡寫了廢紙，讓妳拿去廚房燒的那種。」

「那——」

祝圓沒好氣。「沒聽我剛被老爹訓了一頓嗎？趕緊去拿！」

夏至乾笑，忙不迭跑了。

祝圓回到書桌前，瞪了眼招禍的紙張——

誒？她湊過去，仔細盯著上面浮現的字體。

「……見父之執，不謂之進不敢進……」

這內容很是眼熟啊！祝圓摸了摸下巴。

為了證實心中猜測，她從書架上翻出一本書冊，對著紙張上的墨字逐一核對。

果真是《禮記》！老爹剛罰她抄寫《禮記》，這廝馬上就寫出來，是在嘲笑她吧?!

祝圓怒了！

顧不上害怕，她抄起毛筆就開轟——

「不要臉！竟然偷聽！」

蒼勁墨字停住。

「你究竟想幹什麼?!我只是一名小老百姓，你盯著我有什麼用呢？」

墨字再次緩緩浮現——「何出此言」

「還裝？還裝？你這麼能裝，咋不把老天給裝兜裡？」

對面靜默。

片刻後，那蒼勁墨字似乎懶得搭理她，接著適才斷開的地方往下抄寫……或默寫。

祝圓鬱悶。

「你走不走？不走我要接著抄佛經了！」

對面沒理她，執著地繼續往下謄抄《禮記》。

「你就不怕我找和尚道士來把你收了？」

對面依舊沒理她。

祝圓磨了磨牙，先服軟。

「大哥，我跟你遠日無仇、近日無怨的，放過我行嗎？我只是一名人微言輕的小老百姓，你去找那些個高官富紳啊，好歹能賺點煙火錢，你盯著我有什麼用啊？這樣吧，若是你有什麼心願未了，說出來，只要我能幫，我一定幫你完成……」

刷刷刷寫了一大堆，對面一點反應都沒有，甚至沒有影響他寫字的速度。

祝圓看著頁面上不緊不慢浮現的《禮記》內容，哭了。「大哥，你說句話啊，你究竟要幹麼啊？你這樣我壓根沒法寫字看書啊T_T」

或許是流淚表情太過傳神，對面終於有反應了。蒼勁墨字慢條斯理將一句話收尾，停了下來——祝圓猜測他是換了張紙——

果然，蒼勁墨字回答她了。「我亦有同感」

祝圓皺眉。「什麼意思？」

「我已看你抄了半月有餘的縣志」

祝圓啞口無言。「……」

要是真的，這傢伙比她還慘啊——她每天從早抄到晚，字還醜……換成她自己，估計早就看不下去了，思及此，她有點心虛。「你可以不看的。」

「我亦需要書寫閱看」

祝圓懵了。「你不是鬼魂嗎？為何還要看書寫字？」

對面停頓片刻，答曰：「不是」

「那，妖？精？怪？」

「不是」

祝圓暴躁了。「那你怎麼能看到我寫的字、聽到我跟爹爹的對話？」

對面靜默片刻。「只能看，不能聽」

祝圓才不信。「那你為什麼寫《禮記》？」看了半個月都沒寫字，偏偏這會兒寫起《禮記》，騙人都不打草稿的嗎？

「無可奉告」

祝圓吃癟。

對面似乎反應過來。「你也要抄《禮記》」

「廢話。」

對面又停了。

祝圓咬著指甲思考。如果對面傢伙沒撒謊，那他也是人嘍！

問題來了，兩個普通人之間，為什麼會出現這種狀況？

難道，是因為她的穿越？

是的，她不是原來的祝圓——

許是因為同名，她穿越過來，成為這個世界的祝圓。

上輩子，她母親早逝，父親很快二婚，父親除了會匯錢給她外，別的都沒有了。

好在她還有和藹可親的奶奶，有奶奶的照顧和呵護，她的童年雖不如別人萬般嬌寵，倒也健康快樂。

只是好景不長，沒等她考上大學，奶奶就壽終正寢，留她一人在世間踽踽獨行，甚至此後十幾年，她都是一個人。朋友再親厚，也只是朋友。

為了不獨自在家裡面對冷冰冰、空無人氣的屋子，她做過許多行業的兼職，年節在超市、餐廳，寒暑假則往各行各業鑽，下過工地、進過工廠、修過車、賣過房……畢業後又輪換了幾個行業。

人說三百六十行，她也算是比別人多體驗了許多行業了。

扯遠了。

還記得，穿越前一天，她跟平常一樣加班吃飯睡覺，再次睜眼，她就在這具身體裡，而原來的祝圓，早不知去向。

陌生落後的世界，又逢纏綿病榻，她其實已萌生放棄之意，是祝修齊夫婦並兄長祝庭舟幾人的日夜關心，讓她動搖了。

她咬了咬牙，硬是靠著每天好幾碗的苦藥渣子撐了下來……

若說穿越之事駭人聽聞，這筆墨相連……也不遑多讓，還無甚用處……不，甚至說得上累贅，既無用處，又無隱私，還耽誤正事……

她正嘀咕，對面又落墨了──

「當務之急，須解決書寫閱看之難」

祝圓連連點頭，完了才想到對方看不見，忙提筆寫字。「對，不然我沒法練字了。」

蒼勁墨字不疾不徐。「巳時初至午時正，未時正至申時末，此時段我用，別的時段你安排」

這傢伙乾脆要她別寫字得了。祝圓果斷拒絕。「不行，我也是這些時段寫字！」

對面停下，片刻後──「申時正後給你」

真大方，提前了一個小時呢。祝圓氣笑了。「反過來，你說的這些時間我要了，其他讓給你，這樣我就沒問題。」

對面沈默。

「哼，知道你安排的時段多不合理了吧？」祝圓奮筆疾書。「我爹剛才看到我罵人的字，罰我抄十遍《禮記》，歸根究底，是你給我惹的禍，這兩天你得讓給我！以後怎麼安排可以再商量。」

對面依舊沈默，祝圓暗喜。「你不說話我當你同意了。」

墨字再次浮現，祝圓一看，差點沒氣死──那廝竟然又接著抄《禮記》了。

「說話啊，別裝死！」

蒼勁墨字紋絲不動，保持穩定的速度一筆一劃冒出來。

祝圓氣呼呼，真是不討喜！

「大哥，你都能半個月不寫字了，繼續保持不行嗎？」

對面恍若未見。

好，不就是寫字嗎？閉著眼睛寫就是了，看誰先撐不住！

祝圓將聊天的紙張揭起來，揉成團，暫且扔到一邊，翻開《禮記》便開始抄。

只寫了幾行，祝圓就發現規律了——對面的墨字只會在頁面中間浮現，她只要當看不見，刷刷幾筆就寫過去了。

只是吧……浮現的蒼勁墨字不疾不徐、風骨天成，而她落墨的字歪歪扭扭、粗細不均，對比格外明顯。

祝圓越看越彆扭，越寫越心虛，恰好夏至抱著個小火盆回來了，她忙扔下筆，抓起桌上紙團奔過去，將剛才的聊天記錄毀屍滅跡——再來十遍《禮記》還好說，要是被人當成神經病抓起來，那她才是真的慘。

在夏至擔憂的目光下燒完紙團，就差不多是飯點了。

祝圓索性洗了手，領著夏至溜達回正院，還沒進門呢，就聽見她爹叨叨著跟她娘投訴。

「……哪學來的毛病，竟然會罵人了，妳好好管管。」

「興許是看了什麼書學來的，她愛看書，偶爾看到些雜書有粗鄙之言，也是正常。」她娘張靜姝如是道。

「那也不行，讀書——」

祝圓趕緊鑽進去，挨個行禮。「爹、娘、姨娘，」然後朝邊上坐著的兩位小朋友揮揮手。「妹妹、弟弟。」

他們一家人口算簡單，祝修齊夫婦不說，姨娘是張靜姝的陪嫁，叫銀環，生性安靜不惹事，生得一女叫祝盈，今年九歲。

張靜姝自己有三個兒女，老大祝庭舟，今年十三歲，去了這邊的新書院讀書，每月回來兩次。老二就是祝圓。老三祝庭方，今年不過四歲。

這幾年祝修齊都是外派任地方官，沒有京裡頭祝家主宅那一大攤人事扯著，他們二房一家過得還算清靜。反正，祝圓對現在的生活滿意得很。

言歸正傳，看到她進來，偏瘦的祝盈跟奶聲奶氣的祝庭方齊聲喊姊姊，銀環姨娘也朝她微笑點頭。

豐腴柔美的張靜姝笑容更盛，朝她招手。「回來啦？快坐，就等妳了。」

祝圓小跑過去，還沒坐穩，就聽祝修齊問：「《禮記》抄了多少了？」

她縮了縮脖子。「還沒抄完一遍——」

「到飯點了別訓孩子。」張靜姝忙推了推祝修齊，嗔道：「待會孩子嚇著了，吃不香不長個了。」

祝修齊這才作罷。

祝圓鬆了口氣。

「姊姊，」瘦小的祝盈似有些興奮。「娘說明兒帶我們出去。」

四歲的祝庭方也跟著嚷嚷。「出去！出去！」

「誒？」祝圓忙不迭去看張靜姝。「娘，明天要出去嗎？」來到這裡這麼久，她還沒出過門呢。

張靜姝正吩咐下人上菜呢，聞言微笑。「對啊，明兒一早咱們就出門，去買新衣裳。」

祝圓還沒說話，祝修齊先皺眉。「不年不節的，怎麼又買新衣？」

「誰曾想到蕪山縣這兒還沒入五月就熱成這樣。」張靜姝眉心輕蹙。「大人還有去歲的夏衫換一換，孩子們一年一個樣，去歲的可不能穿了，明兒趕緊給他們買兩身淘換，剩下的回頭再慢慢裁剪。」

祝修齊看看身上夏衫，默了，完了問她。「銀錢還夠用嗎？」

張靜姝忙推了推他，低聲道：「別在孩子面前說這些。」

恰好下人送來飯菜，祝修齊這才閉口不言。

祝圓畢竟不是真正的小孩兒，從這隻言片語便能聽出家裡境況——家裡這是缺錢了？可她爹不是父母官嗎？怎麼還會缺錢？

小老百姓祝圓邊吃飯邊胡思亂想，偶爾豎起耳朵聽爹娘幾個大人聊主宅的情況跟家裡瑣事。

很快，這頓飯便用完了。

祝圓畢竟還背著罰，飯吃完了，張靜姝就不護著她，在祝修齊的怒目之下，她只得踩著沈重的腳步離開小廳，回到書房。

第二章

回到書桌前一瞧，對面那廝竟然還在寫《禮記》！都不需要吃午飯、睡午覺的嗎？酒足飯飽容易犯睏，祝圓索性拉過一張宣紙，撩對面大哥或大姊聊聊天。

「喂！」

對方停了下來。

「既然你不是鬼魂精怪，那咱們這樣，應該不會有什麼問題吧？」

「何意」

「有損陽壽、沾染穢氣啥的。」

「都是人，何來穢氣、奪壽之說」

也是。祝圓想想，又問：「那你不怕嗎？」

對方壓根不理她。

「別這樣，你都抄了好久了，歇會兒，聊聊天嘛。人要懂得勞逸結合，不然容易過勞死你造嗎？」

對方終於停下，回了句。「造嗎何解」

「就是『你知道嗎』這句話，念快一點。」

「為何」

「你念啊，念幾遍你就知道了。」

「……」

祝圓看著紙上那一團墨汁，笑噴出聲。

正在擦著書架的夏至聞言回頭。「姑娘？」

祝圓忙擺手。「沒事沒事，妳繼續。」

「話說，相逢即是有緣，目前狀況來看，咱們以後還得長久相處……做個自我介紹唄？」祝圓歪頭想了想，繼續提筆。「我先來，我叫佩奇。你是小哥哥還是小姊姊？怎麼稱呼？」

對方又不理她了。

祝圓暗笑，繼續寫：「總不能以後都叫你『喂』吧？既然你不說話，那我給你取一個。」

墨字不疾不徐，依然在抄書。

「既然不知你是男女，那我給你取個中性些的……就叫狗蛋吧！」

刷地一下，紙頁上多了一道粗長的劃線。

祝圓拍桌狂笑。小樣，還裝高冷，治不了你了還？

「狗蛋，你吃午飯了嗎？」

「狗蛋，你要不要午休啊？」

「狗蛋，你是哪兒人啊？」
「狗蛋……」
「狗蛋……」
謝崢額角青筋跳動。
他握著羊毫遲遲沒有落筆，邊上伺候的安瑞不解，小心翼翼喚了聲。「殿下？」
「無事。」
話雖如此，謝崢忍了又忍，終於還是把毛筆給摔了，紙頁瞬間染上一片墨漬，安瑞更是嚇得臉都白了。
謝崢卻沒搭理他，這墨漬似乎沒染到對面，那位自稱「佩奇」的傢伙依然在飛快的寫字，刷刷刷的，又是一大段。
話真多啊。謝崢忍不住捏眉心——動作一頓，他皺眉看向紙張。
同樣的筆墨，墨水暈染對方看不見，他寫的字對方才看得見？
謝崢看向擔憂的安瑞。「過來，你在紙上畫幾筆。」
安瑞茫然，卻不妨礙他聽令行事。
對面的「佩奇」依舊在刷刷刷地寫字，對安瑞的筆劃彷彿完全沒看見。
謝崢了然。看來，只有他親自書寫的內容，才能傳到對面。
他重新拿了根乾淨毛筆，蘸墨落筆。「你不用抄《禮記》了」
打他開始寫字，浮現的墨字便停了下來，他一寫完，對面立馬接話。「第一次聊天，不能冷落了新朋友，你說對吧狗蛋？」
老天爺是怕他人生太枯燥，特意給他找點樂子的嗎？
算了算了，他還是去演武場活動活動身子吧。
精神飽受折磨的謝崢扔下毛筆，朝低頭不吭聲的安瑞道：「弄個火盆過來，把這些廢稿燒了。」
「是。」
遠在蕪山縣的祝圓則神清氣爽，等了一會兒都沒看到蒼勁墨字再出來，她愉快地收起寫滿字的紙張，捏成團扔進火盆。
完事。現在可以專心抄《禮記》了。
線上交鋒第二回合，狗蛋KO。

第二天，祝家車馬齊備。想到他們來到蕪山縣後還沒怎麼正式地逛過縣城，張靜姝乾脆把一家大小都帶上，一起出門去。
她抱著祝庭方跟姨娘銀環坐一車，祝圓跟祝盈坐一車，加上丫鬟下人，一行人浩浩蕩蕩出門逛街去。不說祝盈如何興奮，祝圓這種沒見過古代世面的土包子也是興致勃勃地扒著車窗巴巴地往外看。
官宅前邊的路鋪了石板，出了官宅拐上大街，路就變成了土路，兩邊的瓦房鱗次櫛比，行人漸多，喧囂入耳。

宛如博物館裡塵封多年的畫卷緩緩展開，古樸又鮮活，遙遠又虛幻。

祝圓彷彿又看到了那熟悉的高樓大廈、車水馬龍，幢幢影影，若隱若現，與面前場景交疊映襯。

一時間，她竟不知道這裡是現實還是想像——

「姊姊？」

祝圓倏地回神。眼前還是塵土輕揚的土路，還是束髮長衫的行人，還是低矮的瓦片平房……不是想像，也不是古畫。

祝圓輕哂。罷了，都過來這麼久了，還有什麼可糾結——

「姊姊！」

袖子被拽了下，祝圓回頭，對上祝盈委屈巴巴的小眼神。

他們一家子都長得不錯，祝圓原身有些嬰兒肥，前段時間大病一場，臉上肉肉少了點，這美人胚子的味兒就出來了。

祝盈小小一隻，又白又秀氣，這麼委屈巴巴看著她，登時把蘿莉外表、老阿姨內在的祝圓給萌化了。

她連忙轉回來，問怎麼了。

祝盈嘟起嘴。「妳都不理我。」

祝圓忙道歉。「是姊姊不好，剛才走神了，怎麼了？妳剛才是不是看到什麼好玩的？」

祝盈立馬開心起來，巴拉巴拉就開始跟她講剛才看到了什麼。

祝圓暗樂，小孩子就是好騙。

不過說了幾句話，馬車便停了下來。兩人立即停住話頭，面上都是忍不住的興奮。

「大姑娘，二姑娘，到了。」夏至的聲音從外頭傳來，接著就是車門被打開。

祝圓率先出去，不等夏至送上車凳，直接蹦了下來，把車邊的夏至嚇了好大一跳。未等她說什麼，後頭的祝盈鑽了出來，有樣學樣，作勢欲跳，好在她的侍女正盯著，慌忙衝上去摟住才沒讓她摔著。

「哎呀我的姑奶奶，摔著了可怎麼辦啊？」

夏至也嗔怪地看向祝圓。

這麼點高度，九歲的孩子還能摔了嗎?!祝圓吐了吐舌頭，拉起小祝盈的手。「走，我們去前頭。」不等兩丫鬟說話，拉著人踩著一路微濕的泥土一溜煙跑向前邊。

「……鮮亮些，趁這兒清靜，妳抓緊機會再生個兒子。」張靜姝正低聲跟姨娘銀環說話。

銀環似乎不甚樂意。「咱家有兩位少爺了。」

「那不是從妳肚皮裡出來的。」張靜姝嘆了口氣。「主宅那邊什麼情況妳也不是不知道，妳沒個兒子傍身，回去總是比別人矮幾分，倒不如趁在外面這兩年努力一把，生個兒子。」

銀環不作聲了。

張靜姝看了她兩眼。「知道妳心裡擔心什麼，照妳說的，我都有兩個兒子了，還有什麼好怕的？妳把心給我放肚子裡，生就是了。」

恰好祝圓兩姊妹到了跟前，張靜姝壓下話題，轉而朝兩丫頭道：「待會跟著大人，別到處亂跑，知道嗎？」

祝圓姊妹連忙點頭。

張靜姝不放心，又叮囑了遍夏至幾人，才領著一行人走進旁邊門庭大開的布坊。

雖然她們是縣令家眷，然而不管是張靜姝還是祝修齊，都不是那種恃強凌弱、橫行霸道之人，這出門採買購物，自然也沒使用什麼特權——比如包下店鋪隨便逛之類的。

這敞開店門做生意，裡頭自然就有別的客人，而且還不少，祝圓進了鋪子才發現，難怪張靜姝要這般再三囑咐。

雖說她們沒用特權，但一隊馬車，還有一堆丫鬟婆子隨身跟著，這陣仗，店裡早就看見了。故而她們一進門，掌櫃便親自迎了出來，言笑晏晏地將她們領到內室落坐，想看什麼料子衣物，自有店家送上來。

吃著糕點、喝著茶水的祝圓第一次體會到VIP的快樂。

不過，快樂總是短暫的。

很快地，她跟祝盈都被叫到張靜姝兩人跟前，逐件衣服、逐塊布料披上身，給兩位長輩看顏色看面料看款式……

把布坊拿過來的衣料全試了遍，張靜姝兩人才算滿意，放過祝圓姊妹讓她們自個兒在店裡晃晃，準備接著看小庭方跟銀環的衣物。

看起來就是剛才的流程再來一遍，祝圓連忙拉著祝盈跑了。當然，後頭跟著丫鬟們呢。祝圓也沒想跑遠，就在外頭看熱鬧。

布坊裡來來往往的大都是婦人，還有不多的媳婦子和姑娘家。又值天氣漸熱，人們紛紛換上鮮亮夏衫，放眼望去，熱熱鬧鬧，半點看不出祝修齊所說的青黃不接。

「姊姊，妳在看什麼？」後頭的祝盈跟著探頭探腦。

祝圓嘿嘿笑。「我看漂亮小姊姊呢。」

祝盈眨眨眼。「為什麼看小姊姊？」

「因為漂亮啊！」這時代的美人，都是純天然的，漂亮那是真的漂亮。「走，咱們去看看外頭。」

祝盈等人自然沒意見。

祝圓是帶著滿腔的懷古熱情。全世界能有幾個人有幸見識到兩個不同時代的人文景觀呢？她可以。

故而她這一趟出門，彷彿懷抱無數現代人的憧憬和情懷，壯志酬籌，興奮莫名。

然而，踏出布坊大門的那一刻，什麼情懷、什麼憧憬，全被澆滅了——

蕪山縣都是泥土路，風沙特別大，他們剛來的時候，布坊門口約莫是剛灑過水，除了髒了鞋底，別的問題都沒有，不過隔了這麼久，那層薄薄的濕泥早就乾透。

祝圓甫一踏出大門，迎面就是一陣風，裹塵夾沙，瞬間吹迷了她的雙眼。

祝圓無言。「……」

算了，土路矮房的，有啥好看。

祝圓默默擦了擦臉，轉身，帶著茫然的祝盈回了屋裡。

待張靜姝兩人挑完布料衣衫，再轉到隔壁鋪子買了些點心，一行人便打道回府，連個午飯都沒在外頭用。

坐在車裡搖搖晃晃的祝圓暗嘆，看來家裡經濟並不那麼寬裕啊……

弟妹們年紀還小，逛了兩間鋪子還吃到好吃的點心，都滿足得不得了，一路嘰嘰喳喳，直到吃飯還不停歇，祝圓耳朵都要長繭，藉著被罰抄書的理由，用過飯便腳底抹油溜了。

進了書房，便發現那位「狗蛋」兄依然在抄《禮記》。

「中午好～～」祝圓發現，用毛筆勾出來的波浪線格外銷魂。

蒼勁墨字頓了頓。「同好」

「你怎麼還在抄《禮記》？你是不是也被罰了？要抄幾遍啊？」

蒼勁墨字又不理她了。

祝圓撇嘴。她算是看出來了，這位狗蛋兄傲氣得很，損了他面子的話，他壓根就不搭理。

「算了，就知道你不會回答，那咱們聊些有建設性的話題。我看你的字老練得很，年紀應該不小了，給我一點意見唄。」

墨字一頓。遠在京城的謝崢摸了摸臉。年紀不小？

祝圓當然不知道他在想什麼，只是刷刷刷地往下寫。

「你有沒有什麼掙錢的法子？」
這回墨字搭理她了。「是否缺銀錢」
「缺，大大的缺啊！飯都吃不上，聞者傷心，聽者落淚啊……」
墨字又停了。
祝圓長吁短嘆。「問你似乎不太實際，我是不是應該找找刑律，好好研究研究？」
「為何是刑律」
「因為，俗語有云，掙錢的法子都在刑律裡呢。」
謝崢沈默。「……」
哪來的俗語？真是狗膽包天的小兔崽子。
謝崢再次扔了筆。
「去司籍弄一套刑律回來。」他沈聲道。
「啊？」安瑞有點懵。怎麼突然要刑律？又不用審案——
謝崢冷冷掃過去。「愣著幹什麼？」
「奴才這就去、這就去！」安瑞忙不迭退出去，退到門外撒腿就跑。
謝崢收回視線，繼續看桌上某人的廢話。
「……說到底還是朝廷不給力。」
謝崢皺眉，提筆。「何出此言」
「要致富，先修路。若是朝廷給力，把路修好，錢就好賺多了，老百姓也不至於這麼窮。」

要致富先修路？哪來的說法？謝崢想了半天沒想出來，索性順著往下說：「各州府縣皆有修路」

「得了吧，那算什麼路——」祝圓突然頓住。

謝崢正想問上一句，就見紙上墨字飛快刷出來。

「等下，你是什麼人？我在這裡說朝廷壞話，你不會轉身把我賣了吧？」

謝崢啞然。「不會」

「不怕一萬，就怕萬一。我不知道你是誰，你卻知道我在蕪山縣，蕪山縣就這麼大，誰知道你會不會反手把我告了，老祖宗交代了，防人之心不可無。」

「若是告發你，我如何解釋消息來源」

「好像也是。」

「接著說」

「其實也不用我多說啊，你出去外頭瞅一眼不就知道了嗎？朝廷修的那路，能叫路嗎？好天是灰塵漫天，下雨則泥濘不堪，不到一年半載就坑坑窪窪，維護成本高又不實用，當然啥也發展不起來。」

謝崢輕哂。「你想鋪石板路」

「那成本更高了好嗎？你當朝廷是傻的嗎？」

「那你有何建議」

祝圓警醒過來。「幹麼？你是朝廷官員嗎？」
謝崢沈思片刻，提筆道：「白身一名，無官無職」
「那你靠什麼吃飯？」
「家境殷實，衣食無憂」
「……」
謝崢盯著紙上幾個小點，略一思索便領悟其中含義，忍不住勾起唇角。「繼續」
遠在蕪山縣的祝圓翻了個白眼。
「算了不說了。」
「為何」
「就我們倆這紙上談兵的，說了也沒意思。」
謝崢激將。「你不會」
「放屁，我要是不會，整個大衍朝都找不到第二個會的。」祝圓刷刷刷地寫道：「我說的是水泥路！就是用石子、砂子、水，加上水泥，按照一定比例攪拌鋪上路面，乾了之後道路就會格外平坦堅實，以現在車馬的行駛壓力，用個十幾年不成問題。」
「水泥為何物」不可能只是水加泥，否則這道路只是砂石泥混合，與現在並無太大差別。
「一種……」祝圓停頓了片刻，思索著適當的用詞，最後直接一句概括。「乾了之後堅硬非凡的東西，加上石子、砂子，就能節省更多成本了。」

謝崢微哂。「你可知修土路需要多少成本」且不說那水泥為何物、需要多少銀錢製作，這砂石要從別處搬運過來，就需要不小的花費。

對面這人估計年歲不大，略沾了點墨水便自詡良才，眼高於頂，目空一切，對朝廷之事指指點點……

罷了罷了，他也是閒得慌，竟跟其聊了起來。

他放下毛筆。

「花一次錢，然後十幾年不用管，不是很符合經濟效益嗎？現在的路年年修補，年年花錢，哪個花錢多哪個花錢少，一目了然好不好。」

謝崢揭起紙張隨手捏成團，扔進火盆。

「別的不說，若是遇上戰事，輜重運輸比別人快，就贏一大半了。」

謝崢動作一頓。

「年輕人啊，眼光要放長遠一點！」

謝崢重新提筆。「水泥如何製造」

「不知道。」

謝崢氣悶。「……」

好在對方又補了一句。「不過，我知道水泥要用到什麼材料。」

「你既然不知水泥，如何知道這種水泥路堅實」

「笑話，我會寫字，難道還得先知道毛筆和紙張怎麼做的嗎？」

謝崢額角青筋跳了跳。

「不過……我雖然沒做過水泥，但需要用的材料，我還是知道的，不外乎就是黏土、石灰石、鐵礦粉而已。」

竟然還需用到鐵礦粉。謝崢無語。「勞民傷財」

「切，你懂什麼……」

「殿下。」此時安瑞在門外稟報。「您要的刑律拿回來了。」

謝崢回神，隨手將桌上幾張書寫過的宣紙扔進火盆。「拿進來。」

「是。」

「免禮。」承嘉帝朝行禮的謝崢擺擺手。「過來，坐。」

謝崢依言起身，走到他下首處落坐。

「父皇喚兒臣過來，可是有事吩咐？」

承嘉帝挑眉。「沒事不能叫你過來說說話？」

謝崢垂眸。「兒臣並無此意。」

承嘉帝的近侍德順送上茶水，謝崢朝他點點頭，後者笑了笑，安靜地退到承嘉帝身後。

「聽說你最近都少去昭純宮請安了，你母妃在我耳邊念叨了好幾次了。」承嘉帝好奇。「你是做了什麼，惹得她這麼大火氣？」

謝崢不以為意。「沒什麼，兒臣不願意聽她叨叨罷了。」

承嘉帝無語，端起茶盞，刮了刮茶蓋，換了個話題。「聽說你最近在看刑律，你怎麼突然對這個感興趣了？」

「兒臣聽說，賺錢的法子都在刑法裡，便起了好奇心，看看怎麼賺錢。」

「賺錢的法子——咳咳咳！」

承嘉帝嗆咳出聲，嚇得德順急忙上前撫拍，謝崢也忙起身欲扶。

承嘉帝很快便緩過來，朝他們擺擺手。「無事。」

兩人這才鬆了口氣。

承嘉帝看向謝崢。「這是什麼話？」

謝崢回望。「兒臣翻了幾日刑律，深有同感。」

「……」承嘉帝皺起眉頭。「你缺錢了？」

謝崢啞然。「兒臣天天在宮裡，連個花錢的地方都沒有，何來缺錢之說？」

承嘉帝皺眉。「那好端端的，你怎麼去研究賺錢法子？」

「不，只是看看這說法是否……」謝崢斟酌了下用詞。「可行。」

「……結果如何？」

謝崢點頭。「可行。」

承嘉帝愣住。「……」

謝崢勾起唇角。「所以才有了刑律典法，不是嗎？」

承嘉帝抹了把臉。「前些日子才聽說你罰了些下人，現在又看起刑律……」敲了敲桌子，問他。「你年歲也不小了，要不要去刑部歷練歷練？」
謝崢怔住，然後沈吟片刻，道：「父皇若是真要兒臣去歷練，兒臣倒有個想去的地方。」
「哦？」承嘉帝神情莫測。「想去哪個地方歷練？」
謝崢微笑。「工部。」

抄完十遍《禮記》，又得接著抄縣志，加上每天看狗蛋兒那手蒼勁墨字，祝圓覺得自己的字體似乎真的好看了許多，起碼不會再忽大忽小。就是手痠得很。
今日祝修齊不在家，祝圓乾脆給自己放了個假，跑去跟自家娘親、妹妹、弟弟培養感情。四歲的祝庭方正是好玩的年紀，祝盈又是聽話乖巧的，祝圓帶著兩孩子滿院子撒野，鬧得一院子嘻嘻哈哈。
張靜姝坐在屋裡算帳，又聽到一陣大笑，便抬起頭，隔著敞開的窗戶望出去，臉上忍不住帶出溫柔淺笑。
坐在另一邊做著針線的銀環姨娘也被引了望出去，轉回來正好看到她的笑容，遂笑著道：「大姑娘這些日子開朗多了。」
張靜姝笑著點點頭。「原來就是太安靜了。」
「誒，這樣挺好，」銀環嘆氣。「孩子還是得活潑點，太安靜了，活動少，就容易生病。」

張靜姝想起之前那段提心吊膽的日子，嘆了口氣。「可不是，幸虧是熬了過來。」

銀環忙安慰她。「別想太多，現在挺好的，連帶著二姑娘、小少爺都跟著活潑不少。」

張靜姝笑了。「確實。」再看了眼外頭，她想了想，吩咐丫鬟。「去看看幾個孩子，若是出汗了，就帶他們下去擦擦，換身衣服。」

「是。」

很快，祝盈、祝庭方都被丫鬟帶下去擦洗換衣。

祝圓則蹬蹬蹬跑進屋裡，端起她那杯放涼了的茶水，一口灌了下去。

張靜姝嚇了一跳。「怎麼能喝涼茶呢？」然後訓斥丫鬟。「還不趕緊給姑娘上杯溫的。」

祝圓擺擺手。「沒事沒事，天兒這麼熱，再喝熱的豈不熱死。」說完不等張靜姝說話，一屁股坐到她身邊。

「出了一身汗喝涼的不好，以後可不許這樣任性了。」張靜姝從丫鬟手裡接過乾淨帕子，將她拉過來，依次擦過額頭、脖子跟後頸，邊擦還邊嘮叨。「怎麼不擦擦汗？著涼了怎麼辦？」

祝圓乖乖地任她折騰，心情複雜不已。上輩子沒享受過的天倫之樂，沒想到會在這個異世他鄉實現……

等她擦完又拿起算盤，祝圓忍不住瞅了眼她面前的帳本，問道：「娘，還沒算完帳啊？」

張靜姝微笑。「哪有這麼快……妳年歲也不小了，差不多該跟著學管家，今天先看看我怎麼理帳吧。」

祝圓自然沒有異議。

張靜姝便對著帳冊給她講家裡的用度開支、每月柴米油鹽、瓜果蔬菜、每季的布料……林林總總。

祝圓咋舌，看看左右，湊到她身邊，低聲問：「娘，每月花銷這麼多，爹爹的俸祿撐得住嗎？」

張靜姝摸摸她腦袋。「別擔心，咱家家底還是有些的，每年主宅那邊也會給我們送些銀錢過來。」她嘆了口氣。「再不濟，還有我的嫁妝呢，總不會讓你們挨餓受凍。」

祝圓震驚了。

她爹堂堂縣令，竟然還在啃老？甚至還可能要吃軟飯？

她是猜到家裡挺難的，沒想竟難到這種程度……

她看看周圍丫鬟婆子，聲音又低了幾分。「娘，咱家這麼難，為什麼還養這麼多下人啊？」光是吃飯就得花不少錢了。

張靜姝莞爾，道：「他們跟著我們好歹還有口飯吃，要是把他們遣了，才是真的遭罪。咱們家還沒到那個地步，當然得養著他們。」

祝圓暗自撇嘴。行吧，還是想辦法掙錢吧。

祝圓想了想，問：「娘，爹爹當縣令，咱們家是不是不能做買賣？」

張靜姝已經將注意力轉回帳冊上，隨口道：「倒沒有這說法。」

「那怎麼不做點買賣掙錢？」她爹都是縣令了，除了擔心盈虧，別的都不用操心，不是輕而易舉嗎？

張靜姝還沒說話呢，銀環先笑了。「咱們婦道人家哪裡懂這些。」

也就是說，她有機會！

祝圓眼睛一亮，忙道：「娘，要不給我試試吧？」

張靜姝不解。「給妳試什麼？」

祝圓眨巴眼睛。「做買賣掙錢啊。」

張靜姝啼笑皆非。「妳一小孩子，懂什麼買賣，別鬧。」

祝圓可憐巴巴。「讓我試試嘛。」她伸出手指比出一道小縫。「只要給我一點點銀錢，一點點就夠了。」

張靜姝沒好氣。「就算給妳錢，妳能做什麼？」

祝圓摟住她胳膊開始撒嬌。「娘，妳就讓我試試嘛，不試試怎麼知道不行呢？」

張靜姝不為所動。「不許胡鬧。」

「娘～～」

旁觀的銀環樂得不行，開始幫著說話。「夫人，要不妳就讓大姑娘試試，說不定就成了呢？」

張靜姝嗔怪。「她是小孩子不懂事，妳別跟著起鬨啊！」

「娘，我真不是胡鬧！」祝圓沒轍，退了一步。「要不這樣，我把買賣的章程寫下來，妳去操作，如何？」

張靜姝微詫。「還有章程？」

「當然！沒有章程如何做買賣？」原身確實年紀小了點，不被看好也是正常，索性弄一個方案出來，讓其他大人去折騰算了。

其實，前些日子察覺家裡經濟不寬裕，祝圓便開始考慮這些了，正好今天張靜姝教她看帳，她就乘機提出。

畢竟她還想安心當米蟲，可家裡天天入不敷出的，她哪還能安心當米蟲？

祝圓讓丫鬟送來紙筆，蹬蹬蹬跑到隔壁小間開始埋頭書寫。

張靜姝跟銀環對視一眼，面上皆是忍俊不禁。兩人覺得這不過是小孩子笑鬧一場，只當看個樂子，接著便各自忙碌，偶爾聊上幾句瑣碎，丫鬟們不時上來添水換茶，氣氛寧靜又祥和。

祝圓在紙上刷刷刷地寫了一大堆，不等墨跡乾透，蹬蹬蹬又跑出來，把企劃書遞給張靜姝。

「娘，您看看這樣可不可行。」

張靜姝詫異。「這麼快？」還不到半個時辰呢，這麼快能寫出什麼章程啊？果然是小孩子……她漫不經心接過紙張。

「妳爹還讓妳好好抄寫縣志——」眸光一凝，話也停住了。

銀環聽著突然沒聲音了，抬頭問：「怎麼了？」

張靜姝擺擺手。「我先看看。」

祝圓巴巴地等著。

片刻後，張靜姝神情嚴肅地看向女兒。「這是妳想的？」

「是的。」祝圓有點緊張。「可以做嗎？我覺得這法子，大錢賺不到，幫補一下家裡還是沒問題的。」

張靜姝瞅了她一眼，點點頭。「看起來可行。」

「那……？」祝圓期待不已。

「妳這寫得挺好的，什麼都想好了，照著做就成。不過……」

祝圓又緊張了。

「妳這花銷——不對，叫預算，是嗎？這處寫得不對，價格大多寫錯了。」張靜姝搖搖頭。「以後每天巳時來我這兒，娘教妳學管帳。」

祝圓茫然。好端端的怎麼聊到學管帳呢。

張靜姝笑了。「妳不是想做買賣嗎？起碼要會管帳吧？」

祝圓瞪大眼睛。這意思是……

「我算了下妳這章程裡頭的項目，加上租鋪子，總共不過十來兩，妳連最壞的結果都想到了，想必已經考慮了很久。」張靜姝摸摸她髮鬢。「我家圓圓長大了啊……」

所以是打算怎樣嘛！祝圓巴巴地看著她。「娘，那這買賣是不是可以做？」

「做。」張靜姝笑咪咪。「這錢呢，我幫妳出了。」
祝圓一蹦三尺高。「謝謝娘！」
張靜姝按住她。「別急著高興，聽我把話說完。」
「您說，您說。」只要能給她試試，啥都好說。
「錢呢，我就給這一次，三個月時間沒見著成效，妳就安心好好習字練琴，過段日子再開始學管家理事。」言外之意，若是沒有成效，以後就不能再折騰這些事了。
祝圓「啪」地一聲，挺胸收腹、雙手併攏做軍姿狀。「謹遵母親大人教誨！」
張靜姝被她逗笑了，食指點了點她腦門。「調皮！」
祝圓嘿嘿兩聲，眨巴眼睛看她。「那咱們什麼時候開始啊？」
張靜姝無奈，朝邊上丫鬟吩咐道：「去取十五兩銀子來。」
祝圓興奮地看著那名叫紅袖的大丫鬟往裡室走去。
很快，紅袖便拿著一個精緻的錢袋子出來，交給張靜姝，後者轉手將其遞給祝圓。
「這筆錢交給妳，接下來找鋪子、找人、找材料，妳自個兒去想辦法，只記住一條，不管去哪兒，都得帶著人，知道嗎？」
「嗯嗯嗯。」祝圓緊緊抓著手裡的創業基金，連連點頭。
待她歡天喜地的離開，銀環擔憂不已。「夫人，妳真由得大姑娘折騰啊？」
張靜姝嘆了口氣。「她也十一歲了，雖然早了點，不過這些銀錢之事早晚得接觸，既然她現在有興趣，給她試試也無妨。」

銀環欲言又止。

張靜姝瞅了她兩眼，笑道：「別擔心，等盈盈大一些，也會有這一遭的。」

銀環忙解釋。「我不是這個意思。十五兩不是小數目，就這麼給大姑娘，我擔心她……」

張靜姝將手上紙張遞過去。「妳先看看這個。」

銀環是她的陪嫁丫鬟，略通文墨，看些簡單的字句沒有問題。果不其然，銀環一目十行將祝圓寫的章程看完，登時咋舌。「大姑娘這是早早就琢磨好了？」

這章程裡，從店鋪的選址、鋪子的陳設格局、要賣的產品、產品的製作包裝、後期的銷售……全部都列得一清二楚，甚至還有備案。

這要不是早早想好了，哪能半個時辰不到就寫得如此清楚明白？

張靜姝笑嘆了口氣。「可不是？我這要是不讓她試試，她指不定心裡會一直惦記著。咱們這種人家，世俗要懂，可太過市儈也不是好事。」

銀環懂了。「所以您乾脆讓她去嘗試一番。」

張靜姝笑著點點頭。

祝圓歡天喜地的帶著銀子回到自己的屋子，先讓夏至收好，完了又顛地顛地跑進書房，喜孜孜翻出筆墨。

「狗蛋，我有錢啦！」
「──」
祝圓無視紙頁上陡然劃過的墨痕，興奮地繼續往下寫：「我拿到了投資，明兒就要開始為我人生第一份事業奮鬥了，快來恭喜我！」
謝崢捏了捏眉心，無奈提筆。「何謂投資」
祝圓撓頭。「就是有錢的人出錢、我這種有腦子的人出力，一起合作掙錢。」
謝崢懂了。「即是掌櫃」
祝圓靜默。「……」
土包子！「請稱我為總經理、職業經理人，或者總裁！謝謝！」
謝崢挑了挑眉。這都是什麼稱呼？怪彆扭的。不過這不是重點，重點是適才那些。
「你的所謂事業，是你剛才謄寫的那些」
「呸，什麼謄寫，那是我自己構思的！寫的時候在我娘那兒呢，要不然我當時就吐你槽了。」
謝崢莞爾。這小子的遣詞造句真是……特別。
「你自己構思的？確實不錯，該想的地方都想到了」謝崢想了想，讚了句。「沒想到你做事還頗為周全」
祝圓哼哼。土包子沒見識了吧？姊姊今兒心情好，給你上一課！
大筆一揮，她開始介紹起來。「這是最簡單的六何分析法，各種場合、各種事情都能用。什麼是六何呢，簡單來說，就是從何因、何事、何地、何時、何人、何法六個角度進行思考。就是個傻子，按照這方法，做什麼事情都不容易出錯，小子，學著點啊～～」

謝崢盯著那洋洋灑灑一大段，暗自默念了兩遍。六何分析法……嗎？

「喂！」

「……」

「狗蛋？」

「……」

「人呢？被哥的過人智慧驚著了，不敢跟我說話了嗎？」

謝崢回神，看到紙上浮現的墨字，額角又忍不住跳了起來。這小子性格實在是……

他蘸了蘸墨，提筆寫道：「換個稱呼」

狗蛋什麼的，著實不雅。

祝圓心情好。「那你想叫啥？」

謝崢頓住了，半晌，道：「總之，不能是狗蛋」

祝圓無語。「狗蛋怎麼了？賤名好養活，哥我是為你好！」

「我年長你多歲，於情於理，你也該尊稱我為叔」

祝圓無言。「……」

難道是因為她自稱哥，這廝看不過去？怎麼這麼小氣巴拉的？現代人誰在網上聊天不是自稱哥啊姊啊的，再說，這紙上傳書，也不知道對方何方神聖，她當然不能以真實年齡身分出場，這是合理偽裝！

這麼一想，她更為理直氣壯。「你怎麼知道你年紀比我大？」

「字體便能窺見一二」

擅長鬼畫符的祝圓。「……」

「不對，我覺得你這麼幼稚，肯定比我小，應該是你叫我哥才對。」

「那，貴庚」

祝圓心虛地咳了聲，毫不客氣的將兩輩子的年齡加上去。「三十有七。」生怕他不信，又文謅謅地補了句。「年到而立才開始習字，慚愧慚愧！」

謝崢冷笑。「吾已過知天命之年，家裡兒孫繞膝，日後你稱我為叔即可」

祝圓一噎。「……」我信你個大頭鬼哦！

兩人各懷鬼胎，自然聊不出結果。

謝崢懶得跟小娃娃計較，擱下筆先撤了。

祝圓意猶未盡，趁著對面不寫字，趕緊把剛才寫的方案再次列出來，又補充得具體一些。

第二天一早，祝圓練過琴便去跟娘申請準備出門。

張靜姝自然不反對，只是叮囑她帶上夏至，再配一名外院奴僕、加上車夫，然後才讓她出門。祝圓當即興奮出門。

先坐著馬車繞城一周，尤其是市集、熱鬧街區地帶，祝圓還特地讓車夫放慢速度，一路慢慢看過去。

蕪山縣有東西兩市，雜貨日用、菜肉等有異味的多在西市，酒樓、客棧多在東市。其餘布坊、糧油坊、點心鋪子等等，東西市皆有分佈。只是，比之西市，東市的房屋要好一些，來往行人的衣著要鮮亮些，連來往馬車也多一點。

祝圓心裡大致有底了，再次轉回東市。

她下了車，領著夏至幾人慢悠悠從街頭晃到街尾，再從街尾晃回街頭。

鬧市區的鋪子她也不指望了，不說租金高，在鬧市的鋪子生意基本不差，鐵定不願意租給她。故而她只能退而求次，往偏僻些的地方考慮，比如街尾，比如巷子口。

來回晃了一遍，再進去幾家適合的鋪子裡轉一圈，祝圓心裡便有譜了。

她也不含糊，先找了家掌櫃提起話題。

「什麼？」那名皮膚白淨的胖掌櫃以為自己聽錯了。

祝圓笑容不變，又問了一遍。「你這鋪子租不租？」

胖掌櫃將她打量了遍，又看了眼她身後的夏至，假笑道：「小姑娘，叔叔我這兒忙著呢，妳去別處玩過家家啊！」轉身。「石頭，送客！」

祝圓一愣。「……」

哼，沒眼光！祝圓忿忿離開，轉道另一家。

「小姑娘，妳真會開玩笑。我這兒不租，妳回家去吧。」

「我這兒生意做得挺好的，不租。」
接連幾家都慘遭滑鐵盧，祝圓鬱悶得不行。
時間也差不多了，她今天的縣志還沒抄完，只能怏怏不樂地打道回府。
在東街晃了一中午，身上臉上皆是塵，祝圓擦了身又換了件衣服，便癱在軟榻上發呆。
夏至端了碗綠豆湯進來，看到她這模樣，頓了頓，快步進來，將綠豆湯擱在榻邊，輕聲安慰她。「姑娘您別太過在意，是他們有眼不識泰山。」然後伸手扶她。「來，您走了一晌肯定熱得慌，起來喝碗甜湯提提神。」
祝圓砸舔了舔略乾的唇，一咕嚕爬起來，接過夏至遞上的綠豆湯，咕嚕咕嚕灌了好幾口，完了一抹嘴。「這些人……哼，日後等我掙錢了，看我怎麼嘲笑他們！」
見她生龍活虎的，夏至微鬆了口氣，笑道：「對，到時讓他們眼饞去。」
祝圓依舊氣鼓鼓的，喝綠豆湯硬是喝出股殺氣騰騰的感覺，配上那嬌憨外表，說不出的可愛。
夏至有點好笑，想了想，試探道：「姑娘，要不明兒讓奴婢去試試？」
祝圓擺擺手，將喝完的碗遞給她。「妳也沒大我幾歲，又沒他們老臉，去也是白談。」
夏至今年十六歲，原來是張靜姝的丫鬟，去年底才被調過來伺候她的。至於她在祝家時原來的丫鬟？早在去年就被她娘發賣了——
想到那名丫鬟的哭喊哀求，祝圓打了個冷顫。
正好轉過去放碗的夏至沒注意，只隨口道：「既然咱們都不行，那就找人幫忙唄。」

「不行，娘說了，這些得——」祝圓話語一頓，一擊掌。「對啊，娘沒說不讓我找別人幫忙啊！」跳下榻，套上鞋，立馬奔了出去。

「誒，姑娘您去哪？」夏至連忙追上去。

「我去找管事伯伯！」祝圓扔下一句話便跑遠了。

夏至這才沒跟上去。

不到一刻鐘，她又風急火燎跑回來。

夏至好奇。「管事怎麼說？」

「談好了，明兒他跟我們一塊兒出去。」祝圓喜孜孜。「還有接下來的採買，我也託他幫忙了。」

夏至鬆了口氣。「有管事幫忙，這事就好辦多了。」

祝圓撇嘴，嘟囔道：「可不是，錢也花得快多了。」

「啊？」夏至沒聽清。

「沒事。」祝圓已經走到書桌後。「來幫我磨墨，晚點爹爹該回來了。」

「是。」

祝圓將裁好的宣紙翻出來，就看到熟悉的蒼勁墨字一字一字慢慢浮現，她沒來得及細看內容，便翻了個白眼。

「姑娘？」

「啊？哦，磨好墨就行了，我自己抄書，妳去忙吧。」

「是。」

待夏至出去，祝圓忙提筆——

「哥們，打個商量，我今天還沒抄縣志，你歇個一下午行嗎？」

謝崢停頓片刻，問出這段時日以來的疑問。「為何抄縣志」

「給家裡添加藏書啊。」祝圓毫不避諱。這時代用的還是傳統雕版印刷術，但是雕版印刷成本高，各家藏書還是多以抄錄為主，故而她抄寫文字是很稀鬆平常。

不尋常的地方在於，她抄的是縣志。

謝崢眸底閃過抹深思。「你在蕪山縣縣衙任職」不對，「他」這幾天還在忙碌他所謂的事業——

「嘿嘿，你猜？」

謝崢沈默。「……」

不等他繼續發問，對面人不知是心虛還是無意，刷刷刷地繼續往下寫：「看一本抄一本什麼的，太不人道了。」

謝崢微哂，順著話題往下接。「謄抄是對先賢的推重」

祝圓反駁。「既是推重，為何不普及化，讓更多的人知道並學習？」

「識字讀書者少」言外之意，沒有必要。

祝圓怒了。「還不是因為書墨太貴，老百姓買不起！不然你當老百姓不想識字嗎？」

「此乃另一問題」

「放屁，這分明就是一個問題！」祝圓奮筆疾書。「就拿這抄寫典籍、縣志來說，一個人抄上十天半個月才能抄完一小本書籍，這麼耗費精力，那書籍的成本能不高嗎？再說，典籍千千萬，光靠人力抄寫，得抄到猴年馬月？一個人抄一輩子的書，還不一定夠一縣城的百姓翻看，怎麼流傳？怎麼普及？」

謝崢擰眉。「千百年來皆是如此」

「從來如此，便對嗎？」祝圓直接拿魯迅先生的話砸過去。

謝崢默然。「……」

「歸根結底，還是上位者太狹隘。不好好發展自己國家的經濟，不給百姓謀福利，天天只想著剝削民脂民膏，好讓自己過舒服日子！」祝圓總結道。這紙上傳書的功能實在太爽了。不管她寫了什麼，只要她這邊稿紙一燒，別人便無從得知她說過什麼，簡直就是聊天、吐槽、八卦的利器！

謝崢忍不住捏眉。不是在討論抄書嗎？怎麼突然談到剝削民脂民膏上了？

看他許久未有回覆，祝圓又有些氣虛，趕緊將話題打住。「不說了，我該抄書了！」掃了眼未抄完的兩箱多縣志，她依然覺得很頭疼，順手又補了句。「你說，我要是去找木匠給我雕一套字，然後把這些縣志印上十套八套，能換錢嗎？」

謝崢無語。「雕版出世時，你或已歸西」

祝圓一噎。「……」

「呸，你死了我還沒死呢！」她氣憤不已。「我是要雕活字，又不是雕刻印刷板！要是我多找兩個人，幾天工夫就能雕好了，你這沒見識的土包子！」

謝崢目光一凝。「你說什麼？再說一遍」

祝圓茫然。「……你這沒見識的土包子？」

謝崢額角青筋跳了跳，提醒道：「活字」

……哦。祝圓乾笑。

「說話」見她不寫了，謝崢毫不客氣催促。

祝圓翻了個白眼。這語氣可真讓人不爽，故而她直接懟了句。「你又不是皇帝老兒，關心這些幹麼？」

謝崢沈默。「……」

祝圓看他半天沒回覆，暗笑一聲，見好就收。「其實吧，這玩意不算太專業，取的是巧思，就是先將一些常用字雕刻出來，需要用時再排列組合來用……我對這個也只是大致了解，你要是想弄，估計得找人試試。」

想到這廝自詡年過五旬，祝圓嘿嘿笑了，繼續往下說：「你識字，年紀又在那擺著，肯定認識不少文人。你若是想做這個印刷生意，倒是大有可為。」

那句「年紀在那擺著」讓謝崢挑了挑眉。「有何可為之處」

「找那些文人談生意啊，賺錢啊！越是名聲大的，這生意越好做。」

「文人自恃清高，越是名聲大，越是愛惜羽毛，這些人如何肯與你談及這些銅臭之事」

起碼表面上不會。

「你是傻了吧？」祝圓毫不客氣恥笑他。「文人最在乎什麼？文人最在乎名聲，要是花上一點點錢，就能把他們的手稿、言論印製成冊，冊子一印幾百上千份，封面寫上某某居士語錄、某某先生詩作……你說他們做不做？」

謝崢雙眸驟亮。

「現在這年頭，能讀書習字的，十個有八個都是家底豐厚，花點銀子就能印製個人書冊，還工整漂亮大方得體，不管送人還是收藏，都非常合宜，你說這些文人雅士們樂不樂意？」祝圓越說越來勁。「再說，活字印刷術除了花點紙墨、人工，還有什麼成本？這妥妥就是暴利啊。要不是我現在——沒錢，這買賣我肯定自己做了。」

謝崢注意到她中途可疑地停頓了會兒。他瞇了瞇眼，提筆道：「你不是剛拿到資金嗎？怎麼不自己做」

祝圓沒好氣。「你不是知道我在蕪山縣嗎？這地方文風幾近無，別千辛萬苦雕了一套活字出來，連本金都賺不回來，我的錢，可禁不起這樣耗——」

等等！想到什麼，祝圓眼珠子一轉，嘿嘿笑著提筆。「你要是做了這生意，可別忘了給我分成！」

謝崢正凝神看她分析，話題陡然轉到生意上，他愣了愣，繼而挑眉。「為何」

「我提供了技術，還提供銷路，你不給我分成，你的良心不會痛嗎？」

謝崢眼底閃過抹笑意。「依你之見，我得分你幾成」

「起碼五成！」祝圓毫不客氣。「我這活字印刷術可是功在千秋的大發明，我拿五成還算是虧了。」
謝崢見過不要臉的，沒見過這麼不要臉的。
明明話題無聊至極，另一頭的人是何身分也不知道，他還是接著話題往下說：「太多，至多兩成」
祝圓忿忿不平。「兩成？你打發叫花子嗎？大叔，做人不能太貪婪。」
謝崢唇角勾起唇角。「商人逐利」
「哼，奸商！」畢竟只是口頭上的玩笑話，祝圓也就嘴上唸唸，完了她好奇心起，問對面。「你行商？」
謝崢想了想。「算是」
祝圓恍然。「難怪你這人小氣巴啦的。」
謝崢一噎。「……」
胡扯瞎聊，又是一天過去。

第三章

「老三最近如何了？」正在御書房批著奏摺的承嘉帝，頭也不抬地問道。

站在他身後的德順愣了片刻，立刻壓下腦袋。

一道身影不知從何處冒出來，跪隱在龍案側方，低聲稟報道：「三殿下這段日子去了六趟工部、一趟司籍。」

承嘉帝詫異。「他去司籍做甚？」

「只問了幾句油墨印刷之事。」

承嘉帝沈吟片刻，沒再多問，轉而問起另一邊。「他去工部折騰什麼？」

「聽說是在試驗一種叫水泥的東西。」

「水泥？」承嘉帝茫然。「此乃何物？」

那人忙請罪。「陛下恕罪，奴才不知。」

承嘉帝擺擺手。「你當然不知道。」完了搖搖頭。「工部的人竟也跟著折騰。」

「殿下指名要都水清吏司的人參與。」

承嘉帝啞然，笑罵了句。「這小子，把皇子身分用得挺順手的。」語氣中卻不見責罰之意。

這話別人可不敢接，稟報之人壓低腦袋不吭聲。

承嘉帝也沒指望他能說什麼，擺擺手。「行了，讓他折騰去吧。」

「是。」那人磕了個頭準備退出去。

「慢著，」承嘉帝陡然想到什麼。「老三最近幾個月是不是都沒去昭純宮？」

那人遲疑了下。「三月以來，只去了一趟。」

承嘉帝皺眉，自語般道：「這小子怎麼了？」

謝崢這孩子，以往不說熱情，但對其母后、親弟還是關懷備至的，尤其是對淑妃，不說天天過去昭純宮請安，隔三差五去一趟卻是固定。如今都快三個月了，竟然只去了一趟？

而這唯一的一趟，據他所知，也只待了半盞茶工夫不到，還領了淑妃的罰回去……

好端端的，他怎麼跟淑妃起間隙了？

稟報之人見他陷入沈思，無聲地磕了個頭便再次退下隱匿。

承嘉帝百思不得其解，乾脆擱下筆。「走，去書房看看。」

許久不曾去書房看看孩子們了，順便看看謝崢究竟怎麼回事。

既然是去查皇子們的讀書情況，承嘉帝自然不會大張旗鼓，皇子書房距離御書房不遠，承嘉帝乾脆步行過去。

到了地方，德順領著幾名小太監先進去，把周圍的宮人揮開，承嘉帝這才踱步入院。

這會兒剛過辰時正，讀書聲從裡頭傳來，有氣無力、疏疏落落，動靜還不如樹上蟬叫。

承嘉帝聽得眉心都皺了起來，走上台階，透過窗戶往裡看。

只見除了幾名年紀小的在認真誦讀，其他皇子看書的看書、睡覺的睡覺、說話的說話……

承嘉帝面沈如水，德順幾人大氣都不敢喘一聲。

不知道哪位小皇子先發現承嘉帝，大聲喊了句。「父皇！」

「嘩啦！」

「哐噹！」

一陣兵荒馬亂，全部人跪倒在地。

承嘉帝壓抑著怒氣走進去，率先問屋裡最大的二皇子謝㵟。「老大不在，你這個當哥哥的就是這樣放任弟弟們這般胡鬧的？」

他口裡的老大便是大皇子謝峮，去年冬開府成親，現在去了禮部當差，已較少來皇子書房學習了。

大皇子不在，老二謝㵟便是皇子裡最大的。

謝㵟連忙請罪。「是兒子不懂事，沒有擔起哥哥的責任。父皇若是罰兒臣，兒臣別無他話。」

承嘉帝重哼了聲，轉向跪在最後的三皇子謝崢。「你又是怎麼回事？昨夜裡捉賊去了？」竟然明目張膽地在書房裡睡覺！

謝崢隨口道：「稟父皇，今日所學內容兒子皆已熟悉，便有所懈怠。」再者，這個時候，那位佩奇兄正在抄縣志，看書晃眼，習字……他的字也無須再練，索性便閉目養神了。

他說的是實話，承嘉帝卻聽得怒意上漲。「寒窗十年尚且不敢懈怠鬆弛，你小小年紀就敢大放厥詞說已然熟悉？」

眾人噤聲。

謝崢面不改色。「兒子不需要考取功名，何必跟旁人做比較。」

承嘉帝眉頭一皺，斥道：「朕看你是膽兒肥了！」看看左右，撿起一本冊子砸到他身上。「既然你已經熟悉了，回去寫一篇文章，好好分析分析《孟子》，寫好給朕批閱，沒讓朕滿意之前，都不許出屋！」

謝崢沒有回嘴，乖順地接下了。「謹遵父皇旨意。」

承嘉帝的臉色這才緩和些，轉頭將當值講讀、餘下皇子統統訓斥一遍，而後甩袖離開。

目送聖駕出了院門，謝峸走過來，嘖嘖兩聲。「三弟，你這膽兒果真肥。」

謝崢掃了眼他適才抱著不放的書冊，淡淡道：「不及二哥，還敢在書房裡看話本，我自愧弗如。」若不是父皇沒仔細看，遭殃的指不定是誰。

謝峸一窒，呸道：「雅俗共賞，誰說話本不能看——」

「咳咳。」當值講讀急忙打岔。「兩位殿下請入座，微臣該講解下一章節內容了。」

剛才被承嘉帝訓斥了一遍，謝峸瞪了眼謝崢，悻悻然離開。

各自回座。

回到後排的謝崢眼睛一掃，那位佩奇兄依然在振筆狂書，也不知為何，他提筆就去撩對方。「你讀過《孟子》嗎」

遠在蕪山縣的祝圓懵了一下，停下抄書，隨口答道：「知道啊，儒家代表作嘛。問這個幹麼？」

儒家代表作？這評價倒是貼切。「想問問你對《孟子》的看法」

「沒什麼看法，我一不當皇帝，二不當官，哪有什麼看法。」

謝峥啞然，搖了搖頭，不再贅述，拿起《孟子》，凝神開始構思如何寫這篇文章……

當值講學瞅了他好幾眼，看到他指節分明的手指輕輕慢慢地在桌上敲擊，很認真在思考著，便默默收回目光。

不到一個時辰，謝峥陡然睜眼，鋪紙、提筆，一氣呵成。

「把文章送到御書房，交給父皇。」扔下一句話，謝峥便揚長而去。

捧著幾張手稿的安瑞欲哭無淚——

我的主子誒，陛下前腳才禁了您的足，後腳你就跑出去溜達……這、這是不是有點太囂張了啊？

聽到稟報，承嘉帝下意識看了眼日晷，不解道：「不是剛從那邊回來嗎？又送了什麼過來？」

「稟陛下，聽說，是三殿下讓人送來了文章。」

承嘉帝瞇了瞇眼。「拿上來。」

「是。」

不過片刻工夫，謝峥的文章便送到他手上。

《孟子》乃傳世的儒家經典，記錄了孟子的治國思想、治國策略等，主張推行仁政。常人分析《孟子》，不外乎是從「仁」字出發，進行引申拓展，然謝崢並不。

他講「仁」的不足，為了論述清楚，他甚至把刑律翻了出來，「仁」是思想，「法」是手段，仁法並重，才是長久之道……

離題萬里，卻更有分量。承嘉帝看得連連點頭，忍不住倒回去又看了一遍，看完後他問德順。「老三最近看了什麼書？」

德順忙上前。「稟皇上，聽說前些日子三殿下找司籍拿了全套《刑律》。」

「這就對了。」承嘉帝笑罵了句。「我說好端端怎麼扯上了刑律。」頓了頓，他這回直接問送來文章的太監。「老三知道錯了沒有？」

跪在下面的正是謝崢的貼身太監安瑞，聽見問話，他忙磕頭，惶恐道：「稟陛下，三殿下並沒有留話。」

承嘉帝皺眉。「他人呢？」

「稟告陛下……」安瑞一閉眼，埋下頭。「三殿下去了司籍。」

承嘉帝怔了怔，再看看手裡書稿，登時哈哈大笑。「好，好！不愧是朕的兒子！」能寫出這般見地的文章，那些翰林學究的課業教導確實是……悶得很。

言外之意，這文章是過關了。安瑞登時大大鬆了口氣。

「行了，再怎麼說該學的還是得學，回去讓你家殿下好好聽講。」

「是。」

彼時謝崢已經在司籍裡搗弄那些雕好的活字木塊，準備試印。

遠在蕪山縣的祝圓也沒閒著。

這段日子，她不光租好了鋪子，還把鋪子重新裝修了一番——買了石灰調成漿刷牆，門窗重新換了新的，屋裡陳設、家具，按照她的設計重新訂做，另外還採買食材……還沒開店便把錢花得一乾二淨，差一點連招牌都打造不起，甚至，有些家具什麼的還是借家裡匠人幫忙弄好的。

預算不夠，連廚師、服務生都只能借家裡的。

大廚還得給她爹娘弟妹做飯，祝圓想要做的東西難度不大，乾脆也不找主廚，直接挖走自家廚房一名做幫手的小廚，再找幾名端正些的奴僕、丫鬟，這人手就齊備了。

那邊裝修進行中，這邊就開始人員培訓，同時還自掏腰包買了些同色棉布，讓人縫製成統一樣式的圍裙。

除此之外，她每天還得雷打不動地抄寫縣志，忙得腳打後腦勺，連狗蛋最近很少出現都沒發現……

忙忙碌碌，終於到了開幕這一天。

最後視察一遍店內情況，祝圓深吸口氣。「開門！」

「是！」

幾名乾淨整潔、套著制式圍裙的奴僕走出去，兩名拿著鑼走向東街鬧市，兩人站在門口擺開架勢。

「鏘鏘鏘！」

「咚咚咚！」

鑼鼓齊響。

由祝圓特地挑選出來的活力小夥子扯開喉嚨吆喝。「得福食棧開業啦——」

「咚咚鏘鏘！」

「今日得福食棧開業大酬賓，所有商品一律五折，全部五折！五折你買不了吃虧買不了上當！各位叔伯大哥大爺嬸子大娘阿姨姊姊，走過路過不要錯過，進店看一看、瞅一瞅了喂～～」

門外「咚咚鏘鏘」，躲在後廚的祝圓也緊張不已，隔一會兒就挑起簾子朝外頭瞅一眼。

夏至好笑又無奈。「姑娘，他們才剛出去呢。」他們鋪子位置也有些偏，哪有那麼容易招攬到——

「來了！」祝圓低呼，轉回身。「趕快，都準備起來。」

「是！」廚房諸人應聲。

此刻已是巳時末。踏入六月，天氣已經很熱了，今兒又是大太陽，豔陽高照，更是熱上加熱。不過再熱，行商走卒還是得在外頭奔波。

恰逢飯點，這新開的得福食棧既然有五折優惠，路上行人便聞訊過來。

一進門便是兩盆半人高的綠色植物，然後是明晃晃的白牆，配上敞開的門窗，屋裡光線透亮得很。

屋裡的桌椅都已上了淺色桐油，淺木色，既無雕刻也無裝飾，樸素得很，但進店的人完全不覺得簡陋。

四面牆上掛了許多垂著藤蔓的綠色植物，淺色桌上也都擺著許多小巧的盆栽，每隔幾張桌子，還放了幾口大肚圓缸，上面漂著幾片浮萍。

綠意盎然，生機勃勃，宛如置身山野叢林，但又頗為雅致，絲毫不覺粗獷凌亂。

大夏天的，進到這樣的屋子，整個人都舒爽了不少，帶頭進來的兩名漢子同時舒了口氣。

一名端正姑娘迎上來，朝他們福了福身。「歡迎光臨。兩位想坐哪兒呢？」

這姑娘身上套著塊翠綠過膝的圍裙，與外頭敲鑼打鼓的哥們一模一樣，想必是這家食棧的夥計。

兩漢子約莫是第一次遇到這般正式的迎禮，再加上這店鋪裝潢實在不尋常，便都有些緊張。

對視一眼後，其中一名漢子結結巴巴問道：「聽說你們這兒東西五折……」

另一名漢子見他說不到點子上，急忙插嘴。「這兒東西貴不貴啊？要是太貴我們可吃不起。」他們就是衝著五折來的。

「客官放心，咱們這兒的菜品多樣，從幾文錢到幾十文都有，分量足又價格實惠，加上開業五折，再能吃的人也可以放心點。」

兩人齊齊鬆了口氣。「那行。我們坐那兒。」

小姑娘隨他們過去，順手從圍裙口袋裡掏出幾塊薄木片遞去。「兩位看看想吃些什麼。」

左邊漢子接過來，一看，上頭畫了簡單的線條圖案，每個圖片下面還有幾個圈。

不等他發問，小姑娘便介紹起來。「這是我們店的菜單，每個圖案代表一樣食物，下面的圈圈代表價格，一個圈圈就是一文錢。」

漢子秒懂，忙讓同伴一起湊過來查看。

「這是麵條的意思嗎？」

「這是炒麵，後邊啥都沒有的，就是素炒麵。對了，不管點啥主食，都會配例湯。」

「例湯？」漢子茫然。

「我們店每天會熬上一大鍋湯，點主食會送一碗。」

「哦哦，這樣好，這樣好！」漢子連連點頭。「那給我來一份炒麵——誒妳這價格是對折前還是對折後？」

「大哥，這是打折前呢，今兒吃飯，結帳就是上面的價位再打對折。」

另一名漢子眼睛一亮，嚷嚷道：「那給我來兩份炒麵！」

小姑娘樂得不行。「大哥要不要再看看我們店其他東西？光吃麵太單調了吧？」

兩人一想也是，忙去翻別的卡片。

「誒，這是什麼？」

小姑娘探頭看了眼，笑道：「這是甜品，從上到下依次是梅子湯、綠豆湯、紅豆湯，還有消暑涼茶。」頓了頓，她抿嘴笑。「涼茶可苦了，兩位大哥若不是暑濕上火，這個就別點了。」

「行，我們聽妳的。」左邊漢子爽快道：「那我就來份蛋炒麵，再加一份綠豆湯。」

「我也一樣！」

「好嘞，兩份蛋炒麵，兩份綠豆湯。」小姑娘拿出一個本子，刷刷幾下，撕下一張寫了奇奇怪怪東西的單子遞給他們。「這個單子你們留著，等吃完了，你們拿著單子去門口處的櫃檯結帳即可。」

左邊的漢子不放心，又問了一次。「那總共是多少錢啊？」

「一份蛋炒麵十文錢，一份綠豆湯四文錢，各兩份就是二十八文，對折後是十四文。」

「行！哈哈哈，趕緊讓廚房做去！」

「好嘞，兩位大哥稍等啊！」

這場景出現在鋪子各角落。

新鮮的裝潢、多樣的料理、便宜的價格吸引了不少來客，祝圓從家裡借來的丫鬟奴僕全都忙得團團轉，店外頭甚至還開始排起長龍。

祝圓跑到門口晃了一圈，趕緊讓人給門口排隊的人送上一竹筒新鮮豆漿——大熱天的，豆漿不耐放，又不貴，拿來送客人正合適。

本來天氣熱，有些聽說要排隊的人便想離開，被送了杯甜絲絲的豆漿後，登時都不好意思了，紛紛留了下來。

然後還有小姑娘跑來跟他們道歉，說如果等不及可以在外面點單，打包帶走，價格也是一樣的。有些急著趕路的便順勢點單打包……

過了飯點，外頭吆喝的人便換了台詞，改成宣傳下午茶、點心、飲品……

開門第一天，祝圓準備的食材剛過申時便直接售罄，當天回到家之後，顧不上歇息，祝圓便開始算帳。

扣除人工、食材成本，今天收入足足八百一十六文，這還是打了五折後的收入！

祝圓激動了！

「狗蛋狗蛋！我掙到錢啦！足足八百一十六文！哈哈哈～～一天就有近一兩，我要發了！」

八百一十六文？「我看，你還是研究一下刑律吧」遠在京城的謝崢難得起了同情心。

祝圓。「？？？」

什麼意思？

祝圓很快反應過來，這廝是在嘲笑她掙得太少！

是可忍孰不可忍！

「一天八百多文，一個月就有二、三十兩，起碼溫飽不成問題，我不貪心。」她先惺惺作態的謙虛一把，然後開嘲。「不過，你這種拚搏多年的老人家，想必是看不上這八百文。不知道你是攢了多少家財，快說出來讓我仰慕一番唄。」死傢伙，裝老人家占她便宜不說，還敢笑她辛勤勞動的成果？

結果這位狗蛋兄直接無視她的話，將話題扯回那八百文上頭。「依你所言，這八百多文是你掙到的第一筆收入，那過去三十年」

蒼勁的毛筆字寫到這裡就停了筆。

話雖未盡，詞意已達。

祝圓被噎得吐血，只能給自己圓謊。「承蒙祖宗庇佑，家裡尚有幾分薄田賴以度日。」說完依然忿忿，忍不住又刺了句。「再者，我還年輕，有無數的可能，不像某些人，年紀一大把，怕是再過幾年就得入土了。」

號稱年紀一大把的某些人無語。「……」

佩奇與狗蛋的第二次線上撕殺，佩奇完勝！

店鋪營收總結出來，祝圓當然要拿去大股東面前邀功。

張靜姝接過她那張薄薄的紙張，一眼掃過去，登時挑眉，讚道：「挺好的，剛開業就能掙到這麼多。」若是能天天如此，一個月下來數目不小了。

祝圓眉開眼笑。

「不過，」張靜姝話鋒一轉，開始潑冷水。「妳這是開業第一天，折扣大，生意好是必然，多看幾天，看看生意如何。」

祝圓點頭。「我知道，往後客人肯定沒有今天多，但是利潤會上來。」她嘿嘿笑。「我還有別的招數呢，保管幾天回本！」

張靜姝聞言蹙眉。「可不能走歪門邪道、坑蒙拐騙之事。」

祝圓忙點頭。「您放心，爹還是縣令呢，我不會墜了他的名聲——」

張靜姝敲了敲她腦門。「不管妳爹是不是縣令，咱們家的人也不能做這樣的事。」

「知道啦！」祝圓捂著腦袋弱弱道。

張靜姝這才作罷，再次看向她畫的線框。「妳這樣記帳，倒是一目了然，方便得很。」

「這是營收表格，將各項支出填進去，不管是賺了還是虧本都一目了然。」其實就是手寫版的EXCEL。

張靜姝再次拿起來看了一遍，然後笑道：「等鋪子裡的生意理順了，回來幫我弄個類似的，方便家裡管帳。」

「好！」

張靜姝又問起店鋪的情況，祝圓一一作答，直到祝修齊回來，兩人的話題才打住。

祝圓接連幾天在外頭折騰，如今店鋪算是步入正軌，她整個人便放鬆了下來，晚飯吃到一半，她就開始哈欠連連。

祝修齊瞅了她好幾眼，最後終於忍不住，皺眉道：「若是忙不過來就交給下人，妳身子才好沒幾個月，若是再累病了怎麼辦？」擔心之情溢於言表。

祝圓忙放下遮掩哈欠的手，正襟危坐道：「我會注意的。」她還記得剛過來時的孱弱不堪，可不敢亂來。

祝修齊板起臉。「還有功課別忘了。」

祝圓吐了吐舌頭。「知道了。」

張靜姝給祝修齊挾了一筷子菜，柔聲道：「吃飯呢，別在這時候教訓孩子。」

祝修齊這才作罷，轉而談起其他。「前些日子因為圓圓生病一直沒得空，如今咱們在蕪山縣也算穩定下來，妳找個時間，咱們辦場宴會，跟本地官紳吃頓飯，妳也好多交些朋友，偶爾也能串個門子。」

張靜姝點頭。「好。」

這事便算定了下來。

祝圓並沒有放在心上，吃過晚飯，她略歇了歇，便洗漱休息。

一夜好眠。

第二天，祝圓一大早醒來——說起來，她現在的作息比上輩子好多了。

這裡沒有手機、電腦，夜間沒有什麼娛樂，加上油燈、蠟燭光線不好，看書累眼，她現在已是入鄉隨俗，每天日落而息、日出而作。

也因此，每天早上她壓根不用鬧鐘，時間到就能起來。

梳洗過後，她吃過夏至送來的早飯，在院子裡溜達了兩圈，便跑去練琴。

原身學了三、四年琴，許是對樂器不感興趣，平日有些憊懶，水準不高，倒讓祝圓偷了便宜，藉著腦子裡的些許記憶，慢慢練了起來。

再說，原身病了大半年，技藝有退步也是正常嘛。如今她每天勤奮練習一個多時辰，應當是聽不出太大差別了。

祝圓彈完一首曲子，再次將指法走了一遍，權當放鬆。

「不錯，力道上來了。」張靜姝的聲音陡然傳來。

祝圓轉頭望去，張靜姝正笑盈盈地站在門口，銀環姨娘及她的弟弟妹妹也跟在後頭。

「娘、姨娘。」祝圓忙起身行禮。「妳們怎麼過來了？」

「姊姊！」不等張靜姝開口，祝庭方滋溜一下鑽進來，拽住祝圓的袖子催促。「娘說今天要帶我們出去吃飯！」

祝圓詫異。

張靜姝說道：「妳那鋪子昨天不是開張了嗎？今天得空，咱們都去看看，給妳捧個場。」

祝圓眨眨眼，樂了。「行，只要記得付錢！」

張靜姝莞爾。「瞧妳吝嗇的。」

「我那是小本經營，還沒回本呢！」

銀環跟著打趣。「要是不好吃，我們就不付錢了。」

「都是咱家廚子做的，能不好吃到哪兒啊！」

一行人浩浩蕩蕩前往得福食棧。

這會兒還是上午，店裡沒幾名客人，張靜姝幾人甫一進門，皆有些驚著了。

明淨敞亮，綠意盎然，乍一看還有幾分素淨雅致，絲毫沒有祝圓口中的「速食」之感。看到他們進來，店裡套著翠綠圍裙的丫鬟奴僕連忙過來行禮，張靜姝擺擺手，讓他們自去忙活，然後慢慢踱進店內。

祝庭方一溜煙奔進去，嚷嚷道：「姊姊，這裡好涼快。」

祝圓也不攔他——反正店裡都是自家下人，多的是眼睛看著，不怕他摔了碰了。

張靜姝問祝圓。「妳怎麼弄這麼多花花草草進來，不怕惹來蚊蟲嗎？」

「各窗戶我都掛上藥包呢。」祝圓不以為然。「現在天氣熱，放些綠植能降溫。」不管是視覺上還是體感上。

張靜姝點頭。

「那水缸也能降溫嗎？」祝盈跟著好奇。

「當然啊，不光降溫，還防火呢！」都是木結構房，多備點水總不會出錯。祝圓轉過來招呼道：「娘，咱們坐下聊，先點些吃的吧！」

張靜姝看看左右。「廂房在哪兒呢？」

祝圓直言道：「地方小，沒弄廂房呢。」

張靜姝皺眉。「那女眷在何處用餐？」

祝圓「啊」了聲。「都、都在大堂……」她竟然忘了這時代的男女大防！她撓了撓頭。「難怪昨天進來吃的全是男的。」女的都是打包帶走的。

張靜姝好笑地摸摸她腦袋。「妳已經做得很好了，有所疏漏也是正常。」

祝圓沮喪。「我真的忘了，那今天客人上門怎麼辦？」

這會兒沒幾個客人還好說，可飯點一到，客人多起來，她娘肯定不自在——她娘、姨娘習慣了男女大防，貿貿然肯定改不過來，這樣用飯也吃得不香。「要不，打包回去吃？」

張靜姝笑了笑。「那倒不必。」轉頭吩咐綠裳。「庫房應當還有幾塊閒置的屏風，妳去讓人搬過來。」

「是。」

祝圓眼睛一亮，一把摟住張靜姝。「謝謝娘！」拿過來就是要給她店裡用的意思了！

張靜姝摸摸她腦袋。「好了，我們先看看妳這鋪子裡的菜單。」

隨意挑了張靠窗的桌子落坐，張靜姝拿著菜單牌子細看，不懂的就問上兩句，最後跟銀環商量著點了幾樣東西。

祝圓想了想，給改了幾樣。「這幾樣菜都是圖個快速飽腹，咱們不差這幾個錢，吃新鮮的吧。」

張靜姝自然由她。

等餐點的工夫，祝庭方跟祝盈已經離開座位四處撒野，銀環也湊到水缸邊看浮萍與小魚，張靜姝則跟祝圓談論起店鋪的佈置和運營情況……

很快，飲品被送了上來。

看著面前幾杯帶著些許黃褐色的飲品，張靜姝詫異不已。「這麼快？這是什麼？」

祝圓笑著解釋。「這是奶茶。奶和茶都是提前熬好的，客人點了後只需調和一下便好。」

張靜姝略一想便明白過來。「別的也都如此？」

「那倒不是。湯、甜品，還有部分小吃是提前弄好的，其他現炒現做的則是準備好材料，有客人點了，上鍋一炒便成。」

「這樣確實快。」

剛回來的銀環跟著讚了句。「大姑娘好巧思。」

祝圓笑得心虛。哪是她巧思，她不過是站在巨人肩上，借鑒了現代茶餐廳模式罷了。

沒多會兒，其他菜陸續送上，涼皮、蛋炒麵、拍黃瓜、滷豆乾，甚至還有皮凍……味道不見得有多好，勝在新奇。大人倒罷了，兩位小朋友吃得高興得很，尤其是那碗涼絲絲的涼皮，兩人只差沒把碗底給舔了。

客人漸多，張靜姝兩人剛開始不自在呢，家裡的屏風便送到了。拉上屏風，一行人慢悠悠地吃著東西、喝著奶茶，注意力大都集中在外頭客人身上。

「姑娘，來份蛋炒飯。」

「來份涼皮！」

「我要冷麵加奶茶！」

「結帳了！」

此起彼伏，熱鬧不已。

張靜姝幾人滿意而歸，當然，臨走前沒忘了結帳。

祝圓以為這不過是大股東的開業視察，轉頭便將之拋諸腦後，故而，當她收到娘分派下來的任務時，便有些傻眼了。
「什麼？讓我擬定宴會的菜色、安排人員分工？」
張靜姝笑得端莊柔美。「我看妳那鋪子就管得不錯，這點小事想必難不倒妳。」
祝圓不敢置信。「娘，我才十一歲。」換到現代，這完全是活生生的壓榨童工啊！
「能者多勞。」張靜姝拍拍她腦袋。「誰要是不聽妳的話，妳就把人扔去食棧裡當服務生。」服務生這詞還是跟祝圓學習的。
祝圓嘟囔。「我看他們都巴不得過去呢。」去得福食棧幹活的下人，除了能領府裡的月銀，還能從她這邊領一份補貼——即便不多，也是錢啊！
張靜姝不以為意。「那就反過來，誰要是做得好，就讓他們去食棧幹活領雙俸唄。」
……您可真是從善如流——不對。祝圓陡然想到一個問題。
「娘，我開鋪子掙錢……」她小心翼翼。「會給我工錢嗎？」
張靜姝詫異。「不是讓妳拿來練手的嗎？要是虧了我也沒讓妳賠錢，怎麼賺了妳還找我要工錢了？」
祝圓一噎。「……」
得，她不光是童工，還是免費的。
京城。
趁著上午那位話多又八卦的佩奇兄不在，謝崢待在書房裡安安靜靜地看書。

門口傳來「篤篤」輕響，謝崢頭也不抬。「進來。」隨手又翻過一頁書紙繼續看。
安瑞推門進來，行了個禮，不等謝崢叫起便快步上前，低聲道：「殿下，工部那邊傳話過來，說是成了。」
這段日子謝崢隔三差五就往工部跑，對此事上心程度可見一斑，故而他收到消息後完全不敢拖延，立刻過來稟報。
果不其然，他這邊話音剛落，謝崢翻書的動作一頓，一改慵懶姿勢坐直身體，問道：「何時送來的消息？」
「剛送來。」安瑞低聲道。「奴才知道殿下惦記著，一刻也沒耽擱就過來了。」
「好。」
謝崢放下書，起身便往外走，安瑞忙不迭跟上。
一路疾行，很快便來到位於皇宮東南邊的工部大院。
往常在前院辦公的工部大人們全都不知道跑哪兒去了，空蕩蕩的，除了幾名灑掃的下人，人影都沒幾隻。
謝崢也沒管，直撲工部後院，剛過二門，吵吵嚷嚷的動靜便傳入耳中。
「確實堅固！」
「拿水來拿水來，澆水試試。」
「不算數，讓老陳去跳一跳，老陳最壯實了，說不定他踩上去就裂了。」
「摔一下，摔一下試試！」

七嘴八舌，議論紛紛。

再然後，一群著官服的身影映入眼簾，謝崢挑了挑眉，腳步慢了下來。

有人眼尖，喊了句。「三殿下來了！」

嘩啦啦，一行人瞬間轉回來朝他行禮。

謝崢擺擺手。「無須多禮。」越過他們，走向一名灰頭土臉的年輕人。「結果如何？」

滿臉興奮的年輕人指向地上一塊方方正正的灰色石塊，激動道：「成功了，殿下，真的成功了！」

謝崢低頭看向那石塊，末了乾脆蹲下來撫上去——

石塊上還帶著水氣，邊角處還有許多發白的痕跡，觸手微涼，用力按壓，石塊紋絲不動，還按得手指疼。

年輕人巴巴湊過來，興奮不已道：「泡了一天一夜的水了，也摔了許多次，除了撞花了些許，沒有掉落一塊碎石。」他聲音都開始顫抖了。「跟那最堅硬的石板也無甚兩樣了！」

有人不解，開口道：「既然跟石頭無甚兩樣，何必多此一舉，直接用石頭不——」話沒說完，就被旁人拽住，那人朝陷入沈思的謝崢丟了個眼神，說話之人登時縮了脖子噤聲了。

謝崢壓根沒聽見他們在嘀咕什麼，他沈思片刻，再問年輕人。「成品是粉末狀？」

「對。」那名年輕人忙點頭。「色澤灰暗，狀若輕塵，和水即可。」

「定型需要多久？」

「一天足矣。」

「好。」謝崢面色沈靜。「你接著試，往裡頭摻雜砂子碎石，測出最節省水泥的比例。」

年輕人似乎對此並不意外，連連點頭。「好，我這就去試。」話一說完，扭頭就奔走了。

眾人面面相覷。

在場官階最高的工部左侍郎忙不迭朝謝崢請罪。「惠清性子魯直，有失禮之處，望殿下擔待。」

謝崢擺擺手。「無事。」緊接著就朝他們告辭。「我還有事，諸位大人請了。」

他就這麼在一眾大人的傻眼中，匆匆離開，一如他匆匆而來。

頂著大太陽回到皇子院落，謝崢直接鑽進書房。

還沒來得及說話，桌上攤開的書冊上便浮現一行歪歪扭扭的狗爬字——

「狗蛋，在嗎在嗎？在的話出個聲。」

謝崢啞然，揮開給他打扇子的安瑞。「泡茶。」

剛出了一身汗還喝熱茶？安瑞有點遲疑。

謝崢眼一掃，他立馬打了個激靈，應喏著退了出去。

謝崢這才收回視線，隨意抽了張紙，提筆道：「水泥除了能修橋鋪路，可否築堤防洪」

「啊！狗蛋你終於出現了！好些天沒見你，我還以為斷線了呢！」

何謂斷線？謝崢略一想便明白過來，隨口解釋了句。「最近忙」然後催她。「回答問題」

「哦哦，啥問題？」

謝崢額角跳了跳，又問了一遍。

「你說這個啊……當然可以啊，水泥還不能築堤壩的話，就沒啥東西能防洪了。」祝圓想到上輩子曾經歷過的潰堤大洪水，嘆道：「只要不偷工減料，每年也堅持檢修，防止有漏洞，用個十年八年不是問題。」

「既然結實，為何還要修檢」

「水泥是水跟泥混合製作，過程中容易產生氣泡，用在一般的修路、蓋房子啥的，這些氣泡都不成問題，可築堤壩的目的是擋水啊！滴水能穿石，經過長年水流沖刷，無縫都能給你沖出溝溝壑壑的，任憑水泥再結實又怎麼可能不出問題？千里之堤毀於蟻穴，當這些氣泡被水流沖破，潰堤不過是時間問題。所以，若是築了堤壩，仍需年年檢修，謹防意外。」祝圓囉囉嗦嗦寫了一大堆，想了想，又補了句。「還得防止偷工減料。」

「此話怎講」

「我打個比方，假設一方泥沙碎石應當配一方水泥才結實，但是有人從中偷工減料減少水泥，導致兩方泥沙碎石只配一方水泥，這結實程度自然大打折扣。」

謝崢盯著她的狗爬字陷入沈思，突然似乎想通了什麼，隨手將寫過字的紙張捲起來扔進桌旁火盆後，起身往外走。

御書房。

承嘉帝聽罷謝崢來意，詫異停筆，皺眉問道：「你去潞州作甚？」

謝崢一臉平靜地回望他。「潞州今年汛期將至，兒臣要去治水。」

他們口中的潞州位於潞江下游，年年水患，小則沖毀沿江田地，大則延綿百里、屠村毀地，讓當地百姓苦不堪言。

大衍每年都會撥款防汛，奈何屢治不成，讓承嘉帝也是頭疼不已。如今謝崢說要去潞州治水，他自然不信。

「你小小年紀，連京城都沒出過幾回，如何治水？不許去！」

「倘若兒臣有辦法呢？」

承嘉帝沒好氣。「你連四書五經都沒弄清楚，能有什麼辦法？」

謝崢直視他，堅持道：「倘若兒臣有辦法呢？」

承嘉帝敲敲桌子，哼道：「你若是能說服工部那些老頭子們，朕便讓你去。」

謝崢勾起唇角，微笑道：「一言為定。」

隔天。

承嘉帝盯著御書房錚亮的雲紋地板上的幾塊石頭，神情凝重。「當真？」

工部尚書站出來，道：「微臣斷然不敢欺瞞，此法造石，著實堅固。」

「耗資如何？」

工部尚書似乎早就計算過，張口就道：「同樣大小，比採石耗資略低，且方便運輸，不管是修橋鋪路或是築堤防洪，都比採石方便快捷。」

「好！好！」承嘉帝連連點頭。「若是如此——」

謝崢踏前一步。「父皇。」

「嗯？」

「兒臣何時出發較好？」

承嘉帝愣了愣，在他的示意下看了眼工部尚書——

……臭小子，原來在這等著呢。

謝崢在爭取著出遠門，蕪山縣的祝圓則正在跟爹娘討銀子呢。

剛提出要求，祝修齊夫妻都皺起眉，祝圓捏著衣角，裝出一副緊張小兒的嬌憨模樣，嘟囔道：「連下人去幹活都能多拿一份月銀呢，怎麼我沒有月銀？」

祝修齊愣怔，張靜姝噗哧出聲。「妳怎麼還天天惦記著月銀的事。」

祝圓嘟嘴。「我長大了，沒點銀子傍身怎麼行？」小孩子裝大人什麼的，最可愛不過了！

張靜姝果然被逗笑了。

祝修齊忙問怎麼回事，張靜姝忍笑，將前些日子祝圓貪財的事說了遍，前者越聽越皺眉。「怎的如此注重這些身外之物。」

祝圓心裡暗自翻了個白眼——沒有這些身外之物，你以為你能養得起這麼一大家子嗎？當然，明面上她還是裝得委委屈屈。
「什麼身外之物，人不都得吃飯嗎？」
祝修齊被噎住。
張靜姝笑得不行，逗她。「家裡也沒缺妳吃、沒缺妳穿的啊。」
祝圓斬釘截鐵。「我們可以不重視錢，但絕不能沒有！」
張靜姝掩嘴笑了好一會兒，才道：「好吧，總歸妳跟盈盈年紀也差不多，開始理事了，以後每月給妳們二兩的月銀，想吃什麼自己買去。」
祝圓不服。「我還管著得福食棧呢。」不是應該比祝盈多拿一點嗎？
張靜姝繼續道：「妳那鋪子才開張幾天，連本兒都沒收回來呢，拿什麼錢？再說，一家子人，哪裡還分你我他的，我管著家裡，除了月銀，不也沒拿別的嗎？家裡鋪子掙的錢不也是全用在家裡嗎？」說到後面，語氣已經變得有幾分嚴肅了。
也是。祝圓失望。「是我想岔了。」
哎，就是有點沒安全感，這時代，女人的地位實在太低，要是再沒點錢傍身……想想就不寒而慄。不過張靜姝說得也對，都是一家人，如何能分得那麼清楚呢？
所有人都為家共同努力，才能稱之為家吧……
正胡思亂想呢，腦袋突然被揉了揉，祝圓抬頭，對上祝修齊溫和的目光。
「圓圓，妳是不是想要買什麼東西？」
啊？祝圓愣了一瞬，忙搖頭。「沒有，我只是想攢點銀子，以後想買啥買啥。」

祝修齊與張靜姝對視一眼。

張靜姝也摸摸她腦袋。「現在家裡還不太寬裕，得福食棧若是能掙錢，能幫家裡一個大忙，待日後家裡寬裕些，再多給妳點月銀好嗎？」

祝圓心裡暖烘烘的，用力點頭。「好。」

這事便算過去了，雖然事後每每想起，祝圓都是長吁短嘆，可內心深處，對這個家的認可卻是又加深了幾分……

言歸正傳，祝修齊對於祝圓前些日子建議的懲惡、揚善之榜覺得大有可為，與幕僚討論過後，便將章程弄了出來。

好歹是縣衙出品，當然不能如此直白粗俗，便將懲惡榜改成申明亭、揚善改成旌善亭，兩者皆放置在城門口，每月初一十五由官府聘請的人負責宣揚。

由此，他還聯想到自己開春便想要做的修橋鋪路、引流挖渠，因為蕪山縣太窮，收繳的田稅要交給朝廷，他也不想學上任縣令拚命搜刮民脂民膏，導致各處怨聲載道，因此一直沒有餘錢做。

可不做，他如何讓百姓田產增加？如何讓來往商旅增加？正頭疼呢，這懲惡揚善令他的思路陡然開闊，直接將目光放到蕪山縣當地富紳的捐款上。

俗話說，殺人放火金腰帶，修橋鋪路無屍骸。富紳有的是錢，想博得的就是一個善名。祝修齊索性與幕僚商量了個章程，捐資之人除了會上旌善亭，還會被寫進縣志。

那可是縣志啊！即便只局限在蕪山縣，那也跟流芳百世無甚差別了，好些富紳便被說動，試探著捐了點銀子。

有人開頭，事情便好辦了。接下來，就是他大顯身手的時候了。

祝修齊躊躇滿志，祝圓卻不太好了。

最近忙鋪子忙得團團轉，加上她還得練琴、抄書、讀書等，如此下來，她感覺整個人都快散架，渾身不起勁，腰腹處更是痠疼不已。

想到剛過來時的病弱，她心驚膽戰，趕緊跟爹娘告假臥床休息，嚇得祝修齊夫婦趕緊給她找大夫。

好在大夫說只是累著了，歇兩天便好。祝圓這才鬆口氣——不枉她這幾個月各種溜達走動鍛鍊啊……

但祝修齊夫婦兩人不放心啊，依然讓大夫開了幾服補藥，給祝圓灌下去。

祝圓沒法，只能含淚吞藥，好不容易哄走擔憂的父母，她癱在床上唉聲嘆氣。「自作孽不可活啊……」誰叫她一驚一乍的呢。

夏至聽見了，溫聲勸道：「老爺夫人是關心您呢。」

「我知道。」祝圓嘟囔。「我就是嫌藥苦。」

夏至掩嘴笑。「也是，姑娘還是小孩——」

「妹妹！」房外傳來沙啞如鴨公的嗓音。「妹妹在裡面嗎？」

祝圓愣了愣，一咕嚕爬坐起來，同時揚聲。「我在我在，哥哥快進來！」

她那穩重又俊氣的哥哥回來啦！

聽見她的聲音，急促的腳步聲由遠而近，唰地一下，風塵僕僕的半大少年繞過屏風走了進來，正是剛過十二歲的祝庭舟。

祝圓眉眼彎彎，開心地打招呼。「哥哥，你回來啦！」

夏至也福了福身。「少爺。」

祝庭舟擺擺手，大步過來，先仔細打量床上的祝圓，問：「聽說府裡請了大夫，妳沒事吧？」

祝圓自然否認。「沒事沒事，就是累著了，虛驚一場而已。」

祝庭舟不甚相信。「真的？」看了眼她身上掩著的薄被，與她有幾分相似的臉帶著顯而易見的擔憂。「若是有哪兒不舒服，可不要逞強。」

祝圓順著他的視線看去，頓時無語——這不是她親爹親娘聽說她腰腹痠疼，覺得她虛弱，要她蓋著別著涼了嘛。

見祝庭舟依然擔憂不已，祝圓索性掀開薄被，唰地一下爬起來，光著腳丫在床上蹦躂兩下。「你看我這不是好好——」話沒說完，某處熱流陡然噴湧而出，祝圓臉色大變——

比她先變臉的是祝庭舟，只聽那嘶啞的鴨公嗓驚恐高喊。「救、救命啊——妹妹出血了——快來人啊——」

祝圓無語。「……」

艸，這下全世界都知道老娘大姨媽來了！

第四章

一頓兵荒馬亂，沐浴更衣過的祝圓再次躺回床上，已有一名老大夫候在那兒。

祝圓不解，看向旁邊臉色凝重的祝修齊夫婦，甚至連剛了解到某種知識的少年郎祝庭舟也沒吭聲，她嚥下到嘴的話，默默伸出胳膊。

老大夫凝神把脈，所有人都盯著他。

半晌，老大夫收回手，朝祝修齊兩人拱手。

「大人、夫人放心，令千金並無大礙。」

張靜姝急了。「那怎麼來得如此之早？」

對啊對啊！祝圓跟著連連點頭。她這具身體才剛十一歲，來例事太早了吧？現代人營養均衡都不一定這麼早呢！

老大夫不答反問。「小姑娘是不是受過寒？」

「是。」張靜姝眼底閃過陰霾。「去年入冬之時落水了，躺了近四個月。」

三年前，祝修齊被派往偏僻地區當縣令，想到祝圓、祝盈姊妹年幼，要是帶上，舟車勞頓不說，還得跟著在那貧苦地區受苦，她心疼孩子，想著京裡有老夫人在，就把祝圓和祝盈兩人留下，再叮囑銀環和一名得力的心腹丫鬟照看，便跟著祝修齊上任去了。

誰曾想，祝老夫人竟對二房如此不待見，為了大房之女祝玥的小性子，將她留下的心腹丫鬟弄走、發賣，轉頭塞了個嘴笨手拙不當心的粗使丫頭，讓二房幾人這些年吃了不少苦。這便罷了，權當祝家大房疏漏了，可那粗使丫頭是伺候人的嗎？不光任由孩子在水邊玩耍，孩子落水了還生怕受罰欺瞞不報，所幸銀環發現不妥，趕緊著人找大夫，否則她家圓圓……

雖然在此事上，祝家大房和老夫人並無加害之意，可若不是她們裁換了她的丫鬟又疏於照看，底下的人哪敢這般放肆？若非後來祝修齊調任蕪山縣，他們轉道回京探望家人，這事豈不是輕飄飄過去了？

如此，張靜姝哪裡還敢將孩子留在京城，恰好蕪山縣地處南邊，氣候溫暖，適合調養身體，她索性便將自家的人全部帶走。

彼時祝圓身體猶虛，急著上任的祝修齊先行一步，後行的她們一行則走得極慢，每到一處城鎮便休息幾天，就這樣，到了蕪山縣祝圓還是又病了，纏綿臥榻，直到開春才慢慢好轉……

聽張靜姝提起這些，祝圓回憶起那段被苦藥渣子包圍的日子，下意識打了個冷戰。

正胡思亂想呢，就聽張靜姝急忙道：「可是圓圓已經停藥許久，大夫說不用再吃藥了。」

老大夫又問：「畢竟寒了底，為了祛寒，這幾月是不是喝了許多大補之物？」

張靜姝與祝修齊對視一眼，同時點頭。「是。」

「這就對了。」老大夫捋了捋長鬚。「寒氣需得慢慢調和，切不可操之過急。這大補之物，對小孩子還是有些過了。」

張靜姝急忙問：「那她這般情況……」

老大夫沈吟片刻，道：「早些便早些吧，也無甚大礙，接下來可不能再進補。我先開兩帖清潤的藥，喝上幾天便可。」

祝修齊忙讓人送來紙筆，給老大夫開方子。

待送走老大夫，祝修齊再次回到屋裡，張靜姝正在跟祝圓說著話，看到他進來，她停下話，問道：「老爺，這大夫……我們要不要再找幾名大夫看看？」

「娘，我沒事，沒必要再找了！」祝圓忍不住喊道，大夫不是說了嗎？她只是補過頭了。

張靜姝拍拍她的手，沒說話，繼續看著祝修齊。後者搖頭。「今兒來的兩名大夫，已經是蕪山縣這邊最好的大夫了。」

張靜姝著急。「這兩位大夫一個比一個不可靠，一個壓根沒看出來補過頭，一個前腳說圓圓寒氣要調，轉頭就說她補過頭要開清潤之物……這、這讓我怎麼放心？」

祝修齊嘆了口氣。「先吃著吧，一時半會也沒別的主意，回頭我修書一封，讓家裡幫忙找名可靠大夫吧。」

京城乃天子腳下，別的不說，好大夫還是很多的。

張靜姝依然滿臉愁容。「那有經驗的好大夫大都上了年紀，路途如此遙遠，他們不一定願意過來。」

祝修齊安慰她。「大不了讓圓圓回去。」

張靜姝咬唇，祝庭舟忙道：「我可以送妹妹回去——」

「不行。」張靜姝打斷他。「圓圓病剛好，再舟車勞頓的豈不是雪上加霜？得把她養壯實些再說。」

窩在床上的祝圓伸出細細的胳膊看了看，不敢吭聲了。

「你不是有許多同僚嗎？蕪山縣沒有，州府總有吧？讓他們舉薦一二。」回京城太遠，去州府還算近的。

祝修齊一想也是。「那我一會兒去修書。」

張靜姝這才放心些許，轉回來給祝圓掖了掖被子，溫聲道：「妳這幾日累著了，剛好乘機歇一歇，得福食棧妳也別太操心，已經開業這麼多天，鋪裡的人要是還不上手，回頭就把人給裁換了。」

「好。」祝圓偷覷了眼祝修齊，小聲問：「那我的縣志還要抄嗎？」

「抄，當然要抄！」祝修齊板起臉。「抄寫縣志也不耗心神，休要偷懶。」

祝圓嘟嘴。「……」

張靜姝有些好笑。「讓妳歇著又不是讓妳躺著，想什麼呢？」

祝庭舟咳了咳。「好好歇著，哥哥還等著跟妳一塊兒看看往年的童試題呢。」

祝圓眼睛一亮。「你弄到了？」

祝修齊聞之詫異。「你為何弄來往年的童試題？」

說到這童試題，還是祝圓提議的。

祝圓剛穿越過來的時候，是冬日裡最冷那幾天，彼時這具身體天天燒得昏昏沈沈，可她知道，要去縣衙的祝修齊每天雷打不動都要來看她幾趟，張靜姝更是把家務事都搬到她屋裡處理，天天顧著這女兒，差點連祝庭方都顧不上。

除此之外，就是這位哥哥祝庭舟的陪伴。祝庭舟不光每天過來陪她說話、講外面遇到的趣事，還會隔三差五帶些話本、書冊來給她解悶……

也正因為他，她對這個世界的認知才逐漸有了概念。就這樣，再加上原身的些許記憶，她慢慢便適應了這裡。

也正因為如此，她對祝家人的觀感都很不錯，雖然依舊謹小慎微，可心裡也慢慢開始把他們當做家人了。

等她終於好轉、大家剛鬆口氣時，祝庭舟卻收到京城來信——他的啟蒙恩師病逝。因春節沒回去，祝修齊與張靜姝一合計，索性讓祝庭舟回去弔唁，順便讓他給家裡報個平安。祝圓想到他打算今年考童試，順勢提議讓他回去找找往年的童生試題，權當模擬練習，誰知他真的放在心上了。

見祝修齊問起，祝庭舟便如此這般地解釋了一番。

祝修齊聽了連連點頭。「確實不錯，多看看別人的題解，能開拓視野。」

祝庭舟搖頭。「圓圓是讓我把這些習題全部練幾遍。」

祝修齊不解。「考官不同、試題不同，這般做並無任何用處。」

「怎麼會沒有用處呢？」祝圓不服。「試題雖有不同，內容還是那些內容。溫故而知新，把所有試題做一遍或者幾遍，豈不是能更透澈地理解書本內容嗎？」

祝修齊微愕，然後捋了捋長鬚，點頭。「言之有理。」他低下頭，自言自語般道：「若是將考官評判過的文章也拿來研究……」

張靜姝推他。「在嘀咕什麼呢？你不是還有事情嗎？圓圓這裡既然沒事，你趕緊去忙吧。」

祝修齊恍然，忙不迭往外走。「對對對，劉先生他們還等著我呢，今晚加幾道菜啊，咱們給庭舟洗塵！」

「知道了，你去吧！」

幾句話工夫，祝修齊就沒影了。

祝庭舟畢竟剛回來，跟祝圓略說了幾句話也跟著離開。

張靜姝等他們都走了，才半遮半掩、躲躲閃閃地給祝圓教授月事知識。

祝圓聽得囧然不已，待聽她講解月事期間要用的月事帶種類及用法，心裡忍不住慶幸自己穿越的不是農家子弟，好歹不必往月事帶裡塞草木灰……

因她突然來潮，夏至完全沒來得及給她準備月事帶，如今正在外頭趕工，她現在只是在身下墊著好多層的棉布，半點也不敢動彈。

好不容易張靜姝絮叨完離開，再換上夏至送來的、乾淨柔軟的月事帶，她整個人才活了過來。
腹部一直隱隱作痛，身下還淋漓不止，祝圓完全沒心思做別的事，索性翻出一本書，坐在窗前慢慢翻閱，看著看著，便入了神，直至墨色浮現。
「——————」
書上突然浮現了莫名的筆劃，祝圓奇怪，想了想，挪到桌邊，翻出筆墨紙張。
「你在幹什麼？」
對方頓了頓，似乎換了張紙。「畫潞州堤壩的草圖」
祝圓眨眨眼。「你是潞州人？」
「否」
祝圓撓頭。「那你是？」
對方卻避而不談。「託你的福，水泥做出來了」
祝圓震驚，再一想，立即轉過彎來。「你真把水泥試驗出來了？準備先做潞州堤壩，用於防汛？」
「然」
「好事啊，起碼下雨天也不用擔心決堤了。」
「然」
祝圓自戀。「沒想到我佩奇也有為國為民出力的一天——」等等！「不對啊狗蛋，你是不是忘了一件事？」

「？」對面畫了個彎彎扭扭的問號。

祝圓咬牙。「水泥方子還是我告訴你的，你就這樣拿去了？你倒是撿了個大便宜啊！你這是盜取別人的知識！罪同盜竊！當誅！」都打算用在堤壩上，肯定拿去邀功了。

對方停頓片刻。「你意欲如何」

「給錢！給錢！你掙到的錢，必須分我一半！」

「並未賣出，何來錢財之說」

「那名聲啊、地位的晉升啊、上級的賞識啊……這些總有了吧？這些更值錢了好不好，你得給我更多分成！」

對方默然，片刻後寫道：「多少」

這麼乾脆？祝圓開始琢磨起來。以這傢伙一貫的語氣，銀錢肯定不缺，水泥這玩意，修橋鋪路蓋房子……利潤高著呢，分多少錢都覺得虧，最重要的是，她還不認識這人。

她想了想，瞬間改口。「大家都是讀書人，談錢多俗。」

遠在京城的謝崢默然。「……」

「這樣，你先告訴我你是誰。」

「無可奉告」

「你這人……不管銀子多少，我好歹要可以上門領銀子吧？不然空口白話的，我怎麼知道你是不是誆我？」

「我自會派人送去」

祝圓驚了。「你知道我是誰？」

「願聞其詳」

這套話的意圖也太明顯了吧？

祝圓翻了個白眼，忿忿提筆。「我是你爹！」

謝崢一哂。「……」

御書房的承嘉帝打了個噴嚏。

謝崢也想到他親爹了……腦子裡下意識將這位佩奇的活潑性子套在那威嚴深沈的皇帝爹身上——

「咳咳咳咳咳——」

謝崢一個岔氣，差點沒把自己嗆死。

外頭的安瑞聽見動靜，忙不迭靠近門口，又不敢往裡頭窺探，只低著頭著急詢問道：「殿下?!」

「咳，無事。」謝崢隨口應了聲，眼睛不離桌上。

「……所以啊，你要孝敬我，把掙的銀子都交給我，存著的銀子也都交給我，以後我才能——」

謝崢提筆就寫：「一派胡言」

「兒子你別不信啊，我這是投胎轉世——」

「我爹依然健在」

健在？健在就對了。祝圓哼了聲。「我記得你說自己年過五十，兒孫繞膝。這麼一算，你爹怎麼也得有七十了吧？老人家身體真好啊。」看你再裝。

謝崢果然不說話了。

祝圓再接再厲。「咱們倆這狀況，啥秘密都瞞不久，身分總有暴露的一天，何必躲躲藏藏的，何不乾脆坦然相對，日後才好相處。你說對吧？」

「言之有理」

祝圓竊喜。「那……」

謝崢挑眉。「你可先做表率」

祝圓呵呵了。「我突然覺得，隱匿身分也挺好玩的。」

謝崢勾唇。「那，銀錢之事」

「給我留著！」祝圓用力掃毛筆，差點沒把墨字糊成一團。「就算沒爆馬，我也可以讓人去接頭！」

「爆馬何解」

「哦，我們這邊呢，通常用馬甲來表示一個人的不同身分，換句話說，是用馬甲指代這人披了層皮。爆馬呢，也就是暴露真實身分的意思。」

「燕山縣之人為何有多重身分」

怎麼跟一個老古董解釋呢？祝圓撓頭。「不是在真實生活中的身分……」掃過桌上幾冊話本，眼睛一亮，忙補充。「是類似字的東西，比如有些話本上留的並不是作者本名，而是字，那也算是一種馬甲。」

謝崢無言。「……」字就字，說些有的沒的。

祝圓當然不知道他心裡如何吐槽，接著道：「反正呢，這水泥方子的錢，拿不拿在我，你得給我留著，到底要多少，就看你的良心了。」她想了想，不放心，又補了一句。「起碼五百兩！」

「可」

看來這廝有錢得很，祝圓竊喜。「就這樣說定了，誰反悔誰沒有小嘰嘰。」

謝崢一嗆。「……」

沒有小嘰嘰的祝圓毫無心理壓力地扔開筆。「好了我要去看書了，勿擾。」

謝崢微哂，擱下筆，將桌上書寫過的紙張揭起，揉成團扔進火盆，拿起火摺子一燎，火光倏地冒出半尺高，很快便蔓延到其他紙團。

火光熠熠，謝崢盯著火苗出神——

「皇上萬歲萬歲萬萬歲！」守在外頭的安瑞陡然高聲行禮。「不知皇上前來，有失——」

「行了行了。」承嘉帝笑罵了句。「這聲音洪亮的，可見老三沒虧待你啊。」

謝崢倏地驚醒，隨手扯了幾張抄書的稿紙扔進火盆，想了想，又抽了幾張團成團扔進去，然後快步走向門口。

「咿呀」一輕響，書房門被從外頭推開，幾人魚貫而入。

謝崢忙跪下行禮。「父皇——」

承嘉帝擺擺手。「起吧。」抬腳繼續往裡走。「大白天的關門做什麼？」

謝崢起身跟上，隨口道：「正在習字，關門求個安靜。」瞅了眼桌邊窗戶，補充道：「開著窗戶，透亮得很。」

承嘉帝點點頭，完了抽抽鼻子。「什麼味道？」視線一轉，就看到猶帶火苗的火盆，登時皺眉，狐疑的視線掃過來。「在燒什麼？」

「廢稿罷了。」謝崢神色不變，兩步上前，將火盆邊上只燎了邊角的宣紙抽出來，用力甩熄上面的火星，再隨手捏熄餘燼，遞過去。「上回論《孟子》，發現兒臣還有許多不明之處，索性多抄幾遍。」

「哦？挺好的。」

隨侍的德慶忙接過去，將紙張邊緣檢查了遍，確定沒有火星子了才呈遞給承嘉帝。

承嘉帝接過來，低頭快速掃了眼，上面殘餘的詞句果真是《孟子》的內容。他狀若無意般掃了眼火盆，隱約可見字跡內容，瞅著也是《孟子》無疑。

他捏著紙張，又看了兩眼，問：「寫得挺好的啊，燒它作甚？」

謝崢扯了扯嘴角。「不過是廢稿，留著作甚？燒了，也省得被那起子小人仿了去作祟。」

承嘉帝啞然，然後沒好氣地道：「我看全後宮也找不到比你這院子還安分的下人了，你擔心個啥！」

他言下之意說的是月前謝崢大發雷霆，杖斃了院子裡好幾號人的事。當時這事鬧得不小，也確實震懾了不少人，短期內他這院子估計是後宮裡最安穩的了。

說起來，事情的由頭說大不大，說小也不小。不過是幾名太監看謝崢年歲還小，又不太管事，便藉著他的名頭貪昧財物，也不多，算起來並不值幾個錢。

換了別人，約莫就是打一頓或攆去慎刑司了事，按照謝崢原來的性子，約莫也是低調行事，慢慢把人換了走。

可不巧，謝崢不再是原來的謝崢了。

他直接把慎刑司的人喊來，在他的院子裡，當著所有太監宮女的面將相關人員全部杖斃，連他身邊的大太監安福也因監管不力，被打了個半殘。

淒厲痛嚎響徹皇子院落，不到半天工夫，前庭後宮都知道皇三子杖斃了一堆下人。

別人還未有任何表態，謝崢的生母淑妃便氣得躺了半個月，見都不見他。

原來謝崢身邊的人全是已故太后給安排的，但在太后逝世後這兩年，除了兩名大太監安瑞、安福，她已經把謝崢身邊的人給慢慢換了個遍，謝崢此舉，不亞於是往她臉上狠狠搧了一巴掌。

等了足足半個月，謝崢都沒上門解釋個一言半句，憋不住的淑妃才主動把人叫過去，結果又被氣了一頓，這才藉著由頭罰他抄了十遍《禮記》……

總之呢，這麼大的事，自然逃不過承嘉帝的眼，只是在他眼裡，謝崢此舉算得上雷厲風行、治下有方，壓根沒放在心上。

如今謝崢走到哪兒，別的不敢說，太監宮女們都是小心翼翼伺候著的，他自己院子裡就剩那麼幾個人，還全都知道那天的慘狀，誰還敢搞事？

聽他提起這茬，謝崢作勢欲跪。「兒臣懲罰太過，萬望父皇見諒。」

承嘉帝擺手。「沒有怪你的意思，是得震懾震懾這幫狗奴才，省得一個個不知道誰是主子。」

謝崢停住動作，垂手聽話。

「不過，你這脾氣也忒大了點，哪至於全部杖斃了……裡頭好歹還有你母妃給你安排的人。」

謝崢依然沈默。

承嘉帝看了他一眼。「你這性子真是越發不可愛了。」雖然以前也不多話，也比現在半天打不出一個屁來的好。

恰好安瑞端著茶進來，他順勢掃了眼，想到什麼，開始四處張望，發現屋裡只有一名太監後立刻皺眉。「你這院子現在少了足有一半人了吧？不打算補上嗎？」

謝崢漠然。「足夠了，人多了是非多。」

當然，這只是場面話。

他只是名未成年皇子，宮女太監這些，沒有主事妃子給他安排，他如何添加人手？想到他那裝聾作啞的母妃，謝崢心裡冷笑一聲。

承嘉帝皺了皺眉。「要是有事，連跑腿的都找不齊。」

謝崢垂眸不語。

承嘉帝瞅他一眼，想了想。「行了，回頭我給你送幾名幹活的。」

謝崢自然不會推辭，甚至跪下謝恩。有了承嘉帝的插手，他院子裡起碼不會有旁人的眼線。至於承嘉帝？呵，偌大後宮，哪裡沒有承嘉帝的眼線，倒不如坦坦蕩蕩把他的人收進來，博得好感。

承嘉帝過來也不光是為了下人之事，他是來聽聽謝崢對潞州的一些想法的。

兩人在書房裡聊了近一個時辰，承嘉帝才離開。

沒多會兒，謝崢院子便接到旨意，偕同工部侍郎陳正浩、員外郎張惠清前往潞州修築堤壩，隨同旨意而來的，還有福寧宮賞下的四名太監、四名宮女。

恰好養傷的安福也回來了，謝崢乾脆把他跟安瑞叫到跟前。

「我不需要你們多會經營，也不需要你們會些什麼陰謀詭計，在我這兒，忠心是第一要務。」謝崢冷笑。「否則，我身為皇子，汰換個下人是輕而易舉。」

安福、安瑞齊齊打了個冷戰。

「院子裡的下人以後全部交給你們管，把人調教好，忠心、規矩不可少，若是搞什麼歪門邪道，該罰的罰、該攆的攆，別管他們什麼來頭。」

安瑞這段日子跟著謝崢，膽子稍微大了點，硬著頭皮問了句。「今兒皇上送來的……」

謝崢輕哼一聲。「哪裡送來的都一樣，下人就是下人，犯了錯就當罰，無須照顧誰的面子。」

安瑞、安福對視一眼，齊聲應喏。

說完正事，謝崢接著看向安福。「我罰了你，你是否記恨在心？」

安福連忙磕頭。「若不是主子開恩，奴才現在怕是已經草蓆裹身，葬身亂葬崗了，豈會對主子有怨言？」他嘆了口氣。「終歸是奴才失職，管著主子的院子，竟然不曾發現……」

謝崢擺手。「你們還年輕，犯錯也是正常，以後當吸取教訓——」

「六殿下安！」外頭陡然傳來動靜。

「我哥呢？」謝峍在門外大著嗓門嚷嚷。「你們攔著我幹麼？」

「六殿下，請容奴婢稟報一聲——」

謝崢停下話，朝地上兩人擺擺手。「去忙活吧，讓謝峍進來。」

「是。」

沒多會兒，八歲的小胖墩謝峍便衝了進來。

「哥！」謝峍草草行了個禮，蹦躂到謝崢面前。「你最近怎麼都不去昭純宮啊？我好久都沒跟你一塊兒吃飯了。」

謝崢「嗯」了聲。「最近忙。」

「再忙不都要吃飯嗎？」謝峍抱怨。「你難不成比父皇還忙嗎？父皇也常去昭純宮的。」

謝崢避而不談，轉到書桌邊，執起毛筆，隨口問了句。「找我何事？」

謝峍惱怒，衝他後背揮拳。「沒事不能來找你嗎？」

謝崢頭也不抬。「要是閒著無聊，過來一塊練練字。」
「還練什麼字啊！」謝峠巴巴湊到書桌邊。「母妃說你過兩天要出京，擔心得不得了，要我來喚你去請個安。」
擔心？謝崢微哂。早不擔心晚不擔心，旨意剛下來不到半個時辰，就立馬擔心上了？
面前書頁乾乾淨淨的，那位佩奇不知是否還在看書。
謝崢思緒翻湧，衝動油然而生，提筆寫下一行字。「世上何人不愛其子」
等了一會兒，對面毫無反應，謝峠猶自在邊上叨叨不停。
謝崢啞然。是他魔怔了。揭起紙張正欲揉成團——
「自私的人，有些人愛自己勝過愛孩子。」
謝崢默然。
「怎麼啦哥們？遇到家庭矛盾了？來，仔細說說，哥今兒免費給你分析分析！」熊熊八卦之魂溢於紙面。
謝崢心情陡然為之一鬆。「想不到佩奇兄也如女人般愛嚼舌根」
遠在蕪山縣的祝圓登時怒了。
「男人就不能喜歡八卦嗎？迂腐！狹隘！小子，是你太年輕了！你要是活得夠久，你還能看見畫女妝、穿女裝的男人呢！」
謝崢挑眉。「見過」想了想，又補了句。「見過不少」
「啊？」

謝崢隨手寫了兩字。「男旦」

祝圓一噎。「……」

是她輸了，她怎麼就把國粹戲曲給忘了呢？

謝峍叨叨了半天，謝崢卻紋絲不動，還一直低頭寫字，他登時不樂意了，索性繞過書桌，一把撲過去。「哥！你有沒有聽我說話啊?!」

謝峍長得虎頭圓臉，又是胖墩，這麼一撲，還只是十四歲清瘦少年的謝崢哪裡撐得住，只聽一聲巨響，兩兄弟齊齊摔倒在地，還把書桌後的椅子給撞倒在地。

慘遭泰山壓頂的謝崢無言。「……」

安福、安瑞連帶謝峍的侍從嚇得臉都白了，一窩蜂衝過來扶他們。

謝崢臉色發青地揮開眾人，瞪向謝峍。「皮癢了是不是？」

理虧的謝峍縮了縮脖子。「對不起啦……」完了抱怨。「誰叫你不理我啊！」

謝崢沒好氣。「你究竟想做什麼？」剛才顧著跟佩奇說話，沒注意到他說了什麼。

謝峍抓住他袖子，可憐巴巴道：「我想跟你一起去潞州。」

謝崢皺眉。「我是去辦事，不是去玩。」

「我保證不打擾你辦事！」謝峍拍拍胸脯。「在宮裡太悶了，我也想出去~~」

謝崢一口否決。「不行。」不等謝峍耍賴，他直接往外走。「不是要去昭純宮嗎？走吧。」

「哥！」謝峍忙追上來，拽住他袖子。「你幫我跟母妃說說嘛，我也想出去玩。」

謝崢被拽得一個踉蹌，沒好氣揮開他。「不行。」

「哥！你不能這樣丟下我～～」

一高一矮的身影走在前頭，太監們緊張地尾隨其後，一行人慢步前往昭純宮。

一踏入昭純宮，謝崢的臉色便沈鬱下來。

跟在後頭的謝峍自然沒注意，嘴裡猶自喋喋不休。「……母妃肯定也會答應的，你就帶上我吧！」

聽到動靜迎出來的淑妃笑咪咪看了眼謝崢，問謝峍。「怎麼了這是？大老遠都能聽見你的嚷嚷。」

謝崢停步行禮。「母妃。」

「母妃！」一起行禮的謝峍不等淑妃叫起，爬起來撲過去，抓住她袖子開始撒嬌。「我要跟哥哥一起去潞州玩，您幫我說說話吧！」

「胡鬧！」淑妃立馬皺眉。「聽說潞州那邊快到汛期，危險得很，你去作甚？」

她身後的大宮女玉屏忙輕咳一聲，示意她看前邊。

淑妃這才發現謝崢還跪著，忙道：「還跪著做什麼，起來說話啊。」

「謝母妃。」謝崢面無表情站起來。

淑妃不著痕跡地皺了皺眉，拉著謝峍往裡走。「走，咱們進屋說話。」

謝峍「哦」了聲，邊走邊往後看。「哥，快點跟上！」

進屋落坐，宮女送上茶水的時候，淑妃已經摟著謝峠說了好一通話，而謝崢只安靜地坐在邊上看著。

「殿下，請用茶。」

謝崢微微頷首，端起茶盞，刮掉浮沫輕抿了口。

淑妃恍若陡然驚醒，扭頭看他，抱怨道：「都幾個月沒來我這宮裡，到了怎麼也不吭一聲？」

正在撒嬌的謝峠停下話，乖巧地看著他倆。

謝崢看了他一眼，爽快道歉。「是兒子的不是。」然後主動挑起話題。「母妃喚兒子過來，可是為潞州一事？」

淑妃也沒否認，只皺眉道：「你真的要去潞州？哪有皇子去修堤壩的，沒得降了身分。」

謝崢「嗯」了聲。「反正閒著也是閒著。」

淑妃很不滿。「我聽到的可不是這樣，我聽說你跟工部一名小小員外郎一起，搗鼓出了一種叫什麼、什麼……」

另一位宮女玉容低聲提醒了句。「水泥。」

「對，」淑妃一擊掌。「聽說你們搗鼓出一種叫水泥的玩意，這回去潞州就是要試驗這玩意的結實程度。」

謝崢也不否認。「嗯。」

淑妃沈吟片刻，道：「我看皇上對此事頗為重視，這樣，反正你小舅現在還未有差事，你把他叫上，讓他也跟去開開眼界。」

言外之意，就是要讓她那最小的弟弟去沾點光，也不說她怎麼知道承嘉帝對水泥之事很重視的。

謝崢神色不變。「小舅若是想去，自有外祖父替他向父皇請命。」他那小舅秦和今年不過二十有四。若他沒有記錯，秦和此人於仕途並無太大興致，倒是經商有一手——

腦中靈光一閃，但還沒等他想明白，就聽淑妃不豫道：「只是讓你提一句話而已，哪需要這麼大費周章的。」

謝崢回神，隨口道：「那也得看小舅願不願意。」

「你怎麼知道他不願意？」淑妃輕哼。「你不過一個毛頭小子，沒個大人在旁邊跟著，犯錯了怎麼辦？」

「萬事自有工部的大人們負責，兒子何來犯錯機會？」

「既然只是去走個過場，那把你小舅叫上也無妨。」淑妃堅持。

謝崢進屋後第一次皺眉。「母妃，潞州雨季將至，工部之人是去辦正事，不是去春遊。若真要找名長輩照顧兒子，兒子何不去蘆州找二舅？」起碼來回潞州的時候，都得經過蘆州。

淑妃不依不饒。「你都能去呢，你小舅為何不能去？再者，你二舅身為守備，如何能輕易離開，怎麼算都是你小舅方便得宜。」

謝崢無語了，說來說去就是要讓小舅去沾光，還連小舅對此有何想法都不問上一句。話不投機半句多，他放下茶盞，冷聲道：「若是母妃執意，兒子這就去為小舅請命，只是父皇會如何看待小舅，母妃就自己擔待吧。」

淑妃惱怒，正待發作，謝峍忙扯了扯她袖子。「母妃，您不要生氣嘛，帶不帶得了小舅，也不是哥說了算。」完了還拍馬屁。「父皇最聽您的話了，您去說，肯定還比哥哥說好用。」

這話淑妃愛聽，淑妃的臉色緩和不少。「也是，還是得我去說。」瞪了眼謝崢。「你這臭臉往你父皇面前一擱，好話都變得不動聽了。」

只要不點他做事，謝崢壓根不痛不癢。

淑妃氣不打一處來。「整日擺著張——」

謝峍忙拽她。「母妃，什麼時候開飯啊？我餓了。」

「哎呀，瞧我，把時辰都給忘了。」淑妃低呼一聲，忙不迭轉身吩咐玉容她們。「趕緊讓廚房傳膳，小孩子不禁餓，可別把人餓壞了。」

謝崢微哂，視線一轉，對上謝峍的鬼臉，臉色微緩，心裡忍不住暗嘆了口氣。

很快，晚飯便被呈了上來。

一如記憶中的每一頓，謝崢全程沈默寡言默默吃飯，淑妃不停地給胖墩謝峍挾菜添湯，絲毫沒有平日的高高在上，嘮叨得猶如普通婦人——

當然，謝崢也沒見過普通婦人的模樣，也就這麼一說罷了。

京城的謝崢食不下嚥，遠在蕪山縣的祝圓也好不到哪裡去。

她大姨媽疼。

怪不得那位老大夫要給她開藥，特麼的真的太疼了！

上午吃過藥後還好些，過了下午，這腹痛便開始逐步加劇。偏偏老大夫特地留話，說她體質虛熱實寒，又年紀小、補過頭，這藥一天只能服用一次……也就是說，就算再疼，她也只能忍著。

饒是她內在年齡成熟，也忍不住疼得直打滾，大熱天的，硬是疼出她一身冷汗。

張靜姝心疼得眼眶都紅了，一邊拿著帕子給她擦汗，一邊著急著慌地讓人弄湯婆子給她敷肚子，剛下衙的祝修齊也急得要讓人去找大夫。

張靜姝忍不住哭了。「你找大夫有什麼用，上午大夫才剛走，已經明說了不能再服藥，你再找他又有何用？」

「這幫庸醫！」祝修齊眉峰緊皺。「難不成就這樣看著圓圓受苦？」

張靜姝咬牙。「要不然，我帶圓圓回京一趟吧。」

祝修齊怔住。

張靜姝越想越可行，一抹眼淚，接著道：「銀環留在這裡伺候您，庭舟還得去書院，繼續待在這也無妨，庭方還小離不得我，我一塊兒帶上。等回京後，讓大伯他們幫忙找位好大夫，把圓圓身體調理好了再說。」

祝修齊聽得皺眉，沈吟片刻，搖頭。「不妥，回京一趟得走上近二、三十天，不說你們一行皆是婦人小孩的，單說圓圓，她這身體，若是在路上有個頭疼腦熱的怎麼辦？我不放心。」

「不然怎麼辦？」張靜姝摸著祝圓冰涼的手心，心疼不已道：「難不成就看著圓圓月月受苦嗎？」

祝圓只是疼又不是聾了，聽見夫婦倆說話，她艱難地爬坐起來，強擠出一抹笑意，道：「爹、娘，我沒事，我就是看你們在這，跟你們撒撒嬌呢。」她比了個大力水手的姿勢。「我一頓飯都能吃三碗，結實得很呢。」

好吧，祝家的碗都精緻得很，說是三碗，加起來也不過以往一碗多的分量。

夫婦兩人看著她蒼白的臉，更難受了。張靜姝摸摸她腦門。「知道了，圓圓最壯實了。」

祝修齊則嘆了口氣，背著手左轉右轉，差點沒把地面給磨平。

祝圓也實在沒精力再說話，閉上眼睛默默忍痛。

屋子裡頓時安靜了下來，半晌，祝修齊腳步一頓。「要不，咱們折衷。」

張靜姝急忙看向他，祝修齊說道：「蕪山縣地處偏僻，找不到好大夫也屬正常，咱們可以去蘆州！蘆州是大州，不說別的，好大夫必然不少，最重要的是，從蕪山縣到蘆州只需三五天，妳們過去，我放心。」

張靜姝怔住。「可是，咱們在蘆州人生地不熟……」

祝修齊擺手。「別擔心，我恰好認識蘆州的秦守備，去年回京述職之時與他有過幾面之緣，他性子爽朗，我若是託他幫忙，他必定不會推辭。」

張靜姝立馬心動了。「那……」

「擇日不如撞日，我立即修書一封與他打聲招呼，讓他幫我們留意些好大夫，等圓圓緩過來後，妳們便上路。」祝修齊說完，猶自不放心。「恰好庭舟要去蘆州考童生試，讓他陪妳們一塊兒去。」

「好！」

雖然腹痛難忍，靠在軟枕上的祝圓卻忍不住雀躍了起來。

要出遠門，還是去大州府，想想就開心！

挺屍了兩天，直到第三天，祝圓才覺得自己活過來了。

雖然還疼，好歹不是針扎刀刺般劇烈，只是虛弱依舊，這兩日她也無甚胃口吃東西，只是勉強用了些稀粥，自然渾身無力。

今天狀態好些，中午添了兩塊一口大小的米糕，就喜得張靜姝連聲感謝菩薩，看得祝圓心裡又軟又酸的。

好說歹說把張靜姝哄去休息，祝圓才鬆了口氣，轉頭讓夏至給她拿兩本書來解悶。

夏至遲疑。「姑娘，您現在還虛著，看書如此耗費心神……」

祝圓擺手。「看書能耗啥心神？我累了自然會休息，不給我找點事，我躺這兒光想著就疼了。」

夏至一想也是，只得道：「那您若是累了可別逞強。」

「知道了知道了。」祝圓捂著湯婆子爬起來，打算下床。

夏至忙道：「別動別動，奴婢去給您拿過來便好。」

彷彿她是什麼嬌貴的瓷娃娃，走幾步就會碎，祝圓一臉無奈。

不過，這副身體的體質也確實糟糕，否則原身也不會一命嗚呼，讓她白撿一條命了……

這麼一想，她便釋然。

所幸她現在年紀還小，慢慢調理總會好的。再者，原主原來的侍女就是一個錯眼，讓原主掉下水塘，導致全家被發賣，如今的夏至這麼小心也是可以理解的。

夏至見她沒再多說，麻溜出去給她拿來幾本書。

就這麼會兒工夫，祝圓已經爬下床，自己摸到窗下桌前坐好，湯婆子捂在腹部，乖巧地等著她回來。

夏至忙不迭放下書，把她全身仔細檢查了一遍，又給她拿了塊薄薄的小毯子蓋在膝蓋上。

祝圓由得她折騰，拿起書開始翻開。

「這幾本書哪來的？以前怎麼沒見過？」

這幾本遊記、志怪，絕對不是家裡的，家裡的書除了那些個四書五經，只要稍有趣味的，應該都被她翻出來看光光了呀，怎麼還有漏網之魚？

夏至笑了。「這是大少爺特地帶回來給妳解悶的。」
「怎麼沒聽他說一聲呢？」
「妹妹？」鴨公嗓從外頭傳來。「我能進來嗎？」
真是說曹操曹操就到啊！祝圓趕緊讓他進來。
瘦高的少年轉進屋，看到她坐在窗下，快步過來。「怎麼下床了？」
怎麼還不能下床了？祝圓無奈。「哥，我又不是廢了！」
祝庭舟忙呸了一句。「休得亂說。」
祝圓吐了吐舌頭，轉移話題道：「怎麼這個時候過來了？不用溫書嗎？」
「來陪陪妳，省得妳太悶了。」
祝圓斜睨他手上那堆東西。「真的嗎？」
「咳。」祝庭舟放下手裡書冊、紙張和毛筆，仔細打量她，然後笑道：「既然都能下床看書，想必好多了，來陪我練練。」
祝圓眨眨眼，就看他將書冊筆墨鋪開，占了半張桌子，完了還往她手裡塞了本經書。
「來，我們先考貼經。」
貼經……是啥？祝圓茫然。
好在祝庭舟也沒打算讓她猜，接著道：「隨便找一句念，我來接下句，看看我接得對不對。」
這麼說，貼經指的是填空？祝圓點頭，翻開書。「那我隨便挑？」

「嗯，來。」

「蔽芾甘棠。」

「勿翦勿伐，召伯所茇……」

一個慢慢翻書出上句，一個搖頭晃腦答下句，半個時辰下來，竟沒有半句卡住。

祝圓忍不住咋舌，朝祝庭舟豎了個拇指。「哥，你真厲害！」

祝庭舟頗有些自得。「那是自然。」頓了頓，接著道：「今兒先考到這。」還沒等祝圓鬆口氣呢，他又翻起另一本。「來，接下來陪我解解題。」

祝圓接過來翻了翻，全是他手抄的題集，她頓時明白。「這是往年的童試題？」

「嗯。」祝庭舟點頭，揮開夏至，起身鋪紙磨墨。「歷年的舊題，除了家裡考過童試的，別人幾乎都不會存，我是找了好些人家一點點抄回來的。」

祝圓看著他折騰，撓撓頭。「那你寫，我看會兒——」手裡被塞了支毛筆。

「妳也一起寫。」祝庭舟微笑。「妳考慮問題比較全面，我想看看妳的思路。」

祝圓無語。「……」

她還是個虛弱的孩子！

不過，有事做，確實可以減輕一些身上不舒服的感覺，反正她很閒，祝圓猶豫片刻，認命接過毛筆。

祝庭舟登時高興了，忙不迭幫她鋪紙。「圓圓妳真好，回頭哥哥買好吃的給妳。」

祝圓吐槽。「別老是給我買糕點啊，外頭的糕點都甜得要命，還不如咱家裡的。」

祝庭舟詫異。「我以為小孩子都喜歡這些甜甜的東西。」

祝圓撇嘴。「小孩子也是有品味的。」

祝庭舟撓頭。

「先說好啊，我就寫個思路。」她年紀還小，又不需要考科舉，厚厚的四書五經她就囫圇吞棗學了點，答題什麼的，也別指望她能作出什麼驚才絕豔的答案。

「當然，妳隨便寫寫，給我參詳參詳。」

「好。」

翻開第一道，兩人腦袋湊到一起仔細看題目，祝庭舟很快便有了思路，提筆開始作答。

祝圓歪頭想了許久，抓起毛筆蘸了蘸墨池，慢騰騰開始寫提綱。

祝庭舟收集的這些試題大多是經解，其實就是論述題，誰沒做過論述題呢？反正步驟就是先確立中心議題，選擇應答方式，列舉論據、論證，最後再來個呼應，完事。

祝圓寫完提綱，抬頭看祝庭舟還在奮筆疾書，便美滋滋扔開筆，準備接著看書——

「你在做經解」

紙上浮現一句墨字，看起來是肯定句。

祝圓挑了挑眉，抬頭看了眼祝庭舟的進度，覺得還有些時間，索性執起筆，悄無聲息挪到另一邊。

「大哥，好久不見啊。」躺在床上的這兩天，她不是昏睡就是疼著，書紙都沒碰過，還真有兩三天沒和這位哥們筆談了。

「出遠門，書寫機會少」對方解釋地寫了句，頓了頓，再次重複。「你在做經解」

祝圓翻了個白眼。「大哥，你寫字的時候能不能不要那麼節省墨水？」

「何意」

「你瞅瞅你剛才那句話，你看得懂是問句還是肯定句嗎？」

對方停住了。

祝圓刷刷刷又是一句。「聊天又不是寫文章，你好歹加個圈點吧？既不圈點，又不加之乎者也，你當我是你肚子裡的蛔蟲嗎？」

這時代其實有標點符號，小圈表示結束，小點表示斷句，但是使用上並不普及，若是寫文吟詩作賦都不加，詩詞歌賦便罷了，文章在解讀上就可能造成誤解，因此多會用「之乎者也」等虛詞做起承轉合。

但這位狗蛋兄除了用用小點，也即是逗號，其餘時候，點不用圈不用，不到萬不得已虛詞也不用，彷彿多畫一筆會累死他似的，故而祝圓忍不住吐槽。

而剛在客棧落腳的謝崢也皺起了眉頭，他注意到的是……何謂蛔蟲？

罷了，這問題日後再說。既然佩奇主動提及圈點，他原有的許多疑問倒是正好可以問上一問了。

「……何意」

祝圓滿頭霧水。突然冒出這一句，啥意思？

「『！』何意」

祝圓恍然大悟。哦，他是問標點符號的意思啊……

「『T_T』何意」

祝圓愣住。「……」等等，她啥時寫過這個表情？

不不不，這些都不是重點。這些標點符號明明很簡單，往常聊天時她都會用，只要串連上下文意理解一下，不是挺清楚明白的嗎？退一步講，即便不明白，他倆都已經聊了這麼久了，看不懂馬上問不行嗎？

祝圓嚥了口口水。「難道，咱們聊了這麼久，你都沒有看懂？」

「大致明白『？』」

就猜到一個問號？祝圓震驚了。「那你看得懂我說什麼嗎？你都看不懂，到底是怎麼接我的話的，還能跟我聊這麼久？」這些標點符號天天在面前出現，他難道都不會好奇、不會抓心撓肺的嗎？

蒼勁墨字緩緩浮現。「為何要好奇」

祝圓翻了個白眼。「我相信你是個老頭子了，一點都沒有年輕人探索世界的好奇和衝動。」

真少年謝峥無奈。「……」

祝圓苦口婆心道：「兄弟，你這樣不行啊，你這樣活著還有什麼意思呢？」

謝峥一默。「……」這跟活著有何必然關係？

祝圓看了眼祝庭舟，再看了眼另一邊，確定夏至正在忙活，一時半會兒不會過來，遂將寫滿字的紙張揉成一團，接著拿了一張新紙繼續往下寫——

「來來來，哥哥今天有空，來教教你什麼叫標點符號、什麼叫表情包，給你打開新世界的大門！」

謝崢無言。「……」

第五章

一番亂七八糟的科普過後，謝崢對這些奇奇怪怪的符號終於有了大致概念，感覺標點符號挺不錯用的，文章加上標點符號後，斷句、語意都清晰明瞭，若是朝廷下達旨意，也不容易出現誤解，日後可以推廣。

至於那些奇奇怪怪的表情包……便罷了，浮誇！妄誕！不規矩！

祝圓可不知道她列出來的那些可愛的顏文字表情包被如此嫌棄，猶自往下說：「今天我教了你標點符號，以後我就是你師傅了，所謂一日為師終生為父，有朝一日我們相見了，記得……」

不等她寫完，謝崢已然反應過來，立刻轉移話題。「你適才在做經解？」

沒占到便宜，祝圓撇嘴，不情不願回答。「是啊，幹麼？」

「你今年貴庚？」

祝圓冷哼一聲，這廝又來套話了。「你幾歲，往上加二十年，就是我的年齡。」

「……」謝崢也開始活學活用了。

祝圓抿嘴偷樂。

蒼勁墨字慢慢浮現——「你前些日子給的水泥方子於我助益良多，若你是應試學子，說不定我能幫你一些忙，比如，幫你打聽主考官是誰、其風格喜好如何……」寫到這裡，墨字筆鋒一轉。「不過既然你不是，那便算了。」

主考官風格喜好？祝圓一怔。科舉來來去去就那麼幾項考試科目，除了貼經類似填空，其他大部分都是以主考官的主觀愛好評定名次——當然，字體、卷面整潔、內容也是占很大因素，但若是能先一步知道主考官的喜好……那真真是事半功倍了！

祝圓瞅了眼凝神思索的祝庭舟，咬了咬牙，寫道：「實不相瞞，我是真的要考科舉。老驥伏櫪，志在千里，雖然我年紀大、習字晚，但我上進，也有考功名的決心！狗蛋兄，以咱們的交情，相信你一定會不遺餘力地幫我，哥哥在此先跟你說聲謝謝了！」

謝崢瞠目。「……」

他差點就信了，這不要臉的架勢，倒是頗有老匹夫的風範，且這人見多識廣、言之有物，確實不像小孩……難道真的是……

「狗蛋！狗蛋！看到我說的話了嗎？」

謝崢回神，捏了捏眉心。「可否換個稱呼？」

祝圓從善如流。「你想換什麼？狗狗還是蛋蛋？」

謝崢默然。「……」

是他想多了。這位佩奇兄性子如此跳脫，斷不可能是飽經風霜的老人家，再加上那奇怪的遣詞造句和詭異的表情包……不太像正常人。

傳聞才華洋溢之人在生活、人情世故中多有缺失，甚至大多有疾在首，導致行為怪誕不經……這麼看來，這位佩奇，恐也類似。

換句話說，這位佩奇，恐怕是腦子有病。

「你要是不想叫狗蛋可以改名啊！想叫啥都行，只要你幫忙！」

「要不咱們還是用真名吧，放心，就算你的真名叫鐵蛋、二丫什麼的，我也不會笑你的！」

「喂！人呢？在的話出個聲啊～～」

紙上墨字刷得飛快，忽大忽小的糟糕書法看得謝崢頭疼，完全不知道自己為何會跟這樣的人聯繫上。

罷了罷了，何必跟有疾之人多做計較，他想喚什麼便喚什麼吧。

「隨意。」

「真的？嘿嘿，那你以後可不能拿名字當由頭，不幫我忙啊！」

謝崢微哂，擱下筆，不再多話。

另一頭，祝圓正刷刷地寫著字呢，一聲「圓圓」驚得她汗毛都炸了起來。

她立即將筆下紙張抽出揉成團，同時抬頭望去，若無其事道：「怎麼啦哥哥？」

祝庭舟狐疑地看她兩眼，舉了舉手中紙張。「我寫好了，可以幫我看看嗎？」再看向她手裡紙張。「妳的寫好了嗎？給我看看。」

祝圓乾笑，迅速將紙團扔進紙簍，揭起剛才寫好的提綱，正準備挪回原本的位置，祝庭舟已經起身湊了過來。

「妳坐這麼遠作甚？」隨口抱怨了句，他接過祝圓手裡的提綱，一看，頓時皺眉。「妳這是……」

祝圓心虛道：「不是說了，我只寫個思路嗎？」

「立意、論點、論據……」祝庭舟喃喃片刻，扭頭看她。「這思路，彷彿大部分經解都適用！」

祝圓撓頭。「都是解說分析，應該差不離吧。」

「圓圓妳果然厲害！」祝庭舟真心讚道，然後將自己的稿子遞給她。「幫哥哥看看！」

祝圓無語。「哥哥，我才十一歲！四書五經我不熟悉，遣詞造句我也不如你，你讓我看啥，還不如給爹爹看看呢。」

祝庭舟眨眨眼，笑了。「妳平日人小鬼大的，我都把妳的年紀給忘了呢。」

祝圓做了個鬼臉。

祝庭舟半點不生氣，甚至還欣喜不已。「不過，妳這樣的擬稿方式確實很實用，這樣一看，我覺得我寫的那篇仍有許多不足，待我重寫一篇！」不等妹妹接話，他立刻又轉回去提筆開寫。

祝圓無語了，真是書呆子！

瞅了眼書頁，狗蛋同學也不見了。她摸了摸隱隱作痛的腹部，索性盤腿靠在靠墊上，揀了冊話本慢慢看了起來。

期間，張靜姝過來看了一眼，也沒打擾兄妹兩人，只是轉頭便讓人送了兩碗熱呼呼的甜湯給他們。

接下來幾天，祝庭舟都跟祝圓兩人一同看書、習字、貼經、解題……很快，祝圓這輩子的第一次月事結束了，日子一下便平靜了下來，彷彿前些日子那疼死人的大姨媽是她的錯覺一般。

若不是張靜姝開始忙著安排家事、收拾行李，祝圓還以為去蘆州的事要擱置了。

也是奇怪，自從祝庭舟回家陪她之後，她每日看書習字的時間大幅增加，可狗蛋出現的時間卻越發少了，甚至接連好幾天都見不到人。

要不是記得狗蛋曾說過他出遠門，她會以為這廝是為了逃避幫忙直接不看書寫字了。

這般胡思亂想著，很快又過去了十天。

這一日，祝修齊收到了蘆州守備發來的回信，果然如他所料，蘆州守備秦又不光表示熱烈歡迎，還在信中提及，其夫人已為祝夫人等人賃到了一處院落，同時也已經在打聽合適的大夫，就等她們過去了。

祝修齊與張靜姝頓時鬆了口氣，如是，蘆州之行便排上日程。

軲轆軲轆，一行馬車慢悠悠地行走在顛簸土路上。

無人維護的土路灰塵漫天，道路兩旁雜草叢生、灌木林立，若不是能看見遠處的田地房屋，祝圓真會以為自己處在什麼深山老林裡。

掀起馬車竹簾一角看了外頭兩眼，她便嘆了口氣，趕緊放下。

這坑爹的土路，坑坑窪窪不說，所過之處能揚起半噸塵土，她若是掀簾子掀得大了，就得吃滿嘴灰。

「還有多久到？」她轉頭問夏至。

夏至看了看天色，道：「估摸著差不多了。午間歇息的時候問了，說是申時便能抵達蘆州。」

因為暈車，午間臥在車裡躺屍的祝圓徹底鬆了口氣。「終於啊……」再顛簸下去，她都要吐死了。

剛說了兩句，熟悉的翻騰再次湧上喉嚨——「快，給我藥油！」

夏至急忙擰開小瓷瓶，往她鼻端湊去，同時心疼道：「姑娘再忍忍，還有個把時辰就到了。」

祝圓抱著藥油瓷瓶狠狠吸了幾口，緩過勁來，苦著臉道：「這麼多天都過來了，不差這個時辰。」

太慘了，這身體怎麼這麼多事——不不，不怪她，這破路只要是人都會吐，連祝庭舟都吐了兩回呢！

這樣可不行，尤其是祝庭舟，這小子還要參加科舉呢，就這小身板，還怎麼蹲號房？回頭得帶著他跑跑步啥的……

夏至估摸也是這樣想的。「小姐，等到了蘆州找了好大夫，咱們一定要把身體調理好了。」

「希望吧……」

實在顛得慌，祝圓也沒心情聊天，說了兩句便閉上眼睛養神。

晃晃悠悠，晃晃悠悠。

祝圓剛有點迷糊想睡了，便聽到外頭彷彿傳來說話聲，她一個激靈，醒了過來。

「是不是到了？」她有點激動。

夏至正掀著簾子看著外頭呢，聽見問話，忙轉回來答話。「在城門排隊準備進城呢。」

終於啊！祝圓精神為之一振，跟著湊到窗口。「我也看看。」她來瞧瞧，大州府的城門究竟跟蕪山縣的有什麼不一樣？

並無兩樣。

除了城門更巍峨些、城牆更高大些，以及進出城門的人更多一些……哦，城門外貼著的通緝令也要多一些，除此之外，並無什麼太大差別。

祝圓失望不已，不過好在踏進蘆州城範圍之後，土路上鋪了不少碎石子，灰塵少了，地面也不再坑坑窪窪，她好歹覺得舒服些了，也能掀開簾子透透氣了。

路上行人漸多，挑著擔子的、揹著背簍的、拉著孩子的……各式各樣的人穿梭其中，兩邊還有許多就地擺攤的小販。

「缽仔糕～～好吃不膩的缽仔糕～～大姊來一份嗎？」

「青梅梨脯酸角糕～～好吃的涼果～～」

「涼粉！消暑開胃的涼粉，三文錢一大碗，不好吃不要錢～～」

祝圓正眼巴巴地看著外頭，前頭馬車突然停了下來，她正奇怪，就見前頭陪著張靜姝坐同一馬車的紅袖下車，走向路邊……

過了一會兒，祝圓抱著一小甕酸甜可口的青梅、梨脯啃得不亦樂乎。

太好吃了！無色素、無各種化學添加物的正宗涼果果然不一樣，酸酸甜甜不說，還解膩止吐！

她這邊精神頭好了，車隊也進了城，秦守備家的管家守在城門口，跟他們接上頭後，直接領著他們前往這段時間要入住的院子。

秦家給他們準備的院子位於安靜的宅區，院落在巷子裡，走出巷子便是鬧市，採買方便，住人也算安靜，一看便是費了心思的。

秦家甚至還十分貼心，讓他們安心規整，交代管家告知，待他們安頓好了，再邀他們過府一聚。張靜姝感激萬分，對秦家管家越發親和，若不是時辰不早，還得收拾安置，她只怕就立刻奔去秦家致謝了。

你來我往的，下人們抱著箱籠來來去去，下了馬車便恢復精神的祝圓瞅著他們還要說一會兒話，加上夏至等人還得歸置行李，她覺得無聊，索性拉著祝庭舟跑了，也不走遠，就在巷子口蹲著看路人。

好吧，只有祝圓蹲著。

祝庭舟自然看不慣，一直在旁邊喋喋不休。「站沒站相坐沒坐相的，妳這樣子若是被爹爹看到，肯定逃不了一頓罵。」

「爹爹這不是不在嘛！」雙手托腮的祝圓隨口答了句，忽閃忽閃的大眼睛左顧右盼，掃過某處，目光陡然一凝。

「妳還記不記得自己是——」

「哥，你看！」祝圓打斷他，起身拽住他袖子示意他往斜對面看去。

祝庭舟順勢望過去，不解地問了句：「怎麼了？」

「那位婆婆！」祝圓搖了搖他胳膊。「看到那位婆婆了嗎？」

一名衣衫襤褸、瘦骨嶙峋還髒污不堪的灰髮婆婆正瑟縮地窩在牆根下，在她面前擺著一破爛小碗，碗裡連個銅板都沒有。

祝庭舟目露不忍，嘆了口氣，按住她腦袋往另一方向轉。「別看了，看了也幫不了她……」

祝圓掙開他的手。「我有錢，我去給她——」

「不行。」祝庭舟一口否決。「妳就算給了，錢也到不了她的手裡，不必白費那個工夫。」

祝圓茫然。

祝庭舟低聲解釋。「在縣城裡乞討也有分地盤的。她這種年紀，怕是爭不過那些年輕力壯的乞子混混，妳給她銅板，還不馬上就被搶了？」

祝圓大吃一驚。「連這麼大年紀的婆婆也要按照他們規矩來？這不是欺負人嗎？」

「她能在這兒已經是破例了。」

祝圓咬唇，拽住他就跑。「給不了錢咱們給她買點吃的！走，跟我一塊兒去買幾個包子！」

祝庭舟被拽得一個踉蹌，反應過來後拉住她，無奈搖頭。「妳擔心她作甚，沒有妳，她不也活得——」

「哥！」祝圓扭頭，嚴肅地看著他。「你最近做的經解多，你來說說，『老吾老以及人之老，幼吾幼以及人之幼』，該如何釋義？」

祝庭舟怔住。

另一邊，終於抵達潞州境內的謝崢剛跳下馬車。

看了眼吵吵嚷嚷的方向，他皺了皺眉。「怎麼如此多乞子？」

安福看了一下，低聲說道：「瞧著不像乞子，一個個身強力壯的，也不知道緣何聚集於此……為防萬一，奴才立即讓人將他們轟遠了。」

謝崢這回出門輕裝上陣，除了近身伺候的安福、安瑞，其他一個下人都沒帶，與他同行的工部員外郎，也即是研究出水泥配比的張惠清——也只帶了一名僕從。扣掉他們幾個，便只有承嘉帝給他們安排的十五名侍衛，輕車快行，已經將押運物資的工部侍郎陳正浩遠遠甩在後頭。

他們這次出行，按理來說應當不會有人暗中使絆，安福此番謹慎便有些多此一舉了，何況……

謝崢仔細將那些乞子打量了一遍，微哂。「安福，你太心軟了。」

安福不解。「主子？」出門在外，為掩人耳目，他跟安瑞都改口稱呼謝崢為主子了。

「年輕力壯，手足健在，卻不事生產甚至以乞討為生。」謝崢神情淡淡。「去跟趙領隊說一聲，不如幫幫這幾人，讓他們日後乞討輕鬆些。」

安福有些茫然，安瑞卻立刻反應過來，低頭領命。「是，奴才這就去與趙領隊說一聲。」

謝崢點點頭，信步走進客棧。

還未上樓，外頭便傳來慘叫聲，終於反應過來的安福抖了抖，望向前邊瘦高少年的眼神不自覺便帶了些敬畏。

謝崢彷彿身後長了眼。「是不是覺得我過於狠戾？」

安福忙搖頭。「不，主子做得對，這些人整日遊手好閒、聚眾乞討，實則是拿乞討名義施行掠奪行徑……不整治他們，受累的還是百姓。」

謝崢嗯了聲，不再多說。

當晚，安置妥當的謝崢剛坐下，正準備翻出昨天未看完的書繼續往下，便看到熟悉的墨字浮現其上——

「……這年頭，連乞丐都欺負，還有沒有人性！」

謝崢一愣。「……」

這麼巧？

謝崢放下書，讓安福等人去打聽客棧裡還有什麼人家住進來，尤其要注意那些言辭異常、行為詭異之人。

安福幾人看他面沈如水，心驚膽戰，除了留守之人，其餘全部散開四處查探。

等人走了，謝崢親自挽袖磨墨，開始套這位佩奇的話。

「此話怎講？」

遠在蘆州的祝圓如何能想到會弄出這般誤會，看到他回話，立刻激動地將今日之事說了出來——當然，實際細節還是隱瞞的。

謝崢從那洋洋灑灑一大堆文字裡提煉出關鍵字：街上、親人、老婦人、施捨食物……

看來兩人所見所聞壓根不是同一件事，謝崢眉心微舒。

祝圓猶在奮筆疾書。「雖說是為了老人家好，可幫忙的法子千千萬，哪有直接不管不顧、置之不理的？枉這傢伙讀了這麼多年書，腦子都不轉彎，書呆子似的，氣死我了！」

「你之施捨，亦不過是杯水車薪，無濟於事，待你一眾離開，乞者該如何便如何，他不救，亦是常理。」同為乞兒所擾，謝崢難得的耐心大發，與她說上一大段話。

「道理我都懂，但做人不能這樣。勿以惡小而為之，勿以善小而不為。怎能因為善惡影響之小就不在意呢？」

謝崢啞然。「天真。」

祝圓忿忿不平。「哪裡天真了？尊老愛幼是應該的，若連這個都做不到，還算人嗎？」

「倉廩實而知禮節，衣食足而知榮辱。百姓若是溫飽都成問題，尊老愛幼不過是紙上文章。」

「……你說的對！」祝圓一愣，想了想，汗顏，是她狹隘了。「這麼說，追根究底還是朝廷的問題，但凡朝廷給力點，就不會有這樣的情況了。」

謝崢沈默。「……」

這位佩奇與那些指點江山的酸儒們倒有幾分相像。而這類人，不是自詡懷才不遇，就是年紀不大，不知道佩奇是占了哪一項呢？

恰好安福過來回話，謝崢便沒再繼續。

兩人皆是舟車勞頓，短暫的聊過後，便各自安歇。

祝家暫住的這處宅子已提前打掃過，一行人住進來後只需要將行李歸置好，再採買一些零碎的必需品便妥了。

只是一路奔波，尤其是祝圓一路吐著過來，張靜姝便按捺下心思，讓大夥好好歇了一天。

抵達蘆州的第三天，他們才前往秦守備府上做客。一是送禮，畢竟別人幫忙賃了院子還打掃乾淨了，二則，是要問問大夫的事情。

因著不是休沐，秦守備並不在家中，張靜姝便只帶了祝圓一人赴宴。

秦守備的夫人姓辛，是名爽朗大方的年輕婦人，見了他們，寒暄過後，辛夫人便抱怨。

「我聽我們家爺提過好幾回祝大人，在咱家這裡，你們可都是老朋友了，怎麼過來還帶那麼多禮呢？」

「都是些不值錢的玩意，你們不嫌棄就好。」張靜姝笑笑，拉過祝圓，朝她介紹。「這是我家姑娘，單名一個圓字。」然後讓祝圓喚人。

祝圓福了福身，脆生生地喊了聲嬸嬸。

辛夫人眼睛一亮，拉住她的手便讚嘆。「哎喲，這丫頭長得真是水靈可愛，瞧著就讓人疼惜，我多看兩眼就恨不得搶過來養在家裡頭。」

張靜姝忙謙虛。「夫人謬讚了，小女性子頑劣得很，若是真在妳家，怕是早就惹妳厭煩了。」

辛夫人捂嘴笑。「姊姊妳這可就過謙了，小姑娘家家的，能頑皮到哪裡呢？」剛才寒暄時相互介紹了，她比張靜姝要小幾歲，故自稱妹妹。

幾人邊聊邊進了屋，按序落坐，下人奉上茶水。

張靜姝端起茶盞抿了抿，接著剛才的話題笑道：「倒不是頑皮，就是鬼主意多得很，整日帶著弟弟妹妹們搗亂。」

辛夫人登時樂了。「這麼說我更想留下她了。」她轉回來逗祝圓。「圓圓是吧？嬸嬸家裡有小妹妹和小弟弟，留下來陪他們兩天好嗎？」

祝圓看了眼微笑的張靜姝，大方拒絕道：「抱歉，嬸嬸，我們第一回來瀘州，地方不熟，加上爹爹不在，我得陪著我娘。」

辛夫人打趣了一句。「別不是妳離了娘親要哭鼻子吧？」

祝圓笑咪咪。「嬸嬸要這樣想，我也沒辦法～～」

辛夫人微詫。「妳這小姑娘竟一點也不怕生……今年多大啦？」

「十一歲了。」

「喲，都快可以說人家了。」辛夫人朝張靜姝笑道：「我瞧這性子，壓得住場子，是當主母的料。」

這話祝圓可不好接了，忙低頭裝靦腆。

張靜姝搖搖頭。「前幾年耽誤了，去年才帶在身邊教起來。」嘆了口氣。「如今她這身體又……我這心裡愁得很呢，哪裡還有心思相看人家。」

辛夫人聞言仔細打量祝圓，道：「你們信中說得可嚴重了，可小姑娘看起來氣色還不錯呀，當真如此嚴重嗎？」

張靜姝面上愁容更顯。「看過好些大夫，都說是年紀太小補過頭了，看著臉色紅潤，實則虛得很。這才十一歲呢，上月就來潮了不說，那幾天還疼得直打滾……」說著說著，她眼眶便紅了。「不說孩子如何受罪，萬一、萬一將來……」

許是當著祝圓的面，她沒往下說，辛夫人卻明白其隱下的話語。女兒家嘛，不外乎就是擔心子嗣問題。

她嘆了口氣，拍拍張靜姝手背。「別太擔心，蘆州這邊雖然窮一些，好大夫還是有不少，圓圓年紀小，只要調養得當，必定跟常人無異。」

「希望如此……」

話未說完，便有一侍女匆匆進來，先朝在座眾人福了福身，再湊到辛夫人身邊低語了幾句，張靜姝低頭佯裝品茗。

辛夫人聽完揮開侍女，道：「太好了，大夫到了，正好現在就讓他瞧瞧。」見張靜姝愕然，她解釋。「調理身體這事，趕早不趕晚。收到祝大人的信件時，我們家爺便已經讓人去留意那些擅婦科調養的大夫，今天知道妳要過來，我就讓人去把那位大夫請來，這會兒他已經在前院等著了。」

張靜姝驚喜。「這、這……」竟然一點也不耽誤工夫，直接把大夫請過來，如此周到。

「別這啊那的，走走走，趕緊去看大夫，看看咱們圓圓身體怎麼調理比較合適！」辛夫人大手一揮，風風火火地領著他們前往外院。

「……虛火實寒，不算什麼大問題。」蓄著長鬚的老大夫刷刷刷寫了個方子，將紙張遞給張靜姝。「先按這方子吃上十天，過了十天，老朽再來複診，屆時再做調整。」

聽說不是什麼大問題，張靜姝徹底鬆了口氣，問：「這藥前後要吃上多久？會不會對身體有礙？」

老大夫捋了捋長鬚。「快的話一個月，慢的話三個月。」

辛夫人皺眉。「不能再快些？」

「要快就得下猛藥，小孩子家家的，調理得當便於常人無異，操之過急反而不美。」

也是。辛夫人便不再多說。

張靜姝卻已經很開心了。「已經比我想像中要快多了，只要圓圓身體能好起來，多花點時間也無妨。」

老大夫捋了捋長鬚。「就是這個道理。等吃完藥，我再給妳們幾道食療方子，想起就吃上一、兩回，身體又會更好些，也不會輕易生病。」

張靜姝這下是徹底鬆了口氣，祝圓更是激動。只要一想到那針扎刀刺般的腹痛，她就恨不得給面前老大夫磕頭。

送走老大夫後，辛夫人笑著道：「如今總算是安心多了吧？」

「多得您和秦大人的幫襯。」張靜姝擦了擦眼角。「若非你們幫忙，我家圓圓都不知道要如何受苦了！」說完，她趕緊推了推祝圓，讓她好聲道謝。

祝圓立馬張嘴，叭叭叭就給辛夫人吹了好長一串彩虹屁，逗得她眉開眼笑的。

「瞧這小嘴多甜，跟抹了蜜似的！」辛夫人愛嬌地捏捏祝圓臉蛋，轉頭問張靜姝。「我是越看妳家圓圓越喜歡……這都十一歲了，妳有什麼打算沒有？」

祝圓眨眨眼，看向自家娘親，後者拍拍她腦袋，答道：「還沒有呢。」

「那打算找哪兒的？可不能在蕪山縣找，任地是任地，將來你們走了，姑娘可就無依無靠了。」

這是正經八百談親事。祝圓只得低下頭，絞著衣襬裝害羞，一邊豎著耳朵細聽。

只聽張靜姝道：「早前跟我家老爺商量過，待蕪山縣這邊的任期滿了，便要帶她回京城相看人家。」

「那就好。」辛夫人連連點頭。「自家閨女，還是得放在眼皮底下。」頓了頓，她笑道：「若是還沒相好人家，我這邊倒是有個不錯的人選。」

張靜姝微詫，道：「妹妹不妨直說。」

辛夫人輕咳一聲。「您也知道，我們秦家出了位淑妃娘娘。她膝下有兩位皇子，大的排行第三，剛滿十四歲——」

竟是介紹皇子？張靜姝大吃一驚，連祝圓也驚呆了。

好傢伙，她只是來看病的，咋還相起親來呢？她才十一歲！

察覺她倆的驚詫，辛夫人擺擺手。「且聽我說完。」她嘆了口氣。「別看皇子名頭聽著響亮，咱家這位皇子卻著實是有些可憐。」

有八卦聽！祝圓連衣襬都忘了絞，就差把耳朵湊過去了。

辛夫人壓低聲音。「淑妃娘娘甫一進宮便得了寵，生三殿下時大出血，差點沒熬過來，身子也壞了，一躺就是大半年。這女人一生病，顏色便不漂亮了，又不能伺候，宮裡顏色多，皇上自然不可能守著她，轉頭便把她忘在腦後，家裡也幫不上忙……那段日子，娘娘可真是藥渣子灌心裡，苦得不行。好在，苦熬了些年後，她身體終於好轉不少，等她再次復寵，生了小兒子、晉升淑妃，這日子才好過了不少……」

這些都不是什麼秘密，張靜姝也有所耳聞。只是，好端端的，提這個作甚？

「妳想啊，同樣是兒子，這前後境遇是完全不一樣，妳會怎麼辦？」

這話張靜姝不好接了，好在辛夫人也沒想她能說啥，只接續道——

「這人啊，最怕多想，這一多想，就容易……」她壓低聲音。「聽說那位把三殿下當成了與自己相剋的，但凡有點好事都給壓著，加上皇上事務繁忙……反正，咱們這三殿下打小就是奶娘、太監帶大，上回見著，連個笑模樣都沒有，可憐見的……總之呢，我們家老爺已經發了話，三殿下的親事，咱們得幫著留意。」

她口中的老爺，是指淑妃的生父、三皇子的外祖父、正三品太常寺卿，秦銘燁秦大人。

話雖如此，張靜姝依然遲疑。「這……畢竟是皇子，我家圓圓如何高攀得起。」

「誒，什麼高攀不高攀的，咱們秦家不是什麼高門大戶，不也出了位淑妃娘娘嗎？大衍皇家祖上還有訓，不許皇子皇孫娶高門大戶呢。」

張靜姝想了想，勉強笑笑。「這事我可做不了主，回頭我得問問我家爺。」

「那當然。」辛夫人摸摸祝圓腦袋。「我就那麼一說，就算真要談，也還早著呢……」

這話題便暫且打住，兩人改聊起了蘆州、蕪山的一些風俗人情。

祝圓以為這事便算過去了，身體的事有了轉機，以後安心養身便是了，即便一到家就被祝庭舟提溜著去練字，她的心情依然美麗得很。

故而，一看到狗蛋出現，她立即興奮地撲上去打招呼。

「狗蛋狗蛋！我跟你說，我今天聽了個大八卦！」

對面墨字絲毫不受影響，行雲流水地寫著自己的東西。

「哎，家家有本難念的經，沒想到堂堂皇子也過得跟沒爹沒娘似的，太慘了太慘了。」

蒼勁墨字筆鋒一頓。「什麼情況？」

「喲，我以為你只關心你那堤壩呢，怎麼突然又對我的話有興趣了？」

遠在潞州的謝崢額角跳了跳。「說。」這廝廢話忒多了，要是在他面前這般顧左右而言他的，早被他踹到牆上了。

「我知道了！你是不是想升職去當京官，所以才想知道宮裡的——」話沒說完，祝圓便覺出不妥。「不對，你畫了潞州堤壩圖，又說要出遠門……啊！你本來就是京官，現在是在潞州？」

謝崢眼角一跳。大意了。

「嘿嘿嘿！」祝圓興奮極了。「看來找出你的真實身分之日指日可待啊！」

謝崢捏了捏眉心，把話題拉回來。「先說皇子之事。」

「你還惦記著這個啊……」祝圓現在更關心狗蛋兒的身分，隨口便答了句。「其實也沒啥，只是聽說堂堂三皇子竟然是顆小白菜而已。」

三皇子謝崢皺眉，小白菜是什麼玩意兒？

謝崢猶自嘀咕什麼是小白菜呢，祝圓已經叭叭叭地把今天聽來的八卦簡要複述了一遍，完了總結道：「可憐的三皇子啊，感覺跟那地裡的小白菜似的。」

謝崢捏了捏眉心，問：「小白菜何意？」

「你不知道啊，就是我們這邊有首歌謠，內容大概是這樣：『小白菜呀～～地裡黃呀～～兩三歲呀～～沒了娘呀～～只怕爹爹娶後娘～～』」

謝崢一噎。「……」

若不是隔著紙張，他真的很想……

他咬了咬後牙槽，轉移話題。「『～』到底什麼意思？」

常見到這位佩奇兒在用「～」，偶爾兩個，偶爾三個，更多也有之，總覺得不太正經。

「可以表示聲音拉長，也可以表達開心～～你看看～～是不是很傳神～～」

太傳神了。謝崢看著那銷魂的波浪線，感覺頭痛。

「話說你從京城到潞州是不是走了很久，路上顛得很吧？吐沒吐？吃了多少灰？」

巴啦巴啦一大堆問題砸下來，謝崢頭更疼了。罷了，只要別談他那些人盡皆知的事兒……

「走陸路必然如此。」換句話說，顛簸、吃灰，都是常事。

「所以啊，你那水泥的進度快一點，堤壩都能修了，修橋鋪路不是更小的事嗎？」

說得輕巧。「何來銀錢？」

祝圓翻了個白眼。「大哥，你可以收錢啊！找那種商旅多的路段，等路修好，設個收費站，帶貨經過、車馬經過就收費啊！」

謝崢一頓。「……」

「此乃攔路打劫。」

祝圓不服。「你情我願的事情，怎麼能叫打劫？」她諄諄善誘。「你想啊，商人們拉一隊貨物，從一個州府到另一個州府，走個七、八天都算少的，這麼多天，拉貨的人要不要吃喝？拉車的畜牲要不要吃？住宿要不要錢？若是路上不太平，再請隊鏢師護衛什麼的，不都得要錢嗎？可要是水泥路修好了，平坦絲滑，一日百里，州府之間一、兩天便能走到！這可以省下多少口糧費、住宿費啊，而代價，只是付出一點點的路費，換了你，你不願意嗎？」

謝崢怔怔。

「要不是我做不出水泥，我都想去修路了。」祝圓感慨萬分。「也就你這種官大人才能折騰得起。」

水泥要用到鐵粉，在這個時代，鐵是戰爭物資，皆由朝廷把控，她這種小老百姓可弄不來。

謝崢回神，瞇了瞇眼，慢慢道：「你既然在京城，想必還是有些門路，弄點材料不難。」

祝圓挑眉。「誰說我在京城？」

「三皇子的事京城人盡皆知，你若不是剛到京城，那便是剛結交了權貴之士，否則你從何得知皇室傳聞？」

呵，這是想套話呢！祝圓冷笑。「我看你是閒得慌，你的水泥材料都準備好了嗎？記得鐵要磨成粉，石灰石要高純些，還要煅燒，煅燒材料要用的煤炭搞定了嗎？」

謝崢一噎。「……」

第N次交鋒試探，狗蛋慘敗！

把狗蛋兄懟得沒話說後，祝圓美滋滋地繼續練字。

日子再次恢復寧靜，除了從蕪山縣換到了蘆州，除了看不到祝修齊等其他家人，日子跟在蕪山縣沒什麼兩樣，只是監督她練字的人，從祝修齊變成了祝庭舟。

日常都是練字、練琴，看書、吃藥，陪弟弟庭方玩耍、陪母親散步說話……哦對，還得陪祝庭舟做考古題，期間陪母親又去秦府做了幾回客。

也不知道那辛夫人是真喜歡她，還是只為了盡盡地主之誼，隔三差五就邀請他們過府吃飯，他們自然也見著了那位年輕有為的蘆州守備秦又。

辛夫人請的那位老大夫很厲害，吃了大半個月藥後，祝圓在蘆州的第一次月事終於來了。

雖然依然渾身發冷、依舊隱隱作痛，好歹不再痛得乾嘔、食不下嚥。至此，張靜姝與她才徹底鬆了口氣，安下心來繼續吃藥調理。

另一頭的謝崢則是完全不一樣的狀態。

抵達潞州的第二天，他便陷入了瘋狂的忙碌中。

本來他是無須如此忙碌的，督建河堤之事本應由工部侍郎陳正浩來主持，謝崢原也沒打算越權。正如佩奇所說，他過來，只是為了防止有人偷工減料、貪贓舞弊——他不允許他折騰了許久的東西被一幫老官皮給誤了。

只是，人算不如天算。

這件事啟動得晚了，潞州的雨季已經到來。

潞州位於河道下游，淤泥堆積，河床高立，在秋冬季節那自然是水流平緩、灌溉四野，可潞州每年有兩到三月的雨季。

若是幸運，雨水下得均勻分散，河水排得及時，又有那高高的河堤，百姓、田地自然是安全無虞。若是遇到那雨水大年，嘩啦啦的雨水下來，河水暴漲，那河堤便不堪一擊。

但老天爺也不會說哪年大年、哪年小年，故而，即便潞州河道不是年年決堤，每屆知州上任第一事，依然是將河堤築結實，不為別的，只為在任期期間，河堤都能穩穩當當的。

這時代，築堤壩多用沙土石礫，從別處挖回來的沙土石礫用麻袋裝滿紮緊，一袋挨著一袋疊上堤壩，密密麻麻，壓得河堤又寬又高，看起來便威武霸氣。

只是看起來。

在天災面前，這些砂石不過是蚍蜉撼樹，該決堤時還是會決堤，差別只在於多久一次。決堤一次便是滅頂之災，受苦的永遠是百姓，州府上下官員也拋不開責任。

謝崢抵達潞州之前，潞州已經陸陸續續下了半個多月的雨。他們巡視河堤時，那河水已經漫過一半的河堤，水色渾濁，掬一把皆能看見泥沙。

別人便罷了，同行的張惠清那是臉色大變，急吼吼跪請謝崢趕快動工，晚了怕趕不上了。

謝崢是早有所料，但不記得確切時間，又有他這番佐證，便不再猶豫，索性不等工部侍郎陳正浩到來主持，立即拍板開工。

潞州知州原本還想說個幾句，謝崢冷眼一掃，便不吭聲了。再說面前這位是皇子殿下，雖然無權無職年紀小，可他是要來修河道的，若是修好了，大家皆大歡喜，修不好，還有皇子在前頭頂鍋……豈不妙哉？

如是，他便從善如流了。

知州不搞事，一切就好說話。

為了趕在河流水位上漲前搞定水泥，謝崢領著張惠清、潞州知州，連帶潞州上下官員都忙碌了起來。

材料的調配、採買、加工，高爐修建、人手招募……種種件件，多且繁雜。

為了保證沒有疏漏，謝崢參照佩奇前些日子開店用的流程管理表做了一個相似版本，規劃條目清晰、從職務到人員配置，連知州看了都心服口服，一樁樁一件件事情做下來，竟無一絲紕漏。

等到陳正浩押運的鐵粉到位，立馬便被拉去高爐處煅燒混合，這位工部侍郎還未反應過來，堤壩處已經開始混水泥、糊水泥了。

所幸天公作美，抹水泥那幾日，老天爺只是斷斷續續地下了點毛毛雨，水泥凝固速度雖慢，好歹是慢慢的乾透了。

水泥剛出高爐，立即被運到河邊，攪拌、並糊上堤壩。

每一個環節皆是兩班人馬，每天十二時辰不停歇，吃的喝的都有人送過來，累了就地歇息，醒了接著幹活……緊張又忙碌的狀態一直持續到七月中旬。

這邊堤壩不停加厚，那邊河水陸陸續續上漲，待得堤壩完工，那渾濁河水已經漲至堤壩上部。為防出現意外，加上此時堤壩已經從丈許寬變成兩丈餘寬，謝崢與陳正浩、張惠清等人商量過後，便讓人停工了。

早在他們開始糊水泥的時候，沿途百姓便議論紛紛，還有那憤世嫉俗的指天罵地，說他們這幫狗官良心都被屎糊了，竟然拿泥灰唬弄百姓云云。

話自然傳不到謝崢耳朵，他也就當不知道，依然按部就班地指揮大家幹活。等堤壩停工，水泥乾透，原本是沙土麻袋堆疊而成的泥沙堤壩，已經變成了灰色的石牆，斧鑿不穿、石擲不爛。

謝崢還讓人連拉帶拽地弄了數輛牛車上去，馬車上還壓著大石，上千斤的大水牛加上馬車、石頭，在堤壩上並排行走，噠噠噠的蹄聲、軲轆轆的車轍聲，沈穩如雷，把大夥的心都震回了肚子裡。

雨水漸豐，加上上游雨水不停，河床水位不停上漲，所有人都已撤離，連堤壩附近及下游處的住民都被勒令離開。

水泥堤壩剛築好不到三天，潞州再次迎來暴雨。

彼時，河水已過堤壩的一半，這暴雨一下，河水肉眼可見地開始上漲，所有人都提心吊膽地等著。

暴雨的第二天，雨水沒有絲毫減弱的跡象，謝崢便勒令潞州知州開始清點潞州存糧、封存城裡各大糧鋪，準備做最壞的打算。

暴雨第三天，謝崢直接領著人駐紮在靠近河床的一處高坡上，臨時徵用的老屋裡靜可聞落針，負責查看河床水位的小吏們堅守在前方，每隔一會兒便有人狂奔回來報訊。

漲了漲了，水位又漲了！

漲了漲了，水位逼近河堤最高位了！

漲了漲了，洪水開始漫過河堤了！

大夥的心登時提了起來。

又一報訊小吏跑回來了，渾身濕透，聲音驚慌。「報——洪水漫出來，淹了田地，過不去了！」

眾人心裡一咯噔，謝崢神色嚴肅，沈聲問了句。「決堤了沒？」

「對對對，決堤了沒？」這個才是關鍵啊！

小吏胡亂抹了把臉，搖頭道：「沒有，沒有決堤，只是水太大了，漫出來了！」

眾人齊齊鬆了口氣。

然後有人笑罵了句。「瞧你這話傳的，漫水便漫水唄，有啥好大驚小怪的！」只要河堤不倒，那漫出來的丁點水量傷不了人畜，待河水退去，便能繼續生活。

小吏撓撓頭，不敢吭聲了。

這場暴雨一直持續了三天，直至第三天傍晚，雨勢才漸漸轉小。

夏日太陽下山晚，酉時剛過，雨終於停了。

漫過河堤的水將周邊田地淹至過膝，但河堤由始至終十分堅固，到了戌時，田地間的水便慢慢退了。

不管如何，這第一關算是過了，謝崢徹底鬆了口氣，回到住處，快速梳洗一番，胡亂塞了碗麵條倒頭便睡。

一夜好眠。

第二天一早，謝崢是被嘀嘀咕咕的說話聲吵醒的，還沒等他反應過來，便聽到安福驚喜地低呼了聲。「真的嗎？」

「安福？」謝崢皺眉問了句。

「誒，主子！」安福忙不迭推門進來。「您醒啦？奴才伺候您起來。」

「剛才誰來了？」謝崢捏了捏眉心，讓自己清醒些。

「回主子，是河堤那邊來報訊了。」安福的嘴巴幾乎咧到耳朵上，按捺不住激動地稟報。「河床水位下去了，咱們這水泥河堤成功啦！」

「哦？」謝崢隨口應了句。「那真不錯。」慢條斯理下了床，張開雙手。「更衣。」

「是。」安福屁顛屁顛地拿來衣服，開始給他更衣。

謝崢用過早膳後，再次去了趟堤壩。

早有許多人跑上堤壩奔跑查看，潞州知府上下、工部幾名大人、兵丁小吏，甚至潞州居民都有不少。謝崢剛出現在堤壩附近，便聽到一聲大喊「三皇子來了」，然後面前便嘩啦啦跪了一片。

「三皇子功德無量！」

「三皇子仁心啊！」

「三皇子大恩大德永生難忘啊！」

甚至還有人開始抹眼淚了，謝崢腳步一頓，皺眉越過。

聞訊趕來的知州忙不迭讓人將百姓驅趕離開，然後朝他行禮，謝崢冷冷地掃了他一眼。

「大人好算計。」

他從京城出來便一路低調行事，安福、安瑞都改口喚他主子，普通百姓從何得知皇子在此？只要有腦子的人一想，便知道是知州從中做了手腳。

不過一想也是，遇到這數年難得一見的暴雨，知州慌了手腳，私下向百姓散佈消息，讓大夥知道這堤壩修築是由皇子負責，若是決堤了，他的鍋便能小一些……

只是人算不如天算，誰知那粉末凝固而成的水泥竟真的能將滔天洪水攔住，故而謝崢此話一出，他便有些尷尬。

謝崢也沒管他，逕自從預留的階梯處走上堤壩，找到陳惠清，問他。「檢查過了嗎？有無漏水之處？」

陳惠清這段日子忙得團團轉，清瘦了不少，聽了問話，激動不已，連連搖頭。「沒有沒有，臣下已經讓人從頭到尾檢查了一遍，這堤壩結實得很，一絲水痕都見不著！」

謝崢輕舒了口氣，點頭。「如此便好。」轉頭朝快步過來的陳正浩交代道：「陳大人，接下來的收尾、清查工作便交給您了。」

陳正浩詫異。「三殿下此話怎講？這些都是您一路……」

謝崢擺擺手。「潞州之事本就是由您來負責，前些日子不過是事急從權，既然洪水已退，接下來的事情自然還是交由你來安排。」不等他開口，接著又道：「我有事需要去一趟蘆州，這邊若是事了，再煩勞大人派人給我送個信。」

陳正浩愣了愣，拱手。「那，下官恭敬不如從命了。」

謝崢點了點頭，轉身走了，一路離開，沿途還有許多百姓不停磕頭感謝，安福、安瑞聽得激動不已，然而再看面沈如水的謝崢，兩人都不敢吭聲了。

好不容易遠離了人群，安福按捺不住，低聲問了句。「主子，為何突然要去蘆州？」

謝崢看了他一眼，莫名其妙地說了句。「我今年不過十四歲。」

安福、安瑞兩人對視一眼，面上均是茫然，謝崢卻不再解釋。

隔天一早，沒有通知任何人，也沒有任何辭行，謝崢帶著安福、安瑞和一眾侍衛，悄悄離開了潞州。

第六章

七天後，蘆州。

剛抵達蘆州的謝崢睡了個好覺，早早起來，還有工夫挽袖練了幾筆字，驚得對面的佩奇連呼太陽打西邊出來。

咳，在潞州太忙，他已經近月未曾提筆了。

「我還以為咱們斷網了呢，沒想到原來還能通話呢。」

什麼亂七八糟的比喻。謝崢哭笑不得，隨口解釋了句。「前些日子忙。」

「潞州堤壩嗎？修好了嗎？」

「是，已大功告成。」

「喲，恭喜啊～～看來接下來要步步高升了，瞧你這字都寫得龍飛鳳舞的，可見是心情好呀！」

「託你的福。」

「那是。記得之後幫我了解一下科舉試題——誒，先不說了，來人了！」

謝崢莞爾，揭紙揉團，繼續練字。

他這邊練字，對面的書寫也在繼續，不過，約莫是有人在旁，只埋頭寫字，看內容，應該是又在做經解。

謝崢挑眉，戲弄之心驟起，順手在其題解邊上批起了注解。

「引經不當，此處當引……」

「用詞不妥，這裡原意是……」

「胡說八道，孟子有云……」

幾條下來，對面筆跡越發粗重，似乎被氣得不輕，奈何身邊似有人盯著，半個字都不敢亂寫。

就這樣，一個解經、一個點評，直到解經答題者重重畫上最後一個圈，這場愉悅的單方教學才落下帷幕。

謝崢嘴角銜笑擱下筆，背著手決定出去晃一晃，給他那二舅、二舅娘買點禮。

待東西買得差不多，他又想到二舅家裡孩子尚小，估計更喜歡零嘴吃食，索性挑了間看起來還不錯的點心鋪子，準備進去買一些。

剛進門，便與一名小跑出來的少年撞了個正著。

「哎喲——嘶！」

對面少年直接摔了個屁股墩兒，手裡的紙袋登時被撞散，點心滾落出來，連他手裡的紙張也全部灑落，鋪了一地。

謝崢倒好一些，只踉蹌了兩步便被後頭的安瑞、安福一把扶住。

「主子！」

「抱歉抱歉，我一時心急，撞到了兄台！」變聲期的少年嗓音有些刺耳。

謝崢擺擺手。「無事。」順勢掃了眼地面紙張，目光陡然一凝——

字跡太熟悉了，連裡頭內容，都恰好是他今早批註過的經解文章。

他驚疑不定地看向那名慌亂收拾的少年，是……佩奇？

點心已經救不了了，少年惋惜地掃了眼，便開始收拾散落地面的紙張。

謝崢瞇了瞇眼，蹲下來，作勢伸手——

「呀，怎麼帶了出來……」少年似乎嘟囔了句，恰好謝崢伸手，他急忙將紙張往身前攏。「兄台客氣了，且容小生收拾一番，待會再跟兄台好聲道歉。」

眨眼工夫，那熟悉的墨字便被夾進紙張裡。

謝崢只匆匆掃了眼別的墨字，少年已經將所有紙張規整好抱起來。

謝崢起身，因手裡抱著東西，少年有些彆扭地作了個揖。「抱歉了，剛才沒撞傷您吧？」

謝崢搖頭。「無事。」掃了眼他懷裡書紙。「你是要參加今年的童生試？」

「啊？對。」少年有些靦腆。「若是兄台無甚大礙，那小生……」

「不急。」謝崢看了眼地上散落的點心。「你的點心灑了，不再買一份嗎？」

少年赧然，搖頭道：「不了，家裡等著小生回去開飯呢，下回再買便是了。」然後又作了一揖。「若無他事，小生告辭了。」

話已至此，謝崢不好多言，只得讓開身，目送他離開。

安福見他態度異常，待人走遠，忙壓低聲音。「主子——」是不是那人有問題？

還未等他問出口，謝崢下巴朝少年離開的方向一點。「找人盯著他，我要知道他是哪家的孩子。」

安福詫異，躬身。「是。」

與安瑞對視一眼後，他便轉身混入人群中。

出了點小意外，卻絲毫不影響謝崢的行程，甚至因為有了佩奇身分的線索，他的心情還更加好了。

剛才少年摔了的點心，很快便被鋪子裡的人清理乾淨，謝崢踏進鋪子，問迎上來的掌櫃道：「方才那人買了什麼點心？」

那掌櫃愣了愣，跟在後頭的安瑞給他指了指收拾好了的大門口，他登時意會，忙道：「那位小兄弟買了酸棗糕和蜂糖糕。」

謝崢點頭。「各包上三份。」

「……是。」

未時三刻，接到消息的秦又急匆匆趕回家，大熱天的，又穿了一身官服，回到家裡已經是滿頭大汗。

他隨手抹了抹脖子，劈頭就朝迎上來的管事一通訓。「究竟誰來了？傳話的人怎麼回事，連話都說不清楚?!」

管事苦笑，小聲道：「爺，是三殿下來了。」

「什麼閃電——」聲音戛然而止，秦又皺眉。「你說誰來了？」

「三殿下——」

「二舅，是我。」踏入變聲期的聲音已經帶了些沙啞。

秦又循聲望去，穿著一身羅紗直裰的青澀少年正站在廊下，面容沈靜地看著他。

秦又愣了愣，待反應過來立即大驚失色，大步過去，又怒又急地問道：「你怎麼在這裡？誰讓你出來的？」

此少年正是謝崢。見自家二舅如此驚慌，他反倒露出幾分笑意。「二舅莫慌，我是接了父皇旨意出京的。」

秦又頓時鬆口氣，繼而又提起一顆心。「好端端的，你出京做什麼？我怎麼沒聽說？」

「這兒畢竟遠離京城，消息滯後些也是正常。」謝崢神色溫和。「我是奉父皇之命，跟著工部前往潞州修築堤壩的。」

「潞州？修堤壩?!」秦又又嚇了一跳。「你怎麼攤上這事的？」

謝崢正欲答話，陪在旁邊候著的辛夫人笑著插了句嘴。「要不咱們進屋說話吧，站大太陽下，不嫌熱得慌嗎？」

「哎喲瞧我！」秦又一拍額頭。「急過頭了，走走走，咱進屋裡聊。」忙不迭引著謝崢往裡走。

依序落坐，下人奉上茶水。

秦又一口氣灌了兩杯溫茶，完了拽住衣領給自己搧風，邊搧邊問他。「好端端的，你怎麼攤上潞州那事兒了？潞州那地方隔三差五就要決個堤，你要是沒撞上還好說，要是出了事，你怎麼擔得起？給二舅說說，是不是哪個不要臉的給你使絆子了？」

越說越激動，謝崢好整以暇地端著茶盞品茶，見他說完話，才放下茶盞，道：「二舅放心，沒人給我使絆子，這是我跟父皇求來的活。」

「你自己求的?!」秦又驚了。「你是不是傻了——嗷！」站在他身後的辛夫人暗中推了他一下。

謝崢垂眸裝作看不見，心裡暗忖。原來二舅這麼早就開始懼內了嗎？

另一邊，辛夫人瞪了秦又一眼，笑著朝謝崢道：「你二舅說話沒個遮攔，您可別放在心上。」

謝崢朝她點頭。「二舅娘放心，舅舅性格我曉得。」

秦又撇了撇嘴。

謝崢轉回來朝他解釋。「我前些日子跟工部的人研究出一種可用來修築堤壩的堅固之物，名喚水泥……」

他三言兩語將水泥介紹了一遍，然後道：「前些日子潞州暴雨，洪水上漲，那水泥堤壩卻自始至終堅如磐石，如此，這趟我也算是沒白來了。」

秦又驚疑不定。「真成了？」

謝崢點頭。

秦又鬆了口氣，接著立即又皺眉了。「那你怎麼突然又跑過來這兒了？你來這裡別人知道嗎？」

「無事，潞州事了，我便先行一步過來看看舅舅，誰也無可指摘。」

秦又眉峰皺得更緊了。「以後這些事萬不可再做了。雖然您叫我一聲舅舅，身分上你是皇子、我是外臣，若是平日禮節來往便罷了，給朝廷、給皇上辦差期間私自來往，容易被人詬病，日後萬不可如此。再說，你才多大，不在宮裡好好念書，跑去搗鼓這些東西作甚？擔這責任太重了。」

謝崢心裡極為熨貼。以前他覺得外公一家過於謹小慎微也太過婆媽，不堪大任，經歷過一切後，他才發覺這些品性才是難能可貴。

「二舅放心，我心裡有數。」

「你放心個——」又挨了一下，秦又輕咳一聲，諄諄善誘道：「你年紀還小，好好學習才是你當下的任務，別去攪和那些個亂七八糟的事情，知不知道？」

謝崢無奈。「二舅，我十四了。」不小了。

「還未及冠都算小！」秦又沒好氣，轉而開始問起他當下的情況。「你什麼時候到的，準備待幾天？」

「昨天夜裡到的——」

「什麼？昨天夜裡到的你現在才過來？」

「太晚了，就不叨擾你們了。外頭客棧環境也不錯，住幾天而已，不礙事。」

「你還打算住幾天?!」秦又不悅極了。

連辛夫人也不贊同地皺起眉頭。「大老遠的到這兒，怎麼能住外頭，家裡又不是沒屋子住。」

謝崢搖頭。「不了，我身邊還有父皇給的侍衛，住外頭方便些。」

秦又夫婦面面相覷，完了秦又只能瞪他。「那晚上可得留下來吃飯，陪我好好喝兩杯！」

謝崢點頭。「這是自然。」

秦又接著道：「難得你到蘆州，明天我請幾天假，帶你到周圍溜達溜達去，總不能白來一趟蘆州——」

辛夫人悄悄碰了碰他，待他回頭，她指了指某個方向。

秦又茫然，看著她，不明其意。

辛夫人可氣了。這木頭，前幾日不才說過嗎？

她無奈，只得湊過去低語幾句。

秦又恍然大悟。「妳說這個啊……」撓頭看看謝崢，後者正垂眸端茶，慢悠悠地品著呢。他壓低聲音道：「咱們這般牽線是不是不太好？他畢竟是皇子呢。」

「牽什麼線？不能說是吃飯碰巧見到的嗎？」

「見著又怎樣？他的親事也不是咱們管得了的。」

「那你說見還是不見，老爺子前腳才說讓我們留意，難不成留意上了還不管後續嗎？」

秦又撓頭。「好像也是……」

兩夫妻嘀嘀咕咕說話，謝崢就坐在隔壁，怎麼可能聽不見。

他藉著茶盞遮擋，掩去眼底的無奈。這個時候，外祖家就已經著急著慌地給他相看姑娘了嗎？他才十四歲……

那邊似乎商量好了，秦又輕咳兩聲，謝崢順勢放下杯盞望過去。

「那個，殿下啊！」

「二舅客氣了，咱不是在外頭，叫我阿崢就行了。」尋常人家不都這麼叫的嗎？

「咳，無所謂，這個以後再說。」秦又一揮手，又咳了聲。「那什麼，你明兒過來吃飯啊，我給你介紹個朋友——」

辛夫人生怕他胡言亂語，重重地清了清嗓子，謝崢恍若未聞，繼續看著秦又，秦又更是毫無所動，嘴裡還在噼哩啪啦往下說：「這位小朋友跟你年歲差不多，今年剛要考童生試，我聊過兩回，覺得這孩子端方穩重，雖然有些呆，但行事做派還頗為務實，假以時日，必成大器。你跟他見見，說不定能談得來……」

辛夫人輕舒了口氣，誰知下一瞬，秦又便話鋒一轉，朝謝崢擠眉弄眼道：「最重要的是，他那妹妹可水靈了——嗷！」

辛夫人迅速收回手，強笑著朝謝崢道：「別聽你二舅胡扯，就是個玩笑話呢。」

秦又撇嘴，嘟囔道：「人確實水靈嘛……」

「閉嘴！」

謝崢無言。「……」

他才十四歲，給他相看，怕不是得找個十歲娃娃？十歲……

謝崢一陣惡寒。

在秦府吃過飯，回到客棧已快酉時末。

因與秦又喝了點小酒，謝崢沐浴更衣後才把安福找來問話。「打聽出結果沒有？」他指的是午間碰到的那名少年。

「回主子，查出來了，那是蕪山縣縣令的大公子，姓祝，名庭舟，時年十三。過來蘆州，聽說要參加這邊的童生試。」

蕪山縣縣令之子？倒是跟原來抄寫縣志的事情合上了，再者，佩奇最近幾月確實是一直在做經解史論之類的內容，正是童生試要考核的內容。

這麼說，這位祝庭舟，就是佩奇？

謝崢沈吟。不，不太像，看起來完全沒有佩奇的那種……跳脫？瘋癲？

——正窩在房裡爭分奪秒看書的祝圓打了個噴嚏。

謝崢看看天色，夏季日頭下山晚，這會兒太陽還掛在西邊，屋裡亮堂得很。

他想了想，索性讓安瑞準備筆墨，下榻聊天。

「佩奇兄。」按照佩奇的習慣，這個時辰、這個天色，他應當會在。

果不其然，他不過略等了會兒，紙頁上便緩緩浮現一個「？」號。

「推薦幾款適口的糕點給我。」

「……幹麼？」
「拜訪送禮。」
「哦，問我幹麼，我又不知道潞州那邊的特產是啥。」
「參詳一二。」
行吧，舉手之勞而已。另一頭的祝圓撇了撇嘴，認命地開始問：「誰要吃的？老人還是小孩？愛甜口還是鹹口？」
「總角之年。」
那就是十歲上下嘛。「選擇可多了，小孩大都不喜歡鹹口，加上這大熱天的，也別買那些油膩膩的糕點，我推薦蜂糖糕、糯米涼糕、馬蹄糕，夏天吃清爽不膩，要是能找到酸棗糕也不錯，酸酸甜甜的，開胃。」
今兒在糕點鋪子門口摔掉的，正占了其中兩種。
「說得哥口水都下來了！」對面的佩奇抱怨了句。
謝崢勾起唇角。沒吃到，可不就要流口水……
祝庭舟……是嗎？
「不過，你怎麼光給小朋友買零食？大人呢？長輩呢？」
謝崢回神。「已備妥。」
「哦哦，啥時候去啊，這個時辰才問，不會明天就要去吧？」
謝崢想了想，將時間模糊一下。「過幾日。」

「哦，那還早呢。」祝圓順口補了句。「倒是我明天又要去做客了。」

謝崢挑眉。「又？」他們不是從蕪山縣過來的嗎？在蘆州有何親友？

「對，又。唉，人太受歡迎了，吃酒應酬就多了，不像有些人，天天閒的。」

有些人是指他嗎？「你覺得我應酬少？」

「呵呵，就你這說話的德行，就算多應酬，肯定也不是衝著你這個人的！」祝圓肯定地道。

謝崢默然。「……」

也算是實話了。

又閒聊了幾句，天色便暗了下來，兩人遂各自擱筆。

第二天，謝崢如約來到秦府，秦又親自相迎。

因天氣熱，吃茶的地方擺在花廳，風景好，也通透涼爽。

彼時已有一名少年站在花廳裡眺望著外頭的景觀，還未走進，謝崢便覺得其身影有幾分熟悉，心裡正狐疑，就見那人聞聲回身。

兩人視線一對，頓時都詫異了。

這麼巧？

花廳裡的少年，正是謝崢前一日在鋪子門口撞上的祝庭舟。

秦又已經拉著謝崢進了花廳，祝庭舟忙迎上來。

「來來，我給你介紹一下。這是祝庭舟，蕪山縣縣令祝大人的長公子，你可以叫他庭舟。」秦又轉頭，又朝祝庭舟介紹。「這是我外甥，恰好過來這邊遊玩，你喊他三哥就行了。」

竟然未介紹身分，而且，秦大人是先介紹自己……想來此人身分較高，也不方便透露。祝庭舟心念電轉，面上依然保持禮貌微笑。「三哥好，庭舟這廂有禮了。」

謝崢朝他點點頭。「沒想到這麼快又見面了。」比他想像中快多了，怪道昨日說今天要應酬……這位祝庭舟，嫌疑更大了。

寒暄幾句，三人便相繼落坐，喝茶聊天。

秦又是武將，自然不會跟他們聊什麼四書五經、孔孟之說。他為人爽朗，交遊廣闊，遇到的趣事也多，隨便挑幾件出來，便能說得天花亂墜，祝庭舟也捧場，聽得驚呼連連。

謝崢閒適地坐在邊上，一邊聽他倆一個當捧哏一個當逗哏，生生把場子炒得熱火朝天，一邊暗自打量祝庭舟。

可別說，這祝庭舟看著挺呆的，可當起逗哏，也當得挺像那麼一回事。看來這人內裡，跟表現出來的不一定一致。

又聊了一會兒，外頭有人找秦又，秦又只能歉然暫離。

謝崢想到昨日二舅與二舅娘嘀咕的事，心裡無奈，不知道他要搞什麼鬼，明面上也只能眼睜睜看他離開。

秦又一走，兩人頓時沈默了下來。

謝崢性子冷，祝庭舟是拘謹的。

謝崢打量他一眼，想了想，率先提起話題。「聽說你打算在蘆州考童生試？」

「是的。童生試較為簡單，沒必要為了一場考試跑回京城，舟車勞頓也容易病倒，還不如就近投考。」祝庭舟正襟危坐，認真道。面前這位三哥，一點也不像十四歲的少年，瞅著比他親爹還威嚴，他完全不敢放肆說話。

謝崢點頭。「如此甚好。」然後又問：「童生試雖只是入門，也不容小覷。歷來科舉皆重字跡卷面，若是字不好，恐有損考官印象。你既然打算今年考，想必書法很好。」

這是試探，他可沒忘記佩奇那一手爛字。若這位祝庭舟真是佩奇，那一手字……考童生試就是笑話。

祝庭舟不好意思地撓撓腮。「出發來蘆州之前，我爹還搖頭呢，還得再練練，希望考官不嫌棄吧。」

其實不然，祝修齊的原話是，端正有餘，風骨不足，考試足矣。只是他性子謙虛，加上與面前三哥不熟，他隨口自謙一把而已。

謝崢半信半疑，盯著他看了兩眼，玩笑般問道：「聽說你們家去歲才到蕪山縣，若是有機會去蕪山縣，你可否當個嚮導，好好給我介紹介紹蕪山縣的好山好水？」

祝庭舟笑了。「雖然我不曾遊歷過蕪山縣周邊，但前些日子託我——爹爹的福，我看了許多縣志，盡個地主之誼、介紹介紹蕪山縣的風俗人情還是沒有問題的。」差點把妹妹說出來了，雖然圓圓年紀小，在外人面前談論她總歸是不好。

謝崢心裡微哂。

「那也不錯，若是有機會，我定要去看看。想不到你在備考之餘，竟然還能抽出時間博覽群書，真真不錯。」

祝庭舟靦腆笑笑。「博覽算不上，不過是閒暇看看，也不費神。」

「琴棋書畫，你占了其一，其餘還有修習嗎？又要備考，又要習字，還要看書，想必沒有時間兼顧其他吧？」

祝庭舟撓撓腮。「也不盡然，平日會跟家裡人下下棋，還會陪弟弟妹妹玩，除此之外，每日早起還要跑步，還得跟著——學習鋪子營生呢。」

謝崢詫異。「你既要考科舉，為何還要分心這些？」還跑步？

這個回頭可以問問。

那頭，祝庭舟問他了。「你是說經濟之事嗎？」

謝崢回神，點頭。「你要專心科舉，如何能讓這些庶務耽誤時間精力？」

祝庭舟不以為然。「若是一直考不上功名，又不通庶務，難不成便一直讓老父老母養著，或是讓妻子出去拋頭露面掙錢？功名是目標，但也要腳踏實地，才擔得起一家之主的名頭，我想趁年輕力壯多學點，總歸錯不了，若不然，只會合了那句『百無一用是書生』了。」

他家圓圓老早就跟他理論過這些了。考取功名和掙錢理事，為何不能並行？若是家裡有礦的另說，可男人及冠之後若是還只會念書，那就是廢物，是真正的百無一用是書生。

他覺得頗有道理，便咬牙跟著學了。

這些話自然也是祝圓跟他辯論時的言辭，他原汁原味地搬了過來，聽在謝崢耳裡，又更篤定了幾分。

這言辭、這思考方式，妥妥就是佩奇啊……

「這麼說——」

「哥哥？」

脆生生的童音從外頭傳來，花廳裡的兩人聲音一頓，齊齊循聲望去。

他們所在的這處花廳南北開著門洞，四周全是窗。因夏日炎熱，又是上午，除了東邊的窗戶關著，其餘三面的窗全都敞開。

此時一名綁著雙丫髻的小姑娘正扒著窗子，睜著圓溜溜的葡萄眼望著他們。

嬌俏水靈，可愛至極，不是祝圓是誰？

「圓——妹妹！」祝庭舟嚇了一跳，急忙起身過去。「妳怎麼跑出來了?!」

祝圓往屋裡巡視一圈，再掃了眼只看了下自己便飛快收回目光的陌生少年郎，小聲解釋。「嬸嬸剛才跟娘走開了，小玉跟小詞要玩捉迷藏，我數個數兒的工夫，他們就不見了。」小玉、小詞是秦又夫婦的兒女，一個五歲一個六歲，正是搗蛋的年紀。

她苦著臉。「有丫頭說看見他們跑到前院來了，你看沒看見他們啊？」

「啊？沒看見啊！」祝庭舟錯愕。「下人們呢？他們沒幫忙找找嗎？」

「有啊，都在到處找呢！」祝圓又看了眼那名端著茶盞假裝喝茶的做作少年，小聲道：

「我不方便在前院溜達，哥哥幫我找找好不好啊？」

「好好，妳先進來廳裡待著，別這樣扒著窗子，當心摔了。」

「哦。」祝圓乖乖先跳下去，蹬蹬蹬地跑往門洞方向。

謝崢皺了皺眉，放下茶盞起身，朝祝庭舟道：「我跟你一塊兒去找吧。」如此安靜的環境，他自然沒有漏聽兄妹倆的話。再者，這位祝家姑娘年歲雖小，他也不好與其相處一室——等等。

小姑娘？祝庭舟的妹妹？豈不就是二舅夫婦口中水靈可愛的小姑娘……

把今天整個過程捋了一遍，謝崢頓時反應過來——合著秦又夫婦是打算用這樣的法子讓他們見上一面？

他暗自嗤笑。一名稚齡小丫頭，見了又能如何？

腦中思緒萬千，實際不過瞬息。

聽他說要一塊兒去找，祝庭舟更是鬆了口氣。「抱歉，給三哥添麻煩了。」

「應該的，小玉、小詞也是我弟妹。」

祝庭舟詫異，想到秦又那含糊其辭的介紹，又把問題嚥了下去。

幾句話工夫，祝圓已經繞過窗戶跑了進來，經過謝崢的時候，還乖巧地朝他福了福身。

謝崢頷首，視線飛快掠過其面容，轉向外頭。好吧，小姑娘長得確實水靈，若是不長歪，將來想必是名殊色美人……

那頭，祝圓已經噼哩啪啦地開始講話了。「哥哥，我剛才從北邊那個花園門過來的，那邊我留了丫頭繼續找，夏至剛才跟我在一塊兒，現在是堵著花廳北邊的廊道，東邊讓小詞的丫鬟帶人去找了。既然你剛才沒見到人，想必他們沒有往外走，你——你們待會往西邊去找找，西邊有宴客廳，剛才聽嬸嬸說，彷彿是有客人，那邊我就不方便過去了。」

聲音清脆帶著些許嬌憨，表達清晰，邏輯分明，行事安排有章法……謝崢忍不住扭回頭看她。這小丫頭幾歲了？

「好。」祝庭舟點頭。「妳在這待著等我們回來，別到處亂跑，省得小詞他們過來這邊找不著人。」

「嗯嗯。」祝圓催他們。「趕緊去吧，省得小娃娃摔著碰了。」

祝庭舟不放心地看了她一眼，招呼謝崢一塊往外走。

等他們踏出花廳，祝圓左右看看，發現伺候的小廝都遠遠地站在外頭廊道那裡，登時鬆了口氣，抹了把汗，蹬蹬蹬跑到牆邊桌子前拿了個乾淨杯子，再跑回來給自己倒了杯茶，咕嘟咕嘟灌了兩杯。

完了她一抹嘴，爬上祝庭舟剛坐的扶手靠椅，半靠半坐地癱著——啊！累死了，趕緊歇會兒！

那兩個搗蛋鬼太能鬧騰了，她陪著這兩孩子跑了快一個時辰了……

「……幸好虛驚一場——妹妹！」祝庭舟的聲音帶著怒意。

祝圓一驚，咻地一下跳下椅子，雙手交疊置於胸前，慢慢轉過來，裙不晃，墜不搖，端莊大方，乖巧可人，彷彿剛才癱在椅子上的不是她。

只見她福了福身，溫柔又不失關切地詢問道：「哥哥可是找著人了？」
謝崢眼底閃過抹笑意。小丫頭竟然還有兩副面孔？
祝庭舟快步上前，輕輕敲了敲她腦袋，低聲訓道：「在外頭怎能如此不雅？」
祝圓乖乖聽訓。
祝庭舟這才作罷，輕咳一聲。「無事，小玉他們跑到宴客廳那邊，跟嬸嬸她們在一塊兒呢。」一完了轉回來，朝謝崢道：「讓三哥看笑話了。」
謝崢隨口道：「無事，小孩子，活潑些挺好。」
祝圓暗罵了句。小孩子你妹，你個瘦竹竿！
你道祝圓為何對謝崢如此感冒？
呵，她又不是傻子。熊孩子們前腳剛找不到，一路便有人指著路讓她出來，完了小廝僕人全都不見，等她見了謝崢，這娃娃立刻便找到了……
世上哪有這麼多的巧合，再想到辛夫人曾經跟她娘說過的話，這還有什麼不明白的。
……等下，這麼說，那瘦竹竿就是三皇子?!
祝圓越想越不對勁。這裡是蘆州，離京城十萬八千里，堂堂皇子，做什麼跑到這兒來？
難道是她弄錯了？
不過，眼下不是考慮這些問題的時候。秦家的娃娃既然沒丟，她得回後院了。
祝庭舟不放心妹妹，跟謝崢打了聲招呼後，便送她回後院去跟夏至集合，一邊走，一邊低聲訓斥她，叮嚀姑娘家要注意儀態，要坐有坐相、站有站相，還引經據典，什麼「相鼠有皮，人而無儀」、什麼「不學禮，無以立」……

一路叨叨，等找到了夏至，祝庭舟還不走，站在太陽底下繼續念念，把祝圓念得頭都大了。

所幸她想起那瘦竹竿還在花廳裡等著，趕緊提醒了句，祝庭舟這才作罷。

算是託了那瘦竹竿的福了……祝圓鬆了口氣。好吧，其實那傢伙長得也不差，正發育的少年郎嘛，瘦一點也是正常……

回到後院，熊孩子們、辛夫人、張靜姝等人皆已回來。

看到她，辛夫人還頗為抱歉，直說讓她受驚云云，還揍了兩娃娃讓他們道歉，裝得挺像那麼一回事。

張靜姝嘴角銜著淺笑，安靜地看她們說話。

祝圓也只能裝無事，只是心裡多少還是憋屈，只能多吃幾塊糕點洩憤——

可別說，今兒秦府的點心都是她愛吃的。

辛夫人笑咪咪地看著她。「今天這些糕點可都合胃口？」

祝圓嘴裡還有食物，遂只是點點頭。

辛夫人笑了。「真真是巧了，這些糕點都是我們家那外甥帶過來的，看來你倆的喜好挺相近的。」

這麼巧？祝圓停下咀嚼，下意識看了眼手裡的酸棗糕，再看看桌上擺著的……酸棗糕、蜂糖糕、糯米涼糕，除了荸薺不是當季，跟她昨天列的糕點一模一樣。

辛夫人已經轉過去跟張靜姝說話了。「我那外甥昨兒送了一份，今兒又送來一份……虧得你們過來了，否則這麼多點心可不經放。」

張靜姝笑道：「估計是惦記著你家小玉、小詞呢。」

「那也不用天天送啊，這大夏天的……不過，」辛夫人壓低聲音。「也說明這兩孩子有緣啊！」

張靜姝笑著打了個太極。「您早上還說昨天小玉、小詞點心吃多了，估計人是惦記你們家娃娃喜歡呢！」

祝圓收回視線。接連兩天都送了，比自己說的還早，看來真是巧合了……也對，狗蛋這會兒還在潞州呢，她想什麼呢？

如是，祝圓繼續快快樂樂地吃點心。

吃過午飯略坐了一會兒，他們便告辭離開。

臨上車，張靜姝招呼祝圓。「來，今兒跟娘坐一車。」

「哦。」祝圓乖乖跟上去。

她剛坐穩，張靜姝便讓車夫駕馬車離開，然後看著她，神色複雜。

祝圓有些奇怪。「娘，是不是有什麼話要跟我說？」

張靜姝嘆了口氣。「我家圓圓也長大了……」然後彷彿自言自語般。「今兒見了人，也不知道是好是壞……」

祝圓懂了，問：「娘，今天那位真的是皇三子？」

「嗯。」張靜姝回神，摸摸她腦袋。「圓圓看了人，覺得如何？」

祝圓撇嘴。「也就兩隻眼睛兩隻耳朵一個嘴巴，跟常人沒什麼兩樣。」完了問她。「娘，我才十一歲呢，幹麼讓我看？你們看不是更好嗎？」

張靜姝神情淡淡。「妳爹不在這裡，咱們還得在這邊待一段時間，妳哥哥現在沒有人指導，全靠他們家推薦的名帖進書齋經社……何況今兒那是三皇子，咱們什麼人家，人家想見，也只能見了。」

祝圓沈默。

「再者，妳如今還小，見見又有何妨？」張靜姝唇角勾起。「我沒見、妳爹沒見，這事怎麼也繞不過皇上還有淑妃……我急什麼呢？」

她娘這是打了拖字訣？也對，父母之命媒妁之言，這事八字還沒一撇呢。思及此，祝圓朝她娘豎了個大拇指。「娘親威武！」

「去！胡說八道！」張靜姝登時被逗笑了，然後面容一肅。「咱家雖不是什麼權貴之家，也算能過得下去，斷不會做出那等賣女求榮之事。那皇家子媳看來風光，背後裡的苦楚，豈是咱們尋常人家能體會的？雖然那三皇子不得寵，可他畢竟是皇子，母親還是一宮之主，將來如何，咱們也不知道。等再過些年，皇子們長成了，那才真的是如履薄冰，一步不能踏錯……」

張靜姝盯著祝圓。「我與妳說這些，是想告訴妳，萬不可被那富貴榮華、滔天權勢迷了眼。」想了想，又補了句。「也不要被皮相給騙了去。」

這是擔心她被皇三子勾了魂？祝圓噗哧一聲笑了。「娘，那瘦竹——咳咳，妳看我像是那麼膚淺的人嗎？」
張靜姝沒聽清她那斷掉的詞兒，狐疑地看她一眼，點頭。「不是最好。」
祝圓想到什麼，八卦兮兮地靠過去。
「娘，那妳以前是怎麼看上我爹的？是不是被美色所惑？」畢竟她老爹那真是一表人才，溫文爾雅的。
「……小孩子家家的，管這麼多幹麼？」
「娘，說說嘛～～」
「問妳爹去！當年可是他求著要娶我的！」
「誒？真的嗎？那麼說，爹爹私下見過您？」
「……」
當天下午，狗蛋、佩奇再次碰上，而且難得的，是狗蛋先開頭。
「佩奇兄。」
祝圓正練字呢，瞅了一眼，寫完自己要寫的一行字，才慢吞吞摸來一張稿紙，問道：「幹麼？」
「今日赴宴，有何趣事見聞？」
祝圓詫異。「喲，你也開始八卦啦？」

「潞州事了，暫時閒著。」

真是閒……「啥時候回京啊？」

「快了。」

滴水不漏。祝圓也是服了。「你這樣很容易沒朋友的！」

「？」謝崢茫然。怎麼突然跳出這一句？

「說話扭扭捏捏、躲躲藏藏的，跟個娘們似的——」祝圓呸了句。真是的，害她罵到自己了——

腦中靈光一閃，她登時雙眼發亮，忙不迭寫道：「你該不會真的是個女的吧？」

「……」謝崢額角跳了跳。「胡說八道，女人豈能參與築堤大事？」

「也是。」祝圓失望，還以為能交個朋友呢。要都是女子，又在京城，以後說不定能見面……可惜了。

謝崢倍感無力。跟這傢伙說話，話題總是被帶偏，又不能再往回繞，否則容易出破綻。他想了想，接著道：「你打算何時應考？如今是秀才還是舉人？」

祝圓沒好氣。「你看我這手字，是秀才還是舉人？」她這手字，說是舉人別人也不信，何必呢。

謝崢立即跟上。「當是白身。」

「那不就得了，先考個童生再說吧。」

謝崢勾唇。「想必你年歲不大。」比如，剛剛十三。

「呵呵。」祝圓自然知道自己透露的訊息撐不了三十歲的樣子，但那又如何？她就是不承認，對面也拿她沒法。

謝崢挑眉。「呵呵何解？」

「模擬笑聲。」祝圓搪塞道。

謝崢將這詞含在嘴裡念了幾遍，再回憶了遍兩人的對話過程，挑眉。「惱羞成怒？」這「呵呵」，聽著可不像愉悅的笑聲。

「發現了啊？」

謝崢無語。「……」

得，真是惱羞成怒了，果然還是孩子。

他索性轉移話題。「你每日練字看書解題，可還有空閒強身？」他沒忘記祝庭舟說的，每日都要跑步之事。

見他沒有再揪著年齡不放，祝圓這才不再橫挑鼻子豎挑眼的。「早起跑跑步，不費什麼工夫。」

「光跑步？」謝崢試探。

「不然呢？難不成還習武打拳騎射全部來一套啊？那多累啊，又不是要考武狀元。」

「……言之有理。」不做便不做，還能掰扯出一堆歪理。

不過，這一番話下來，謝崢大致已經肯定了對面的佩奇正是祝庭舟。

想必那水泥方子確實是從別處看來的……也算是上進有功，只是年歲尚小，日後找機會再還他這個人情吧。

已然肯定了心中想法，謝崢便不再多聊。

祝圓壓根不知道自己的功勞要被降等，因為這種紙上交流模式不能顯露於人前，她早就習慣了聊一會兒突然斷線的狀況，也沒放在心上。

在蘆州又待了幾日，潞州那邊傳訊過來通知堤壩之事皆已完成，謝崢便收拾收拾，離開了蘆州去跟陳大人他們會合準備回京。

一路緊趕慢趕，一行人終於趕在中秋節前回到京城。

為了進宮述職，工部之人特地在城外尋了間客棧先梳洗更衣，謝崢可不用，嫌棄他們拖拖拉拉的，索性扔下一群官員，自己帶著僕人和侍衛跑了——他還惦記著交給司籍搗鼓的印刷術呢。

時隔近三月，司籍那邊早已雕出了一套活字模刻，還做了許多改良，讓印製出來的紙張墨字清晰、排序工整，與原來的書冊並無太大差別，但印製速度快了十倍不止。

故而，當聽完潞州築堤彙報的承嘉帝心情愉悅地把他喊到跟前，問他想要什麼獎勵時，謝崢下意識迸出一句。「兒臣想開家書鋪，望父皇恩准。」

承嘉帝一愣。「……」

書鋪？他才剛踏入不惑之年，耳朵就退化了嗎？

承嘉帝雖然提倡節儉，可身分擺在那兒呢，不說別的，大衍朝的皇子不管年齡大小，每個月都有幾十兩零花，日常用度還都是宮裡給，月銀基本就是存著。到了謝崢這年紀，月銀存下來也是筆可觀數目。

再說，皇子出宮機會少，壓根沒有花錢的機會，怎麼會缺錢？更別說謝崢親娘還管著後宮，絕對不存在苛扣物資、月銀的情況……

再想到謝崢去了趟潞州，回來還帶了許多東西，承嘉帝便沒好氣。「缺銀子了吧？叫你出門亂花錢！」

謝崢很無辜。「兒臣並無亂花，也不缺錢。」

承嘉帝這就好奇了。「既然不缺錢，為何突然要開書鋪？」

「並不算突然，兒臣前些日子讓人研製了新式印刷法，打算開家書鋪試驗一番。」

承嘉帝頓時皺眉。「你最近怎麼回事，一會兒水泥、一會兒印刷術的，整日研究這些奇技淫巧，當心學業荒廢了！」

他登基多年，威嚴越重，這般一皺眉，尋常官員都會戰戰兢兢，謝崢卻彷彿毫無所覺，淡定自如道：「父皇放心，兒臣不過是提個方向，幹活都有下人，再者，只要於國於民有利，何必拘泥於是否奇技淫巧？」

承嘉帝哼道：「水泥便罷了，你開個書鋪怎麼利國利民了？」

「只是兒臣的一個猜想，到底如何，還待試驗一番。」

承嘉帝不由得多想了幾分，他睇了睇眼。「開個書鋪究竟如何利國利民？」

謝崢勾唇。「父皇若是好奇，可注資入股，若是占股多，兒臣每月會給您呈遞一份經營報告及下月經營策略。」

承嘉帝啞然。「……」什麼跟什麼？

好在謝崢也不是要打啞謎，接著便跟他講解了一遍股權投資等理論知識——所有理論，來自佩奇。

承嘉帝聽得無語。「朕為何要把銀錢交給別人去掙？能為朕幹活的人多得是。」

謝崢暗忖。真不愧是父子，兩人問的問題如出一轍，他還記得當時自己被佩奇噼哩啪啦懟了一頓呢……

「術業有專攻，若是普通人便能掙到錢，那些有下人有門客的，豈不都是家財萬貫？」

承嘉帝啞然。

謝崢問：「如何？父皇考慮好投資多少了嗎？」

承嘉帝沒好氣。「你一小小書鋪，還想要多少投資？」

言外之意，是應下了。

謝崢鬆了口氣，道：「誰說書鋪便一定小？」

承嘉帝微訝。「口氣還不小啊！」

謝崢微笑。「機不可失，時不再來。父皇可要考慮清楚。」

如此大言不慚？承嘉帝狐疑地看他兩眼，不由得想到了那能抵禦洪水天災的水泥……他摸了摸下巴，問：「若要注資，需要幾何？」

謝崢想了想。「一千兩，算您持股三成。」

承嘉帝皺眉。「什麼書鋪如此金貴，一千兩還只能占三成？」

謝崢面不改色。「兒臣這書鋪與別人家的不一樣，光是研發成本就暫時無法估計。」

承嘉帝半信半疑。「研發？那什麼印刷術的不是已經做出來了嗎？」

「那只是開始。」謝崢也不說後續要研發什麼，甚至還接著補了句。「而且，這書鋪或許一年內都暫時無盈利。」

「……」承嘉帝沒好氣。「朕看你是衝著銀子來的！」

謝崢一臉無辜。「父皇若是這般想，兒臣也別無他法。」一副愛給不給的模樣。

不過是一千兩而已……承嘉帝想了想，索性直接拍板。「區區一千兩朕還是給得起！朕倒要看看，你這小子葫蘆裡賣的什麼藥！」

一千兩順利進帳。謝崢心情愉悅地拱了拱手。「謝父皇支持。」

承嘉帝狐疑地看看他，順嘴問了句。「你自己出多少？」

「尚且是未知數。」

承嘉帝一噎。「……」總覺得被這臭小子給坑了。

「你不會是去一趟潞州把錢花光了吧？朕可是聽說你帶回來好幾車東西。」

謝崢不以為意。「都只是些地方特產，花不了幾個錢，買回來不過是略表心意罷了。」

承嘉帝沒好氣。「既然不貴，怎麼不見你給你母妃送點？不怕她回頭又找由頭給你一頓罰的？」

謝崢靜默片刻，道：「父母責，須順承。母妃若是要責罰，必定是兒子有做得不對的地方。」

正在拔高的少年竹清松瘦，神色中不掩落寞。

承嘉帝嘆了口氣。「行了，得空趕緊給她補一份去吧。」

「是。」

第七章

負責去送禮的安福已經回來，正耷拉著腦袋候在門口。

謝崢一進門，還沒開口呢，這廝便撲通一聲跪了下來，接連叩了幾個響頭，嘴裡連聲道：「奴才辦事不力，請主子責罰。」

謝崢皺眉，停下腳步，問：「你做了什麼？」

安福頭抵著地，語帶惶恐，快速道：「咱們帶回來的那些東西，送去太常寺卿府的時候，老大人問了幾句，便不肯收，還勒令奴才全部帶回來。」

謝崢茫然。「……為何退回來？」

安福聽出他沒有生氣的意思，偷覷了他一眼，小心翼翼道：「秦老大人說了，殿下難得出門一趟，若是都沒送便罷了，若是秦家上下都得了，娘娘卻……那就不太好了。」

謝崢沈默。「……」

他捏了捏眉心。他是心知肚明，不論自己如何討好，淑妃也不會對他有所改觀……奈何別人不知道，這一個、兩個的……

他暗嘆了口氣，淡淡道：「那便挑上幾樣送去昭純宮，剩下的再分出去。」

「是。」

心累不已的謝崢進了書房，坐在椅子上待了片刻，提起筆，在那終於端正些的墨字上落筆——

「活字印刷術成功了。」

「喂你——」練字練得好好的祝圓大怒，正想罵人，定睛一看——

「哇！狗蛋，真有你的！」繼水泥之後，又折騰出一樣東西了。「水泥已經用在防洪上了，那這個印刷術你打算怎麼用？」

「開書鋪。不過，在此之前，得先把造紙術改良一下。」

遠在蘆州的祝圓差點跳起來。「造紙術！」

對啊造紙術！只要紙張成本降低，配上活字印刷……

「若是真的成了，那、那、那真的是功在千秋的大功績啊！狗蛋你這腦子究竟是怎麼長的？這你都能想到！」

被這個整天懟自己的傢伙拍了一頓馬屁，謝崢的心情頓時好多了。「多謝讚美，這活字印刷術有你一份功勞，哪天你願意顯露身分了，我這書鋪便給你分半成股。」

祝圓不服。「怎麼只有半成？」

「一位長輩今兒投了一千兩白銀，只占三成。」

好吧，別人一千兩才占三成，她拿半成確實不少了。「大戶人家啊～～出手就是一千兩！」祝圓感慨完畢，順口提醒了句。「你不是說沿途帶了許多特產回去嗎？記得給這位長輩多塞點，如此大方，必須討好！」

謝崢無語。「……」

「此長輩身家豐厚，無須贈禮。」這天下都是他父皇的，哪裡還需要贈——

「你這什麼話？誰規定人家有錢就不用送禮了？」

謝崢握筆的手停在半空。

「誰收到晚輩孝敬不是開開心心的，哪裡還分身家地位？照你這麼說，那大戶人家都別收禮了。」

謝崢看著紙上墨字跳動，不期然想起，剛才在御書房，承嘉帝似乎提了句「聽說你從潞州帶回來幾車東西」……他腦中似乎有什麼東西一閃而過。

「說不定跟你一樣想法的人不少，那你可得更抓緊機會去送禮，有別人的襯托，才能顯出你的誠意，說不定把老人家哄高興了，立刻增加投資一千兩呢！想想就美滋滋……」

謝崢看到這裡便按捺不住，扔下筆，大步出去。「安福！安福呢？讓他立即來見我！」

此時的御書房，承嘉帝正批著奏摺呢，突然外頭傳來細細碎碎的動靜。

他頭也不抬地問：「誰來了？」

站在門口的德慶忙走前幾步，稟報道：「陛下，是三殿下身邊的安福。」

「嗯？」承嘉帝抬頭。「老三？他不是剛走嗎？又有什麼事？」

「三殿下讓安福送了些東西過來，說是回京途中買的小玩意和土特產。」

承嘉帝怔住，接著皺眉，問：「怎麼突然送過來了？」早先也不見要送。

德慶有些支吾。

「說。」

「是。安福說，東西都不值幾個錢，就是給您嘗個新鮮、看個新鮮。」

不值錢？承嘉帝沒好氣。「值錢的就不送了唄……看來還是朕那一千兩買回來的。」

德慶低著頭不敢吭聲。

「還不趕緊拿進來，朕瞅瞅都有什麼玩意，也值得這麼巴巴送一趟！」

「……是。」

聽說那批東西全部被收進了御書房，謝崢輕舒了口氣。

「謝了。」

依然在練字的祝圓一頭霧水。沒頭沒腦的，突然冒出這一句，誰知道他謝什麼？

謝崢卻不多解釋，筆鋒一轉，轉移話題道：「你似乎該準備童生試了。」

祝圓呆住了，她想到一個很嚴重的問題。

再怎麼樣童生試也得考一天……她是不是應該要找一天，在狗蛋的眼皮底下假裝考試？

問題是，她不知道試題啊，豈不是轉眼就暴露？

她撓了撓頭，提筆寫道：「狗蛋，打個商量唄。」

「但說無妨。」

「我過兩日便要考童生試了，到了日子，你自個兒出去玩，別打擾我考試啊！」

謝崢無言。「……」

彷彿察覺他內心的無語，祝圓忙補了句。「不然，你若是突然蹦出來，肯定會影響我發揮的！」

謝崢勾唇。「童生試第一科是貼經，需要我幫你嗎？」

「幫個屁！」祝圓沒好氣。「我要是不寫出來，你能知道有什麼題目嗎？」

謝崢也考慮到這點了，他順勢掃了眼自己書房裡的火盆，戲謔道：「你可複寫告知。」

「大哥，那是在考試，連紙都不能多帶一張的，我怎麼複寫考題？」又不是在家裡，好歹能放個火盆在一邊方便燒紙。

謝崢一想也是，又問：「考期是何時？」

祝圓數了數日子，答曰：「八日後。」

「成，屆時我出門尋鋪子。」既打算開書鋪，這些便要準備起來。

祝圓輕呼了口氣。「好人一生平安！」

從來不是什麼好人的謝崢一頓。「……」

打從這一天起，祝圓便開始天天提醒，早中晚不停歇，翻來覆去那幾句話，囉嗦程度堪比那健忘老太太。

到了考前一天，她更是恨不得說上百八十遍，從早到晚，隔一會兒就寫一句「記得明天出門啊」、「別忘了明天不許碰筆啊」、「連書都不要碰啊」……擾得謝崢恨不得奔去蘆州把人揍一頓，連拳都多打了幾套。

沒錯，因佩奇整日說百無一用是書生、男人拎不動百八十斤就是菜、男人做不了百八十個俯地挺身就是弱雞——為了解釋俯地挺身，佩奇甚至還畫圖給他做圖解。

這些話聽多了，他便開始懷疑自己的審美，然後逐漸審視自己的身體。

唔，似乎真的太瘦了。

於是，他便開始有意識的增加晨間鍛鍊時間，從原來的只有騎射，變成了騎射、跑步、俯地挺身，還加上習武。

他身為皇子，要習武自然不會自己瞎折騰，別的不說，上回跟他一塊兒去潞州的趙領隊趙寬還在宮中任職，以兩人同行共處幾個月的交情，找他請教一二還是沒有問題的。

別看趙寬只是名侍衛，他這四品帶刀侍衛的官銜還是自己實打實拚上來的，將來前途無量，與他打好關係，有益無害……

總之呢，天天被念叨，謝崢兩輩子從未如此迫切地期待童生試的到來。

考試這天，謝崢一早起身，慣例先掃了眼扔屋裡沒看完的書冊，看到上面乾乾淨淨的，才想起今天是正日子，頓時鬆了口氣。

沒有了那冤魂不散的念叨，他心情愉悅地練騎射、練拳腳，還做了一百個俯地挺身，然後繞著院子跑圈放鬆。

他不光自己跑，安福、安瑞等跟著他的太監們，全部都得一起跑，跑起來就是呼啦啦一大串，熱鬧得很。

開跑的第一天，鬧哄哄的，心眼小又愛挑事的二皇子謝峸還打著關心的名目過來問個究竟。

謝崢答曰：「閒著無聊，強身健體。」

謝峸一愣。「？？？」

其餘皇子也愣住。「？？？」

謝崢自然不會多解釋，見他沒再開腔，其他皇子都是弟弟，更不敢問，他便轉身接著跑去。安福等太監們連忙跟諸皇子行禮，完了立即跟上，嘩啦啦地跑出一大片灰塵。

站在原地吃了一嘴灰的諸皇子太監無言。「……」

啥都沒問出來，大夥自然不甘心，眼看這位低調的三皇子似乎要起來了，關注的人自然便多了。這段日子，他的院子外頭便多了許多陌生的宮女太監，每日探頭探腦，恨不得扒了他的院牆看個清楚明白。

謝崢渾然不在意，甚至還希望鬧出點什麼，好讓他殺一殺這些人的歪心思。

可惜，毫無他發揮的餘地。不知是不是幾個月前殺雞儆猴了一把，安福、安瑞對此很用心，不光將承嘉帝派來的人用得順順的，還把院子打造得水洩不通，半分重要消息都沒洩漏出去。

比如，他天天在屋子裡燒紙的事，大概除了承嘉帝，便無人得知了——他母妃至今還沒來找事，可見是尚未傳出去。

扯遠了。

雖已入秋，天候還未涼下來，練完所有項目，謝崢已經出了一身痛汗。舒舒服服地泡了個熱水澡，再換身乾淨衣服，他便領著安瑞出宮去。

鋪子自然不需要他親自去找，承嘉帝應下的那一天，他便琢磨過書鋪需要的位置和大小，並吩咐安瑞按照這個條件去找。

安瑞是誰，那可是以後令人聞風喪膽——咳咳，的笑面虎，這等小事交給他，不到五天，便找來幾處合條件的地方。

謝崢今天出去就是要看看其中兩處，滿意的話，便直接拍板買下了。反正，既然他應了不打擾祝庭舟考試，那便不會食言。

謝崢先去自己最滿意的一處，這裡並不是一套宅子，大約有二十幾戶院落，這些院落位於東西城區交界處，東西兩側隔一條街便是鬧市，既安靜又不偏僻，對書鋪來說正好合適。

只是這幾戶院子都小，要幾戶合起來才堪堪能見人，若是要買，得把這些宅子都拆了，按照自己的想法重新蓋一座，而別處大概也是要改要蓋……

謝崢騎著馬繞了一圈，覺得確實不錯，索性也懶得再去看別的地方，直接拍板要這處了。

接下來便交給安瑞了。

謝崢帶著人去了熱鬧的東街，找了間看得順眼的酒樓進去歇腳用膳，順便等安瑞處理完過來會合。

正是飯點，酒樓各處喧譁吵雜，倒襯托廂房裡安靜閒適。

用完膳，謝崢便端著茶盞慢慢啜飲。

往常難得靜下心來，能安靜的時候都會在紙上碰到佩奇，現在真的是難得清靜的時候，他開始琢磨佩奇的事。

上回與佩奇——不，與祝庭舟聊過後，他對祝庭舟還頗為賞識。

雖然這傢伙內裡跳脫了些，實際腹內有奇思，做事也有章程，言談中更不乏許多實用觀點，雖然學識尚有些淺薄，勝在年歲還小，假以時日，必定大放異彩，若是好好培養，將來也是一名將才。

按理來說，這年歲便有如此才識，上輩子不至於默默無聞。謝崢仔細回憶了朝廷裡的祝姓官員，除了幾年後禮部有位禮部郎中姓祝，似乎再沒其他值得關注的人，更別說祝庭舟此人……

謝崢沈思。那名禮部郎中叫什麼來著？祝……祝修遠還是修達？記不清楚了。

而祝庭舟之父，蕪山縣縣令，叫祝修齊。

祝庭舟曾說過，他們在爺爺那輩便已搬遷至京城定居，那位將來會升任郎中的祝某某應是他們家族之人無誤，然而祝庭舟之所以名不見傳，是一直外派？還是科舉之路不順暢？

那這回童生試豈不是……

「主子。」安瑞輕聲喚了句，彷彿生怕嚇著他一般。

謝崢回神。「如何？」

「已經辦妥了。」安瑞雙手捧著數張薄紙遞過來，低聲稟報道：「宅子現在已經在您的名下了，這裡是契紙，還有匠人將幾處宅子繪製在一起的佈局圖，您過目。」

「你看過沒問題便可以了。」謝崢示意他放桌上，問：「他們只要銀子？沒有其餘要求？」

買賣買賣，你情我願才叫買賣，強買強賣那就不美了。在時機未成熟的當下，他就是一名光風霽月的好少年。

安瑞撇嘴。「他們敢？」

謝崢不輕不重掃他一眼。「有還是沒有？」

安瑞一激靈，忙道：「沒有，真沒有了。這些院子既不當街，又小又破舊，咱們給的價，足夠他們去別的街區再買一套更好的，他們拿到錢都樂得找不著方向，哪兒還有別的要求！」

沒有便行。謝崢收回視線。「匠人找了嗎？」

「找了，就等主子您吩咐了。」只要一聲令下，這處院子便能開始動工。「不過，主子，這院落改成書鋪……總覺得彆扭啊！」

謝崢擺擺手。「我心裡有數。」

「是。」

安福見謝崢撿起桌上薄紙開始慢慢翻，朝安瑞噓了聲，往外頭努了努嘴——這個點，安瑞還沒用膳呢。

安瑞意會，笑咪咪點點頭，無聲地朝謝崢行了個禮，安靜地退了下去。

謝崢翻完契紙，再把寬大的院宅圖紙鋪開，開始琢磨書鋪的改造。

原先他看的圖紙都是各戶院落的佈局，這回直接讓安福領著匠人去測量，去掉雜七雜八的宅屋牆垣，直接將幾戶圖紙合成一張，這樣看自然一目了然。

將各處方位邊角看完，謝崢有了點思路，頭也不抬道：「安福，備筆——」聲音戛然而止。

聽到叫喚快步過來的安福躬身。「主子？」

謝崢卻定定地看著圖紙，半晌，他問了句。「現在是什麼時辰？」

安福瞅了眼外頭，估摸了下，道：「回主子，應當是未時末了。」

未時末……骨節分明的指節叩了叩桌面，面沈如水的謝崢仔細回憶了下童生試的時間，確定自己沒有記錯，登時冷笑出聲。

上當了。

然而遠在蘆州的祝圓也顧不上他了。

童生試算是科舉之路的開啟，祝庭舟第一次踏進這種考場，張靜姝跟她都緊張極了。他們甚至直接將馬車停在考場外頭候著。

所幸，考場外頭多的是焦心的考生家人，他們在其中並不突兀，甚至還因為來晚了，被堵在了遠處。

童生試要直到申時末才結束，中午的時候張靜姝壓根沒有胃口，祝圓拿出早起準備好的食物籃，逐一擺上小桌，再拿出小瓷瓶，倒了些許調好的醬料到碟子上，然後輕聲道：「娘，還要等許久呢，先吃點東西吧。」

正掀著簾子往考場張望的張靜姝溫聲回頭，掃了眼桌面，詫異。「這些是……飯糰？妳什麼時候準備的？」

桌上擺著一塊塊精緻可愛的小飯糰，全都是捲成小卷再切成小塊，中間包著些許食材，有肉蓉、南瓜條，還有切成條條的雞蛋。

祝圓也不解釋，只笑道：「一早起來就準備了，材料都是讓廚房提前備好的。您嚐嚐看。」順勢遞上醬料碟。「蘸這個。」

張靜姝挾了塊小巧的飯糰，蘸了蘸醬，咬下小口嚼了嚼，點頭。「倒是別有一番風味。」

祝圓笑嘻嘻。「是不是挺像是出外踏青？」

張靜姝怔了怔，失笑。「還真挺像的。」

「那就趕緊吃，吃飽了才有力氣等老哥——哎！」

張靜姝嚥下嘴裡食物，道：「別把妳哥哥叫老了，我還要給他找媳婦兒呢！」

祝圓吐了吐舌頭。「知道啦！」

「其他人呢，要不要讓人——」

「不用不用。」祝圓大手一揮。「我一併讓人給他們準備了，夏至已經去派了。」

張靜姝點頭。「那就好。」完了欣慰地看著她。「咱家圓圓真的長大了，做事越發周全了。」

祝圓做了個鬼臉。「那可不可以提高月銀？」

張靜姝一頓。「……」她不解。「妳怎麼跟銀子槓上了呢？」

祝圓撓頭。「手裡有錢心不慌嘛。」

張靜姝卻不知想到哪裡去了，她沈吟片刻，道：「妳那鋪子如今也不知道情況如何，若是掙錢了，回頭娘給妳一些銀錢，妳再拿去做買賣，掙到的話，純利分妳一成，如何？」

大驚喜啊！祝圓差點跳了起來。「真的嗎真的嗎？娘您真的願意讓我去試試嗎？」

張靜姝笑著看她。「妳做事頗有條理，想事情也周到，妳爹也覺得妳對經濟事頗有些天賦……既然如此，何不讓妳試試。」

祝圓興奮不已。「哈哈，說好了啊，可不許反悔！」完了開始叨叨。「娘，妳說我再做什麼買賣好？哎呀這選擇可太多了……」

張靜姝搖了搖頭，拈了塊小飯糰咬了口，邊嚼邊想。前幾天收到祝修齊的信，裡頭說那家得福食棧客似雲來，生意不錯，希望他們早日回去盤帳，看看掙了還是虧了……

嗯，字裡行間看來，應當是賺了的。

她慈愛地看著祝圓。她家閨女若是有這份天賦，將來掌家必定更為得心應手……

申時二刻，童生試場響起鑼聲，考場院落大門轟然打開，考生湧了出來，放眼望去，從少年到蒼蒼白髮，或頹唐或欣喜，或悲憤或激昂……種種情態不一而論。

坐在車裡的祝圓嘆了口氣。這童生試豈止是場考試，這分明是階層的溝壑，踏過去了才有機會當人上人，踏不過去，便是任人魚肉的平民百姓。

得虧她穿過來是在祝家當小姐，若是真到了那平民百姓家，說不定她就活不下去了……

「少爺，少爺！這裡！」

家裡管事的聲音在外頭響起，祝圓頓時收攏思緒，忙不迭湊到張靜姝邊上一起張望。

朝氣蓬勃的少年郎踏著夕陽的餘暉快步過來，對上車窗裡兩雙熟悉的關切眸子，他登時咧開嘴，笑道：「幸不辱命！」

書呆子祝庭舟向來慎言自謙，他這般說，應該是成了，眾人歡喜不已。

童生試的結果還需要等一段日子，接下來便可回去等候消息。

接上祝庭舟，一行人高高興興回了家。

天未亮就開始折騰，所有人都累得不輕，祝圓也不例外，草草用過晚飯再梳洗一番，祝圓便躺下休息……

故而，當第二天練字再次遇到狗蛋兄時，她渾然沒發現自己已然暴露了什麼，猶自愉快地打招呼。

「早啊狗蛋兄～～鍛鍊完畢啦？」

對面靜默片刻，緩緩回了句。「童生試順利嗎？」

祝圓信心滿滿。「當然，再過幾天，哥就是童生，可以考功名了！」

「提前道喜了。」

「嘿嘿嘿，謝啦。對了，你那宅子如何，選好了嗎？」

「選好了，接下來等改建。」

「真不錯，以後天天跟書籍打交道，誰都得說你是文化人了。」

對面不吭聲了。

「狗蛋？」

蒼勁墨字緩緩浮現。「我遇到一個問題，想聽聽你的意見。」

「說。」

「最近幾日有人來為我孫女兒拉媒……」

祝圓震驚了。這這這……這狗蛋竟然真的有孫女兒?!

「……想把我孫女兒說給三皇子，我記得你有長輩熟悉他，可否跟我說說這三皇子的脾性、人品？」

啊？這個問題啊……祝圓撓頭了。「我與那位長輩並不相熟，再者，這人品、脾性，哪裡能道聽塗說。」

「可惜了。我家雖算書香門第，但若要私下打聽皇子之事，也是困難。」

沒想到對面的狗蛋竟然是狗蛋爺爺，祝圓想了想，忍不住問：「怪了，怎麼這位三皇子是個姑娘都盯著，生怕娶不著媳婦似的？狗蛋，你說，他有沒有可能有病？正常皇子會這樣嗎？」

遠在京城的謝崢磨了磨牙。「應當不會，拉媒的那人是名可靠親友，斷然不會欺我們。」

「哎呀，防人之心不可無啊。你說，要是有那不可告人的病症，那三皇子豈會公諸於世？」

「……何種不可告人之症？」

「比如不舉啊～～」

「啪！」

謝崢一個用力，把手中毛筆掰折了。

是男人，就不能容忍不舉的污名！

謝崢深吸口氣，摔了手中斷筆，抽起另一支狼毫，蘸墨、落筆——「靜坐常思己過，閒談莫論人非。」

怒氣之下，這行字寫得鐵畫銀鉤，氣勢非凡。

對面的祝圓仍毫無所覺，甚至還驚嘆道：「哇，狗蛋你這連筆行書寫得不錯啊！」練字半年了，這點眼力她還是有的。

謝崢差點噴出口老血。「你說話總是這般跳躍嗎？」一個話題還沒說完，立馬跳到下一個話題……他想要知道的東西還沒套出來，馬上便被轉移走了。

他竟不知道這位佩奇是故意還是無心，若是無心便罷了，倘若故意，這位佩奇兄心機不可謂不深沈。

「閒聊嘛，當然是想到哪聊到哪。有目的的聊天，那叫開會、叫討論，不是聊天！」作為曾經的上班族，祝圓對此非常有感，說起來那叫一個振振有詞。

「別有目的」的謝崢無語了。

罷了罷了，總歸他已經套到了自己想知道的東西。

「看來，你無法給予意見。」

這話祝圓不愛聽了。「什麼無法，我不是給了嗎？我覺得那什麼三皇子的，不行！」

什麼不行？不行什麼？謝崢額角跳了跳。「那是皇子，若是嫁進去，榮華富貴享之不盡，甚至還有可能母儀天下……」

「呵呵，那也得有命享。」

謝崢瞇眼。「此話怎講？」

「倘若真的不幸嫁進去，第一關卡，就是得跟皇子後院的女人們先來一輪或數輪的廝殺。」

謝崢一噎。「……」

「廝殺什麼？女人當嫻熟貞靜、恪守三從四德——」

「打住打住，別給我說這些有的沒的啊。你說的那些我都知道，我只問你一句，若是你的女人同時養了數個面首，十天半月才寵幸你一回，你心裡舒坦不？」

謝崢靜默。「……」

「面首與妻妾怎可相提並論？胡攪蠻纏……」

「道理不是一樣的嘛，男人做不到，女人肯定也做不到。」對面的祝圓振振有詞。「若是好命遇到心寬的，大家便皆大歡喜，但實際上哪有那麼多肚裡撐船的宰相，再者，皇子的後院是尋常人家能進去的嗎？每一個都是心高氣傲的大家小姐，有心機有手段有人手……這樣的後院，有腦子的都不想進去好嗎？」

竟彷彿有些道理……狠遭嫌棄的謝崢暗忖。但，盯著紙面上浮現的墨字，他總覺得有哪裡不太對勁……

「再說說那榮華富貴，皇子嘛，地位有多高，風險就有多大，倘若那皇子是個酒囊飯袋便罷了，就怕遇到個有上進心的。」

謝崢無語。「上進心還有錯了？」

「有上進心沒錯，錯在身分。」祝圓諄諄善誘。「皇子下一步是什麼位置？那是皇位，天下獨一份的，這麼多皇子，背後多少勢力糾葛，明總是爭來鬥去的沒個消停不是？」

謝崢瞇起眼睛。

「那三皇子爹不疼娘不愛舅家不顯的，這要是偏偏有上進心……你家姑娘要是進去了，不管是正室還是側室，都要短命好幾年啊～～」

最後的波浪線銷魂又傳神，謝崢額角跳了跳。

「不過呢，若你是想拿孫女出去換點什麼利益回來，就另當別論。」祝圓最後做了個結論。

謝崢沒忍住，譏諷了句。「皇子後院，到了你嘴裡，倒是成了龍潭虎穴。」

祝圓反駁。「你問我意見，還不許我實話實說嗎？」

「你就不怕我向三皇子告發你，給你使絆子？」

祝圓呵呵。「證據何在？就靠你嘴皮子叭叭叭嗎？」

狗蛋和佩奇第N場撕殺，佩奇再次完勝。

謝崢氣結。「……」

敗下陣來的謝崢盯著虛空陷入沈思。

關於佩奇此人，他手上有以下幾點線索——

一，佩奇本人沒有參加童生試。

二，佩奇知道二舅給他相看祝家小姑娘的事——他如今才十四歲，皇家子弟成親晚，至今為止，只有二舅取了個巧，變相帶他相看過小姑娘……除此之外，再無旁人提及他的親事。

而從佩奇剛剛說他是個姑娘都盯著，生怕娶不著媳婦似的等等話語，由此可見是知道他二舅與祝家的情況，此人要麼熟悉二舅家，要麼與祝家關係很近，再聯想到蕪山縣縣志……

嫌疑最大的是祝庭舟——年十三，暫居蕪山縣，到蘆州考童生試，與二舅家有來往，與他有一面之緣，手上還有佩奇的筆墨。

謝崢輕叩扶手。究竟是不是祝庭舟？且讓他拭目以待。

半個月後，童生試結果出爐，祝庭舟順利拿下童生名額，再進一步就是考秀才功名了。

祝圓母女徹底鬆了口氣。

來蘆州的兩件大事皆已辦成，該回蕪山縣了。

臨走之前，張靜姝不忘帶著兒女前往秦府辭行，這幾月兩家來往頻繁，若說剛開始祝修齊的官階較低，又是有求於人，張靜姝頗有些謹小慎微，但辛夫人爽朗大方又不拘小節，兩人相處下來，竟越發合拍，三不五時便一塊兒喝茶聊天逛鋪子。

如今要分別，再見不知是何年何月，兩人皆是淚眼相看，約定了要保持聯繫，等候何時回京再聚。

完了，辛夫人摟著祝圓，跟張靜姝說：「我是真喜歡妳家圓圓，小小年紀，待人接物、說話做事都穩穩當當的，性子還活潑，一點都不小家子氣……可惜了，要是我家詞兒能早點出生，我定然要把妳家閨女搶過來！」

張靜姝如今跟她熟了，聞言只抿嘴樂。「妳怎麼成天念著圓圓的親事，我看妳是衝著那謝媒禮過來的。」

辛夫人啐了她一口。「妳才圖謝媒禮呢！」頓了頓，她似乎想起什麼，嘆了口氣。「也是我不地道，一見面就想著把妳家圓圓介紹給三殿下。」

張靜姝收起笑容。「這事妳我也做不了主，何必再提。」

辛夫人擺擺手。「行了行了，我現在知道你們是不想蹚這些渾水，我這不是跟妳說一聲，省得妳回去就不搭理我了嗎？」

張靜姝莞爾。「怎麼會。」

「哼。」辛夫人扭過頭，繼續摟著祝圓搓揉。「小圓圓喜歡什麼樣的？回頭嬸子給妳留意啊！」

這話可不能接，頂著蘿莉外皮的祝圓只能裝傻。「嬸子，我哪知道啊～～」

張靜姝也插嘴。「妳問她一小丫頭作甚，妳若是遇到那合適的，儘管給我介紹過來，趁圓圓年紀還小，我慢慢挑。」

「行，只要妳不覺得我多事！」

毫無選擇餘地的祝圓無言。「……」

她才十一歲，就要開始考慮嫁人之事了嗎？人生好難。

祝圓回到暫住的院子後，也這麼跟狗蛋抱怨了——當然，並沒有說是因何事引發感慨。

「童試落榜了？」遠在京城的謝崢如是道。

「瞧不起哥是不是？哥已經是童生了！以後你得稱呼我為鈕鈷祿・尼古拉斯・佩奇。」

謝崢皺眉。「……」

什麼亂七八糟的。

不過，他已經習慣了佩奇這些奇奇怪怪的言辭風格，極為熟練地提取出重點。

「過了？恭喜。」

他前些日子已經讓人查過蘆州童生試的日期，與佩奇所說之日確實吻合，只是不知那參考的是誰呢？

祝圓猶不自知，依然喜孜孜。「謝啦，有機會哥帶你——」陡然想起對面人是個有孫女的老太爺，立即改口。「以後你家娃娃要是想啟蒙，可以找我啊！束脩打折！」

謝崢一噎。「……」

「為何不是免費？」

「大家都是成年人，都要養家餬口，傷感情的話就不要提了嘛～～」免費是不可能免費的，這輩子都不可能。

「……」談錢才傷感情吧？

這位佩奇如此會辯，這童生之名……怕是不假。所以，是，祝庭舟童試舞弊？還是佩奇另有其人？

匆匆聊過幾句，兩人便各自忙碌。

祝圓要去幫忙收拾行李，準備回蕪山縣了。而謝崢，則是要出宮一趟。

書鋪已經在蓋，活字範本也刻了數套，木模、石模、鐵模各種，就等紙張出來後逐一試驗。但他不是去書鋪，他是要去京郊的莊子。

前些日子，他在京郊弄了個小莊子，已然晉升為郎中的張惠清給他推薦了幾名匠人，他將其全部安置在莊子裡。這些匠人衣食住行皆有人照顧，每月還有月銀可拿，但有一條，必須把造紙成本降下來。

沒錯，謝崢打算攻克造紙術。

他前世汲汲營營，爭權奪利、結黨營私，聲勢直逼皇權，也未曾討得母妃半分歡顏，甚至因此得了父皇厭棄，兄弟離心……

重來一次，他不會再重蹈覆轍。

他有許多時間，他可以走最穩當的路。水泥給他打了個很好的開場，接下來，就從書鋪開始吧。

這天，位於京城西城的祝家收到一份特殊的禮。

接到禮單的祝家大夫人——也就是禮部員外郎祝修遠的夫人——王玉欣驚得差點從椅子上跳起來。

「什麼？三、三、三皇子殿下送的禮？」她有點結巴。「祝賀二房的庭舟順利考取秀才功名？」

祝家驚得不輕，王玉欣不敢擅作主張，拿著禮單便去後頭找祝老夫人。

祝老夫人將已故老爺的關係網扒拉了個遍，確定自家與這位三皇子壓根毫無交集。

「這禮是給庭舟的，那看來，應當是庭舟與他相識。」回來的祝修遠皺著眉頭看了半天禮單，如是道：「他們年歲相仿，若是有來往也不奇怪。」

「可庭舟是何時結識三殿下呢？」祝老夫人不明白了。「庭舟一直跟著老二外派在外頭，在京城的時間就那麼幾天，那三殿下也不是時時能出宮，這兩人哪來的機會湊一起？」

王玉欣想了想，問：「庭舟的童生試在蘆州考的。你們說，他們會不會是在蘆州碰上了？」

祝修遠眼睛一亮。「對，秦家老二在蘆州！前些日子三殿下不是去了潞州嗎？潞州、蘆州挨著呢，要過去一趟也方便，看來，應當就是在那兒遇著了。」

「那……」王玉欣看了眼他手裡的禮單。「這禮，咱們怎麼回？」

祝修遠看向祝老夫人，後者想了想，拍板道：「既然三殿下的禮是送給庭舟的，那就按照平輩禮，再略略加厚兩分回過去。」

王玉欣有些不樂意。「人家這是賀儀，怎麼還要回這麼厚？」

祝修遠還沒說話呢，祝老夫人就瞪了回去。「妳是不是傻了？那是皇子，討好都來不及呢，妳倒好，還斤斤計較那點子禮。」

王玉欣委屈。「咱家就那麼點家底……」怎麼還得給遠在燕山縣的二房走禮了？老二夫婦便罷了，來去的都是官，對他們一房也有助益，怎麼如今還要幫小輩走禮了？

「也不差那一點！」相處多年，祝老夫人還不知道她那點小心思？「不說別的，妳不想想妳家玥兒？」

祝修遠眼睛一亮，王玉欣依舊茫然。「怎麼跟玥兒扯上關係了？」

祝老夫人沒好氣。「玥兒都十三了，妳還不趕緊打算起來嗎？」

這是在說親事，但王玉欣依然沒反應過來。「我這不已經在找了嘛。」

祝修遠提醒她。「三殿下十四歲。」

王玉欣懵了，下一瞬狂喜湧上心頭。「你是說、你們是說——」

「我們什麼都沒說！」祝老夫人打斷她。「這禮現在還回不回啊？」

「回回回！」這下王玉欣高興了。「我這就去準備！」頓了頓，她又有點遲疑。「咱家是不是有點……」配不上啊？

祝修遠卻不那麼想。「咱家怎麼了？妳夫君我好歹也是五品的員外郎，要知道，當年淑妃娘娘的父親也不過是個小翰林。」

祝老夫人也是點頭。「咱大衍朝皇家擇媳，大多不看門第，即便看重，咱家這樣的，最少也是個側室。」

側室？王玉欣遲疑了。「我可不想玥兒去當妾……」

「那是普通侍妾嗎？」祝老夫人瞪過去。「那是皇子，將來指不定要登——」

「娘！」祝修遠嚇了一跳，急忙打斷她。「話不可亂說。」

祝老夫人這才作罷。

好在王玉欣已轉過彎來。「也對，是兒媳想岔了。」

「那就趕緊去備禮，趕明兒送——」祝老夫人一頓，轉去問祝修遠。「三殿下還未開府，這禮該送到哪去？」

對啊，送哪？幾人面面相覷。

商量了半天，最後三人決定，送去三殿下的外祖父家——也即是太常寺卿秦銘燁的府上。

謝崢正打算去找小舅商量事情，就收到外祖家讓人遞進宮裡的消息，恰好今天是休沐日，謝崢也沒有多想，帶著安福便去了。

秦家上下欣喜萬分、掃榻相迎。一番寒暄過後，賓主落坐，謝崢坐在下首。

別人還沒說話，秦老夫人打量他一遍，有些心疼道：「你前些日子去了趟潞州是不是很辛苦，我看你彷彿都瘦了。」

謝崢神情溫和。「別擔心，我只是又長高了。」然後轉移話題。「我前些日子帶回來的東西，吃著還順口嗎？」

「誒，順口，大都愛吃得很，就你小舅挑嘴，嫌太過素淡。」

年僅二十四的秦和登時抗議。「娘，那些東西一看就是孝敬你倆的，我這不是謙虛一下，讓給你們嗎？」

謝崢慢條斯理接了句。「知道了，下回我再多送些，省得小舅覺得不夠吃，都不敢多吃了。」

秦和登時啞口。

眾人愣了愣，都樂了。

秦銘燁捋了捋長鬚，欣慰地看著他。「殿下去了趟潞州後開朗了許多。」都會開玩笑了。

秦老夫人也連連點頭。

謝崢神情溫和。「長大了，自然懂事些，累你們擔心了。」年紀小的時候，因著母妃的差別對待，他有些鑽牛角尖，覺得是外祖等人在後頭搧風點火，態度便有些不佳。然而經歷過種種，才知道哪些人是真心、哪些人是實意。

秦銘燁感慨。「看來是真的長大了。」不等旁人說話，他便接著問起正事。「昨兒祝家送了份禮，說是給您的回禮，咱們也不知道什麼情況，只好遞消息給你，讓你過來看看是怎麼回事。」順勢讓人把祝家的禮單帖子遞給他。

謝崢接過來，拆開，一目十行看完，抬頭。「無事，不過是正常走禮。前些日子順帶去了趟蘆州探望二舅，在二舅家遇到了這位祝庭舟，感覺還不錯，便起了結交之心，恰好他當時在備考童生試，我估算著時間差不多，便讓人送份賀禮過去了。」

秦和聽出不妥。「萬一他沒中呢？」

謝崢揚了揚手裡帖子，道：「這不就過了嗎？」

秦家眾人無語。「……」

還真是猜的？有這麼隨便嗎？

未等他們再問，謝崢已然轉頭問秦和。「小舅最近在忙什麼？」

秦和看看左右，撓了撓頭。「沒忙什麼，也就鋪子裡那些雜事。」

「我這裡有門生意，想推薦給你試試。」

「啊？」

三皇子最近風頭頗盛，先是悄無聲息研發出一種叫水泥的玩意，然後跟著工部去了趟潞州，聽說在潞州防洪中立下大功，更因此得了承嘉帝的一千兩獎勵，大夥便有些蠢蠢欲動，淑妃也準備找他。

結果一轉頭，這位三皇子竟然去蓋房子，聽說要開……書鋪？

這位三皇子，如此風雅嗎？不是說他好武，每天都要練騎射、拳腳嗎？怎麼突然要開書鋪？

然後這鋪子還沒蓋好呢，接著又買了個小莊子做……研究？

所有人都懵了，三皇子在搞什麼鬼？

別人便罷了，身居後宮的淑妃第一個坐不住。倒不是她有多想知道，只是今天榮妃串門子旁敲側擊問兩句，明兒嫻妃請喝茶再拐彎抹角問幾句……淑妃煩不勝煩，索性把人叫到跟前問了。

謝崢隨意搪塞了幾句，那半句不想多說的態度，惹得淑妃又是一陣氣悶，再次罰了他抄書。

謝崢不痛不癢，出了昭純宮還拐道皇子院落，接上謝峍出宮溜達。

連淑妃都問不出所以然來，別人更不必說。年初剛開府成親的謝峮還跑到那正在搭蓋的鋪子附近玩了把偶遇，跟著謝崢繞了一圈亂糟糟的工地，除了撲了一臉灰，啥消息也沒得，只能皺著眉頭離開。

所有人都觀望著，等謝崢那書鋪的開張，等他下一步的動作。結果，書鋪還沒蓋好，謝崢卻給禮部員外郎祝修遠祝家送禮？再一打聽，這禮卻是送給祝家二房的一名小子，還只是賀這小子考過了童生試……

眾人登時大失所望，還以為這位皇子要開始大展拳腳呢，原來是小孩子交朋友。

再一轉頭，三皇子的外祖、那低調的秦家老頭竟然上摺子，要跟承嘉帝買下那水泥方子的獨家經營權。

水泥方子，不就是三皇子折騰出來的玩意嗎？還有，那獨家經營權，是啥玩意？

不光他們傻眼，連承嘉帝也蒙圈。

下了朝，他便把謝崢提到上書房問話。

他們說了什麼自然無人得知，只是，隔天承嘉帝便把那水泥方子的獨家經營權給了秦家，不光收了秦家三千兩白銀的費用，還要秦家每年上繳兩成的營收。

京城譁然，所有人的目光一下集中在秦家。

秦家上下卻不慌不忙，該上朝的上朝，該當值的當值，那依然是白身的老三秦和依然滿街亂晃，過了幾天，還拉車駕馬、拖家帶口，說是去莊子裡住幾天散散心？

眾人看得一頭霧水，水泥方子的事呢？又沒下文了？

第八章

京裡暗潮洶湧，謝崢卻巍然不動……不，他動了。

從外祖家出來後，他直接前往祝家拜訪，到了人家府上也不多廢話，只說欣賞祝庭舟小小年紀便有如此才華，再提一提想看看祝庭舟童試的文章。

這種詩書之家，尤其是家裡還有弟弟，當哥哥的若是考過童試，那試題跟文章必定都會記錄下來，在家裡留一份的。

故而，他提出此話後，祝家便爽快地拿出祝修齊託人送回來的筆墨——祝庭舟親筆書寫的稿子送予他。

謝崢滿意而歸。

在外頭自不必說，回到自個兒院子，謝崢迫不及待打開祝庭舟的稿子——

勁骨豐肌，舒展有力，甚至已經隱隱有了自己的風骨，橫看豎看，都與佩奇那手破字沒有絲毫相像之處。

很好。謝崢冷笑出聲。他怎麼會相信一個未曾謀面、瘋瘋癲癲的傢伙呢？

——遠在蕪山縣的祝圓打了個噴嚏。

她捏了捏鼻子，嘟囔了句。「肯定是狗蛋在罵我。」

這會兒她在幹什麼呢？

她在盤帳。

她離開蕪山縣之前，便預料了至少會在蘆州待幾個月，因此只能把那得福食棧暫交給管家伯伯打理。

其實也無須他多做什麼，得福食棧的流程跟分工在開店伊始就已經規劃得好好的，管家伯伯只需要不定時去巡視一番，再每隔一段時間批一點銀子給他們採買，便足夠了。

幾個月下來得福食棧的生意越發興旺，丫頭小廝們忙得腳打後腦勺，每日流水多得不得了，看得管家伯伯咋舌不已。

但祝圓寄予厚望的奶茶，撲街了！剛開賣的那幾天，或許是因為新鮮感，稍微賣得多些，可這年頭奶、糖都是金貴物，奶茶除了剛開始幾天打著開業噱頭降了價，後來便略微提了價格，也不太貴，十來銅板能買一杯，打包加一文錢，用竹筒裝了走，打算走薄利多銷的路子，靠奶茶霸佔蕪山縣的飲品市場……

結果，也許是沒有冰塊，沒有了凍奶茶的靈魂；也許是這裡的人喝不慣，總之呢，祝圓打算以奶茶出道的美好願望夭折了。

剛過去的夏日，得福食棧賣得最火熱的，是涼皮、冷麵，以及各種晾涼的糖水。糖是其中成本最昂貴的原料，但是薄利多銷，整個攤下來，竟然還掙了不少。

祝圓回到蕪山縣的家裡後歇了一晚，第二天便窩在張靜姝那兒開始盤帳。

好在那兩天狗蛋不知道在忙活什麼，幾乎沒怎麼寫字，倒讓她專心把帳理順了。

沒想到他們六月離開蕪山縣，十月中旬才回來，短短幾個月，得福食棧扣除採購成本、租金跟下人的工資補貼，總共賺了一百四十多兩。

在旁邊理著府裡帳本的張靜姝都驚了。「就賣那麼些小吃食，掙了這麼多？」

要知道，祝圓的創業資金只有十五兩——雖然是蹭了不少家裡的便利，可那些人手、物資不用也是擱那兒白白浪費，還不如用起來。

一百多兩呢！張靜姝將帳本拿過去，將算盤珠子歸位，開始劃拉。

祝圓在旁邊蹦蹦跳。「娘，妳說了得福食棧要是掙錢了，就出錢讓我做生意的。」

「好好好，記著呢。」張靜姝好脾氣道。「先讓我把帳核一遍。」

祝圓立馬停止，用力捂住嘴，表示自己不會再吵了。

在旁邊陪著小庭方玩耍的銀環笑了。「大姑娘掙了這許多，回頭可得請大夥賀一賀呀。」

祝圓看了眼專心算帳的娘親，朝她做了個鬼臉。「那錢也沒到我口袋裡啊，要請客找我娘去！」

銀環樂得不行。

另一頭，張靜姝一頓噼哩啪啦，很快便將清晰明瞭的帳算完，長舒了口氣，看向祝圓的眼眸裡帶著幾分驚奇。「娘沒想到妳還真能掙錢……」

祝圓無語。「那您先前還敢給我錢？就不擔心我把家當都賠了嗎？」

張靜姝隨口道：「十幾兩還是賠得起的。」

祝圓好奇。「真的嗎？不是說家裡沒什麼錢了嗎？」她還記得那會兒她爹娘說的話呢。

張靜姝眨了眨眼，莞爾道：「再窮也不至於差這點，咱家是花銷大，花錢自然得悠著點。」

「真的嗎？」祝圓懷疑。

張靜姝輕咳了聲，還是說了實話。「好吧，因為妳爹的俸祿下來了。」

祝圓無言。「……」

她就知道。否則當時娘也不至於拿出嫁妝銀子，估計是死馬當活馬醫，想看看能不能掙點了。

「咱家花銷真的很大嗎？」

「那當然。四時衣物、三餐吃用，還有你們父子幾個的筆墨紙硯，樁樁件件都是錢呢。」

祝圓頓時想到自己成天的燒紙，心疼了。「那我往後少寫一些——」

「打住打住。」張靜姝拍拍她腦袋。「可別讓妳爹聽著了，有妳好果子吃。」

祝圓嘟囔。「本來就是嘛。」

「這讀書習字是福澤三代的事，咱家眼皮子再淺、口袋裡再窮，也不至於供不起你們幾個這點筆墨錢，頂天了就是用差一些的筆墨。」

為兒女計長遠……這約莫就是父母了。祝圓握拳。「那咱們還是努力掙錢吧！」錢夠了，用啥都不心疼了！

張靜姝揚了揚手裡帳本。「這不就是了嗎？」她笑咪咪。「妳回去好好想想要做什麼，跟上回一樣做個……企劃書，是叫企劃書吧？等我看過沒問題了，再給妳錢，這回要是掙了錢，就給妳分一成利。」

祝圓一蹦三尺高。「好！」

張靜姝轉過來朝銀環道：「明兒讓盈盈過來學管家看帳，她也該學起來了。」

銀環正給庭方撓癢癢呢，聞言抬頭，詫異道：「她才九歲呢，這麼快就學嗎？」

張靜姝朝祝圓努了努嘴。「妳瞅瞅這個，十一歲就能看帳管帳管鋪子了，盈盈若是能學起來，將來找人家也能多幾分助益。」

銀環一聽也是，點頭。「都聽您的。」

恰好祝庭方嚷嚷著要姊姊抱，祝圓忙小跑過來。「哎喲哎喲你這小胖墩～～只能抱一會兒啊～～」

兩姊弟很快鬧到一塊兒，張靜姝收回視線，嘆了口氣，銀環正正好聽到，低聲問了句。「夫人？」

「妳說，要是我前些年沒把妳們留在京裡，圓圓姊妹是不是就不會這樣？」

銀環蹙眉。「您怎麼會這樣想呢？」

張靜姝壓低聲音。「若不是在京城過得太艱難，圓圓小小年紀的，怎會如此執著銀錢？連盈盈也養得怯弱膽小，連跟丫鬟說話都不敢大聲……」越說越激動。「我每每想到他們竟敢給妳們吃那隔夜的殘羹冷炙，我就恨不得、恨不得——」

銀環嚇了一跳，急忙「噓」了聲。「夫人，隔牆有耳。」

張靜姝的胸脯急劇起伏，祝圓察覺不妥往這邊望，小庭方拽住她衣襬，嚷了幾句，她只得又轉回去繼續陪玩。

銀環壓低聲音。「當時兩個孩子年歲小，老爺外派的地方又偏遠，一路帶著她們確實不宜，就算帶過去了，妳也還得忙著給老爺打點同僚，如何照顧得了幾個小娃娃？如今都過去了，就別再提了。」

「有這麼多下人呢，哪裡會照顧不過來？若不是老夫人堅持……」張靜姝瞪她。「還得怪妳，若是妳能硬氣些，也不至於被人欺了去。」

銀環苦笑。「奴婢是哪個牌面的人，如何能硬氣得起來？」

「所以我才要妳生個兒子。」張靜姝嘆氣。「妳也別擔心有了兒子我心裡吃味，我都這歲數了，又有兩個兒子，妳顧忌這個顧忌那個的，何苦來哉？妳要是再生一個，京城那邊就不會老盯著咱家，妳回去也有底氣些，不至於是個阿貓阿狗都敢欺負妳。」

銀環遲疑了，張靜姝又加了把火。「妳也不想回京一趟，咱院子裡就多幾名莫名其妙的丫鬟吧？咱們清清靜靜的過日子不好嗎？」

銀環自然是不樂意，她摸了摸腹部，小聲道：「那也是急不來的呀……」

張靜姝笑了。「還有兩年多的時間呢，妳怕什麼？」

也是。

大人們的煩惱，小孩子當然不知道。

祝圓陪弟弟玩了老半天，兩人都出了一身的汗，被張靜姝趕去擦身更衣，她索性回去自己屋，開始研究新的生財之道了。

對她而言，最合適的有兩個方向，一個是飲食，一個是美妝。

她上輩子獨居了好些年，手頭不鬆快又好吃，只能琢磨著自己動手，這廚藝在這個世界應該還是能賺點零花。

只是現在他們家已經有了得福食棧，沒必要再開一個，倒不如將得福食棧擴大經營，加入更多的菜色，比如，火鍋。

現在天氣漸涼，涼皮、涼麵那些東西該撤了，若是換上火鍋，倒不失為一個好選擇。

祝圓提筆先記下，寫了「食棧菜色優化」。

再來是美妝，她上輩子曾經在化妝品公司待過，有幾年負責競品調研及新品開發，對幾種基礎產品的原料和調配都心裡有數。

若是做這個，她更加有把握，最重要的是，女人的錢好賺啊——

「惟王建宮以捂方正位，體國經野——」

陡然浮現的蒼勁墨字讓祝圓雙眼一亮，立刻提筆打招呼。「狗蛋～～～～」

長長的波浪號銷魂得令人髮指，對面的謝崢頓了頓，換了張紙。「多日未見，佩奇兄精神如初。」

「嘿嘿嘿，你剛才是在抄《周禮》嗎？不像你的作風啊！」這位狗蛋兄平日練字可都是抄些《史記》、《兵法》之流，今兒突然換成《周禮》，有鬼哦！

謝崢自然不會告訴她自己又被淑妃罰抄書了，避而不談道：「你現已是童生，將來有何打算？」

童生，瞞得了一時，瞞不了一世，且看他如何扯下去。

「這不是剛得空幾天嗎？我正在想呢，等我想個精妙絕倫的掙錢方案，狠狠掙一筆！」祝圓大言不慚道。

精妙絕倫……真是不害臊。謝峥皺眉。「你既是童生，當入府學學習，為何還花費時間鑽研這些經濟事？」

「瞧你說的，童生就不用吃喝拉撒了嗎？進府學不用錢嗎？錢這東西，誰也不會嫌多，有錢不掙才是傻子！」

剛把水泥生意推給舅家的謝峥額角跳了跳。不知道是不是他想多了，每回跟佩奇說話，他都有種被影射的感覺。

「考取功名更為重要。」

「我沒說不重要啊大哥，我博覽群書、學富五車，上能提筆寫字考功名，下能行商開店賺錢錢，尋常人等自然是羨慕不來的啦～～」

厚顏無恥！絲毫沒有讀書人應具有的謙遜，謝峥冷笑。「如此狂妄自大，想必對詩也不在話下。」

呃……祝圓登時頓住，完了，這是吹牛吹過頭了嗎？

那頭的謝峥已經提筆出句。「我先來：古來聖賢皆寂寞——」他就要看看，這位假冒秀才的佩奇兄會寫出何等精妙絕倫的句子！

真的要對嗎？祝圓咬著筆頭猶豫。

謝崢不依不饒。「速接！」

祝圓撓了撓頭，試探地接了句。「唯有自掛東南枝？」

謝崢瞪眼。「？？？」

他想了想，再試。「人生自古誰無死——」

祝圓輕咳一聲。「不如自掛東南枝。」

謝崢莫名。「？？？」

沈住氣再出一句。「安能摧眉折腰事權貴——」

祝圓見他絲毫不反駁不評價，偷笑了聲，繼續寫：「使我不得自掛東南枝。」

「啪！」

謝崢再次把筆掰折了，兔崽子，這都是什麼跟什麼？竟敢耍他?!

才對了幾句，狗蛋就沒了聲息，祝圓有些心虛。「狗蛋？狗蛋叔叔？」

謝崢沒理他。

「寫詩作賦真的不是我擅長的，再說，我還小呢，童生試過了，不代表真的滿腹詩書。」

看到這裡，謝崢沒忍住，提筆諷刺了句。「適才誰說自己博覽群書、學富五車的？」

祝圓理直氣壯。「沒毛病啊，我又沒說自己能寫詩作賦。」

謝崢貴為皇子，何曾見過這般胡攪蠻纏、不要臉皮之人？饒是他隱忍成性，也被氣得心火直冒。

畢竟聊了這麼久，祝圓也不想把人得罪狠了，立馬又接了句。「我還年輕嘛，能把秀才拿下已經很不錯了，你不能對我苛求太多啊，你都一把年紀了，跟我比這些，不是欺負我嗎？」

謝峥深吸口氣，索性直接問：「你是否還有兄弟？」若不是祝庭舟，那也有可能是與祝庭舟關係親近之人。

祝圓眨眨眼。「有啊！」

「姓甚名誰？」

祝圓捂嘴笑了半天，然後顫巍巍提筆。「喬治。」

謝峥登時皺眉。「姓喬？」

「當然不是，我兄弟，自然跟我同姓。」至於姓啥……她又不傻。

謝峥忍住氣。「為何這名如此怪異？有何含義？」

「我怎麼知道？我爹取的又不是我取的。」祝圓睜眼說瞎話，剛寫完，陡然想起被罰抄《禮記》的痛，急忙扭頭去看門口，確認沒有爹爹的身影才鬆了口氣。

行了，謝峥明白了。換句話說，名字也是瞎扯的。

「我說，你為啥老是打探我的情況？」祝圓抱怨。「好好聊天不行嗎？沒事快樂吹嘘，有事好好商量，當個神龍見首不見尾的好筆友不好嗎？」

不好。「毫無隱私可言。」

祝圓好奇了。「你一個快退休的老大爺，還需要什麼隱私？」

假冒老頭的謝崢語塞。「……」

「我一日未退，手上事情便一日未完。你日日窺視，我如何放心？」現在便罷了，等將來他開始籌謀大事，他的文書如何能讓旁人看見？

祝圓撓撓頭。「反正我也不知道你是誰，就算知道，我也插手不了你的事，你實在是無須擔心，直接當我不存在不就好了。」她一個姑娘家，在這種封建落後的年代能做什麼啊？

可惜，對面的謝崢不知道她是姑娘家，只當她是在放屁。

「我從不把信任放在陌生人身上。」

祝圓不服。「我們都聊幾個月了，怎麼能算陌生人呢？」

「於我而言，若無利益牽扯，便是陌生人。」

祝圓一噎。「……」

沒等她接話呢，對面便慢悠悠來了句。「你可知，何人最能保守秘密？」

死人。祝圓心裡接道，忍不住吐槽，這狗蛋是霸道總裁上身還是看了太多話本——唔，話說這年頭有什麼霸總話本嗎？她哥給她帶回來的都是什麼努力奮鬥考科舉的，一點新意都沒有……

正胡思亂想呢，對面的謝崢落筆了。「死人。」

蒼勁墨字穩而凌厲，肅殺之氣撲面而來，簡單兩個字，將狗蛋的性情體現得淋漓盡致，躍然紙上。祝圓打了個冷顫，不知怎的，突然想到在京城被她娘發賣出去的那批下人，後背陡然升起一股涼意。

她是不是想得太簡單了？在這階級分明的封建社會，分分鐘是真的能一言不合就殺人的。再者，紙上交流畢竟不是網路，一下線關機各種恩怨都能丟到一邊去，在這裡，不管做什麼都得寫在紙上，如果他們一直保持這種狀態，確實半點隱私都沒有。

不過，人慫嘴不慫。

祝圓咬牙，寫道：「呵，反正你也不知道我是誰。」

謝峥冷笑。「以我的能耐，找到你不過是時間問題，屆時……於我而言，讓一家子消失是輕而易舉之事。」

祝圓有些心驚膽戰，但仍忍不住回嘴。「你不過區區工部小官吏，想殺人就能殺人了？真是好大的官威！朝廷律例可不是擺著好看的。」

「信不信由你，我不強求，你就祈求自己能這樣一直隱藏身分吧。」臥榻之側豈容他人鼾睡，與佩奇的這種關聯，彷彿將他的一切攤開在紙上，任由他人參觀。在找到方法斷開此種聯繫前，他絕不允許對面是他無法掌控之人。

祝圓被他說得害怕了起來，但又擔心這是狗蛋想忽悠她暴露真實身分……她猶豫片刻，繼續嘴硬道：「我怎麼覺得你是在詐我？你是不是想騙我乖乖說出來？再說，我也不知道你的身分呢，我都不慌你慌什麼？還是說，你做了太多虧心事了？」

謝峥輕哂。既然不願意坦白，那便再下一劑猛藥吧。

「蕪山縣祝庭舟，與你是何關係？」

刀。」

祝圓驚嚇。「……」

他怎麼知道的?!她是哪裡露了馬腳嗎？

祝圓急得抓耳撓腮，拚命回想自己過去寫過什麼東西，除了蕪山縣縣志……似乎並沒有別的東西，她連自己籌劃經營的得福食棧名號都沒寫過。

許是見她半天沒回覆，謝崢慢悠悠又補了句。「你若不乖乖坦白，我便先拿祝家開刀。」

祝圓慫了。「T_T大哥別這樣！咱們有話好商量啊！咱做人不能動不動打打殺殺的。」

「說。」看來祝家就是佩奇的軟肋。

「……我真的真的只是個普通的小老百姓，啥事都做不了的！」

謝崢微哂，直接開問道：「姓名。」

「我真不能說，說了你會打死我的T_T」

謝崢皺眉。「你既不知我是何人，為何要擔心？」

雙標狗！「你也不知道我是何人，為何要擔心？」

謝崢無言。「……」

跟這位佩奇說話，比跟朝堂上那些老油條說話還累。

「你既然已經知道我跟祝家有關係，應該也夠了吧？別的就無須再知道了！」

謝崢眯眼。

「還有，都知道地方了，水泥方子、印刷術方子，什麼時候結一下款？直接送到祝家，指名給祝庭舟就行了。」

謝崢皺眉。「……」

「啊，我還有事，先走了，回頭聊囉～～」

謝崢瞪眼。「……」

竟然跑了。

兜兜轉轉一大圈，最後還是斷在祝家這裡。

不過沒關係，祝家就在那兒，早晚會被他刨出來。

藉著事由遁了的祝圓正飛奔去找祝庭舟。

「哥——」

聲音淒厲，響徹後院，正在看書的祝庭舟嚇了一跳，忙不迭走出來。「怎麼了？」

祝圓衝到他面前，拽住他再次鑽進屋裡，低聲問：「哥，你是不是在外頭認識了什麼官？」

祝庭舟一頭霧水。

「你快想想啊！」祝圓跺腳。

祝庭舟啼笑皆非。「我哪認識什麼官？我認識的最大的官，不就是大伯嗎？」

祝圓才不信，狗蛋那廝既然能猜到祝庭舟身上，鐵定是她疏漏了什麼。

「你仔細想想，說不定是你遺漏了誰。」

「我一直閉門讀書，哪有機會結交什麼官。」然後反問她。「妳怎麼突然問起這個？」

「哎呀你別管了。」祝圓急得團團轉，突然想到什麼，她陡然停住。「會不會是你在蘆州參加經社的時候遇到什麼人？」

「那倒是不清楚，不過那邊多是舉人秀才，倒不曾聽說有官。」

真不認識什麼官？祝圓皺眉，低頭仔細回憶狗蛋寫的話——

蕪山縣祝庭舟，蕪山縣祝庭舟……

蕪山縣是因為她抄寫縣志洩漏的，那祝庭舟又是哪裡露出破綻？只差一點點，就挖到她身上了。

祝庭舟繼續道：「再說，我才剛考中童生，連秀才功名——」

童生？童生試！

祝圓豁然開朗！蕪山縣才多大啊，考上童生的沒幾個人，能接觸縣志的更少，答案可不就呼之欲出了嗎？

「待我去府學，多與前輩交流——」

「我知道了！」祝圓打斷祝庭舟的話，拍拍他胳膊。「謝啦哥，你繼續看書，我滾了。」說完撒腿就跑。

祝庭舟伸手。「圓——」

剛張口，那小丫頭已經跑得不見人影了。

所以，她為何過來？

祝圓氣喘吁吁跑回自己屋，狗蛋猶在慢悠悠地抄寫《周禮》。

祝圓想問他是蕪山縣人還是蘆州人，又是從何處知道祝庭舟的……毛筆都提起來了，最後還是作罷。

敵在暗，她在明。現在狗蛋佔據有利位置，她現在問他，簡直就是上門送人頭……還是不要輕舉妄動。

她定了定神，將寫滿亂七八糟話語的紙張全部揭下來，揉成團扔盆裡，深吸口氣，將心神放到自己的事業上。

她決定做美妝事業，這樣，她便無須另外找地方，在家裡找間屋子便能開始，人手更不用擔心。

最重要的是，美妝產品不比餐飲，若是過兩年祝修齊調任別處，她把東西一清，兜起技術換個地方也能繼續賣，甚至她還能搞搞品牌行銷，讓產品賣遍大衍……

想像到美好的未來，祝圓的心情終於好轉許多，無視頁面上的蒼勁墨字，她摩拳擦掌準備開始寫企劃書。

首先，要想一句驚才絕豔的廣告詞，祝圓摸了摸下巴，提筆開始寫：「愛你——」

對面的謝崢一個手抖，抄了大半頁的紙張登時毀了。

他震驚地望著紙上還未消失的字眼，還沒等他反應過來，下一行字接著出現。「從美好肌膚開始……」

謝崢皺眉。「……」

什麼玩意？

祝圓可不管對面怎麼被嚇，蘸了蘸墨，打算繼續往下寫，外頭突然傳來細碎的說話聲。她抬頭，只看到兩個身影在交談，隨口便問了句。「誰來啦？」

因她寫字常常會遇到狗蛋，為防萬一，她便不讓夏至進來伺候，夏至平日都會抱著針線坐在廊下縫縫補補。

外頭的聲音停了停，夏至陪著張靜姝身邊的紅袖進來，後者福了福身。「大姑娘安。」然後打量她一遍，笑道：「剛才您這邊動靜有點大，夫人跟姨娘擔心，特地讓奴婢過來看看呢。」

「啊？」是去找祝庭舟求救的時候嗎？祝圓乾笑。「誤會誤會，我剛才是遇到問題去請教哥哥呢，半點事都沒，妳趕緊去跟她們解釋一聲。」

「誒，您沒事便好，那奴婢先回去了。」

「去吧去吧！」

待人走遠了，祝圓低下頭打算繼續，突然腦中閃過一個想法——

等等！她有辦法了！

她剛才其實是有點破罐子破摔，狗蛋那些威脅的話讓她聽了有些生氣又害怕，一時不知該如何反應，如今冷靜下來，她才認真想狗蛋的威脅真實性有幾分。

雖然狗蛋口口聲聲說可能滅了她全家，可她與這廝聊了幾個月了，自認對他還是有點了解。

她覺得，字如其人，狗蛋的字，如鐵畫銀鉤、力透紙背、氣勢非凡，說明胸中有丘壑，腹內有韜略。數月以來，不管遇到什麼情況，不管她這邊怎麼胡攪蠻纏、胡說八道，這傢伙的筆跡也從不見凌亂潦草，可見性格沈穩。

這樣的性子，她並不覺得會是濫殺無辜、兇殘暴戾之人。

別的不說，他拿到水泥方子的第一時間，並沒有按她提議的去修房修路掙錢，而是拿去修築堤壩，甚至還冒著生命危險、冒著失敗的可能，親自前往潞州修堤壩……

有什麼東西一閃而過，祝圓還沒來得及抓住，便看見面前紙張再次浮現墨字。

「你不怕我？」

祝圓撇了撇嘴。威脅她還問她怕不怕？臭不要臉！

這狗蛋要麼是位高權重者，要麼就是在籌謀著什麼大事……換了她，她也要威逼利誘、挖地三尺把對面的人找出來，滅口或利益捆綁。

這種心態她理解歸理解，問題是，她是姑娘家啊！還是個只有十一歲的小丫頭，這才是最可怕的地方。

若她是男人，一切好說，利益捆綁方式多種多樣，錢、權、美人，哪個不香？

但換成姑娘家，那就是要命的事！在這種封建年代，她要是被狗蛋挖出來，隨便給她的親事插一腳，或是把她弄進誰的後院困住，她這輩子就毀了。

最重要的是，祝庭舟已經被翻出來了，她又想開創美妝事業……狗蛋說的對，這天長日久的，真的什麼秘密也藏不住，這性別一事早晚會洩漏。

不過，現在她想到辦法了，嘿嘿嘿。

暫且放下心來的祝圓沒搭理他，繼續構思自己的產品細節——

古代人講究含蓄，直接說「愛」，是不是太直白了？萬一被那些個酸儒說什麼有辱斯文，壞了她招牌，可怎麼辦？

不行不行，還是多寫幾個備用。

「美麗，你值得擁有……停下來，享受美麗……愛自己，從一盒XX開始、肌膚與你，越變越美……」

謝崢看得腦殼疼，扯了張紙，問：「你在做什麼？」

祝圓假裝沒看見，開始列品牌名——「玉蘭、嬌韻、薇姿、蘭芝、姬芮、倩碧、雅芳……」

將上輩子見過的品牌列了一遍，她摸著下巴開始考慮挑選，她覺得這些品牌名都挺好的。要文雅有文雅，要詩意有詩意，隨便一個拿出來都能用……只要再搭配幾句驚才絕豔的廣告詞，妥妥就是走出蕪山縣、衝向全大衍的爆款品牌～～

「不擔心祝家了？」

祝圓只是裝瞎，又不是真瞎，看到他這話登時咬牙切齒。

「大叔，你都要抄我老底、滅我全家了，我還有什麼可說的？」

謝崢瞬間意會。「你是祝家人？」

「廢話！你都扒到祝庭舟了，我還瞞得下去嗎？」

「是誰？」終於識趣了。謝崢如是想。

「唉……本來還以為能瞞得更久一些的，要是我的身分暴露，以後你肯定不願意搭理我了T_T」

謝崢腦子裡已經開始核對祝家上下那僅有的幾口人……

「實不相瞞，其實我是……」

謝崢屏息。

祝圓忍笑，顫巍巍提筆寫道：「祝家二房的姨娘，祝庭舟是我看著長大的。」

謝崢沈默。「……」

祝圓見他半天沒反應，登時樂得不行。

沒錯，她給自己定的身分，是姨娘，銀環姨娘。

本來她想假冒張靜姝的，可張靜姝日常要出去見客、也有不少書信往來，筆墨壓根瞞不住，即便回了京城，也有許多交際往來，太容易露餡了。

她跟狗蛋這種聯繫不知道會持續到何時，肯定得找一個保險一點的身分，剛才紅袖過來，讓她陡然想到了一個人——銀環姨娘。

身為姨娘，銀環很少見客，也不用書信，又是奴婢出身，剛起步練字也情有可原。再則，她跟她娘關係好，幫家裡處理生意很正常……

最重要的是，這樣一來也不用擔心被狗蛋耍手段弄進誰誰家後宅了。

簡直完美，瞧把對面的狗蛋震得半天都沒吭聲，想像著他可能會有的茫然、尷尬、無措……祝圓拍桌狂笑。

「姑娘？」門外的夏至聽見動靜，探頭進來詢問。

祝圓忙站直身體，輕咳一聲，極力平靜地擺擺手。「無事。看到一則笑話激動了點，妳忙吧，不用搭理我。」

夏至眨眨眼。「哦。」不放心地再看她兩眼，才退了出去。

祝圓捂著嘴笑了半天，終於忍不住提筆。「怎麼了？你是不是嫌棄我的身分低微？是不是不想跟我說話了？」

寫完她扔了毛筆再次捂嘴捧腹，眼淚都笑出來了——若不是還記著夏至在外頭，這屋頂鐵定都要被她的笑聲掀了。

對面的謝崢確實驚住了，他從未想過自己會跟一名後宅女子有聯繫，還是別人家的姨娘……

他忍不住打了個寒顫，疾疾後退兩步，視線一掃，瞅見手裡狼毫，他瞬間覺得灼手無比，「啪」地一下把筆扔了，抬腳便往外走。

「安福，備箭。」

他得去練練，他要冷靜一下。

他從來不認為自己是什麼好人，可……這感覺著實噁心，彷彿自己在與別人家的姨娘……私通。

狗蛋沒了聲息，祝圓心情大好，美滋滋地繼續折騰她的美妝方案。

「產品定位：中高端

目標人群：十六到五十六歲的有錢女性

產品類別：乳液、口紅、香水……都可以做」

祝圓停住，歪頭想了想，算了，剛起步，悠著點，先從口紅開始吧！

她翻開新頁，按照口紅的目標開始列執行方案，都是上輩子做慣做熟的事，不到半個時辰，簡單的草案便出來了，不等墨跡乾透，祝圓捏著紙張蹬蹬蹬跑去找她娘申請經費。

張靜姝看罷，遲疑。「這不就是唇脂嗎？咱家可沒人會做這個。」

祝圓拍著胸口保證。「您放心，我在京城翻過一些資料，記下好幾個古方呢。」

張靜姝登時眼露心疼，伸手摸了摸她腦袋。「難為妳了。」小小年紀，正是讀書習字的時候，竟然跑去記方子、學經營……

祝圓莫名其妙。只是幾個方子而已，有啥難的？

張靜姝嘆了口氣，轉移話題道：「按照妳這……」瞅了眼紙張最上方的名頭。「方案，妳需要五十兩銀子？」這可不是小數，上回得福食棧才不過拿了十五兩呢。

祝圓點頭。「嗯，其實別處花費不大，主要是原料跟包裝。」

最基本的底料蜜蠟都不便宜，更別說那些顏料還有包裝。

這年頭都是用唇脂，她想做成現代的那種條狀唇膏，一轉就能出來。形狀、功能不難，難在要統一樣式，要精緻好看。

五十兩不是小錢，已經夠全府上下吃用一個多月了，故而張靜姝有些猶豫。

祝圓最近經常跟著她一塊兒盤帳，自然明白她的顧慮。

她想了想，道：「娘若是不放心，可以先給一半，待我做出一個色號，您用一用，看看可不可用，覺得可以做再把剩下一半給我，如何？」只做一個色號，應該可以省一些。

只需二十五兩，也就是比上回多十兩。張靜姝略想了想，點頭了。

祝圓順利拿到一半專案款，立馬便去找家裡的木匠，讓他開始琢磨著做一些模具，完了便馬不停蹄出門採買材料。

忙起來，時間便一晃而過，距離兩人上回說話已經過去了好幾天。

恰好祝修齊今日休沐，祝圓前兩天太忙，抄書練字都是胡亂應付，祝修齊一檢查，登時橫眉倒豎，把她狠狠訓誡了一頓。

得，今天看來是別想出門了。

挨了罵的祝圓灰溜溜回到自己屋子，不情不願地抄起毛筆準備開始練字，剛鋪好紙呢，就看到熟悉的蒼勁墨字緩緩浮現。

祝圓眼睛一亮，立馬提筆蘸墨，開始調戲他。

「狗蛋～～」

對面停住了。

「狗蛋你好幾天沒出現了，是不是不想理我了？」

對面依舊毫無動靜。

「T_T我就知道……我就知道我的身分一暴露，你就不會再搭理我了。」

遠在京城的謝崢瞪著面前墨字，如鯁在喉。

「可憐我深閨寂寞，無人傾訴……連唯一的交心好友都嫌棄我出身卑微……嗚嗚嗚我死了算了……」

謝崢一噎。「……」

要不，還是找人滅了祝家吧。

謝崢沒有真的被佩奇的鬼話騙倒，這兩天他細想過一番，將所有線索連在一起，得出一個結論——佩奇，應當確實是個女子。

但絕對不是祝家的姨娘，因為祝庭舟再沒分寸，也不會將一名姨娘的手稿拿在手上。

這幾天他藉著出宮的機會，讓安福悄悄去打聽祝家二房的情況。

祝家二房人口算得上簡單，當家的祝修齊、夫人張氏、妾侍鄭氏，嫡子祝庭舟、祝庭方，嫡女祝圓、庶女祝盈。

區區幾口人，女的不過四個，再扣掉那不過七、八歲還不知事的庶女，只剩下三個：張氏、姨娘鄭氏、嫡女祝圓。

張氏的手稿他已經拿到了一份，字跡端莊秀美，與佩奇那是一個天一個地，可以直接排除。至於姨娘鄭氏……哼，刻意騷話連篇，便能充姨娘了嗎？

謝崢的手指直接略過鄭氏名字，落在「祝圓」上。

他記得這位小姑娘，他們在蘆州見過一面，想到那小姑娘大剌剌癱在椅子上的姿態，謝崢的眉峰下意識皺了起來。

沒規矩、太跳脫，還人前人後兩副面孔——恰恰就與佩奇瘋瘋癲癲的性子相吻合。

謝崢凝神，指節輕扣桌面。

祝家這位小丫頭……是不是佩奇？

「都怪你，我爹看到了我在寫罵人的話，罰我抄十遍《禮記》，看你給我惹了多少禍……」

佩奇曾經說過的話不期然躍上心頭，謝崢目光一凝，忙將資料翻到祝圓那頁，上面僅有寥寥幾句，寫道——蕪山縣縣令祝修齊之女，嫡出，明昭二十八年生，體弱多病。

謝崢擰眉思索。承嘉九年，今年也不過十一歲。字形拙劣恍如初學，會被爹爹罰抄書，哥哥祝庭舟考童生試且中了秀才……

倘若兄妹感情極佳，妹妹跟著哥哥一塊兒寫經論，他看到的經解文章及祝庭舟手裡的筆墨，便都有了解釋。

只是若那祝家丫頭便是佩奇……這個年紀，會有這般見地嗎？他身為皇子，受到的教育指點，放眼天下無人可及，可這丫頭只是一般官家……

對面的祝圓完全不知道自己早就被親哥賣了，也完全忘記了自己曾經寫過的話，她見狗蛋不說話，玩得更嗨了。

「也罷，我與你就好比那雲泥之別，你高高在上為國為民，我身居閨中，任人磋磨——」

謝崢回神，冷笑了聲，順著她的話接了句。「祝家主母待妳不好？」

祝圓一滯。不對，可不能害了自家娘親的風評。她連忙補救。「主母待我自然是極好的。」

「那妳緣何抱怨？」

祝圓啞口，想了想，她道：「我與你相識多月，你突然對我如此冷淡，我以為你嫌我出身低微……嗚嗚嗚，我身為婦道人家，又只是一名姨娘，難得能找到知心人聊聊天，狗蛋，你千萬不要厭了我～～嗚嗚嗚～～」

謝崢回憶起那一面之緣的葡萄眼女娃娃，再看面前這些亂七八糟的話，嘴角抽了抽——他為何要在此浪費時間？

不管這丫頭如何通透聰慧，終歸只能困於後宅……日後有的是辦法整治，實在無須太過在意。

他這般想著，順手便將筆擱下。

對面的佩奇話鋒一轉。「雖說男女授受不親，可你都一把年紀了，應該不會在意這些細節吧？別的不說，你還從我這裡拿了水泥方子去邀功呢！用完就扔，可不是什麼君子之道哦～～」

謝崢靜默。「……」

他扶額。被這傢伙帶跑了，差點把這茬給忘了。

他向來賞罰分明，不會因為對面是名小丫頭就將此事置之不理，水泥方子、活字印刷都算是經她的手傳到他這裡，這份功勞該給還是得給。

唔……將來替她找個遠離官場的好人家，安安穩穩過一輩子吧。

再想到那因水泥而倖免於難的千萬百姓……謝崢微嘆了口氣，行吧，也多多照拂她的父兄吧。

他提筆。「知道了。」

祝圓還在碎唸呢，突然就看到這冷冰冰的三個字，呆了呆，下意識問：「你知道啥？」

謝崢卻已經擱了筆離開。

祝圓半天沒等到消息，撓了撓腦袋，嘟囔了句。「神神叨叨的……」

不見便算了，她還能清靜抄書呢。

話說，這傢伙是不是已經信了自己是姨娘的謊言？總覺得不會那麼容易上當……這般安靜，別不是在搞事吧？

算了，不管他了，還是專心搞她的護膚品吧！

祝圓將紙張揭起來——

「老爺。」

祝圓一驚，飛快將紙張揉成團，咻地一下扔盆裡。

「圓圓。」

「誒！」祝圓忙起身行了個福禮。「爹，您怎麼來了？」

來人正是祝修齊，他走進來，先掃視桌上紙張，看見上頭的墨字，點頭。「今天這字才像樣些。」

祝圓吐了吐舌頭，是她前兩天太敷衍了。

祝修齊又看了幾眼，皺了皺眉，將紙張揭起，拿到面前仔細端倪。

祝圓心裡一跳。啥、啥情況？難道她跟狗蛋聊天的內容——

「妳這字……」祝修齊終於抬起頭，問她。「妳學哪個字帖的？」

「啊？」祝圓茫然。「就、就您給的那個啊。」

「我給妳的是簪花小楷，柔美清麗，最適合閨閣女子習字。」祝修齊皺眉。「而妳的字……」

字還是那些字，只是沒有了前幾月的歪歪扭扭和粗細不一，還端正了許多。

祝圓撓頭。「練得不好嗎？那我繼續練便是了……」

「不是這個問題。」祝修齊搖頭，將紙張放置桌面。「妳看看妳這字，不光沒有半分柔美，還越發渾厚勁挺……妳是不是去學妳哥的字了？」

祝圓無言。「……」

她知道怎麼回事了！是因為她整天看著狗蛋的字寫字……狗蛋這廝害人不淺啊！

面對祝修齊疑問的眼神，祝圓連忙搖頭。「沒有，我看哥哥的字帖還不如看縣志多呢。」

祝修齊恍然。「縣志，我竟然忘了縣志！」縣志都是一代一代積累下來的，字體多種多樣也良莠不齊，祝圓抄了幾個月，受到影響是一定的。他搖了搖頭。「罷了罷了，妳別抄縣志了，回頭我給妳找幾本好看的帖子再說。」

祝圓遲疑。「其實也沒關係吧？也沒人規定姑娘家的字便得清秀柔美，這渾厚一點、大氣磅礡一點，不也挺好的嗎？」最主要的是，她幾乎每天都要看狗蛋的字，估計很難掰回來。

再說，狗蛋的字確實好看，學了也不虧。

祝修齊一愣，繼而失笑。「是我執拗了……」摸摸祝圓腦袋。「既然妳喜歡，那就接著練吧。」

「嗯嗯。」

祝修齊捋了捋短鬚，道：「還記不記得幾月前妳建議做的旌善亭和申明亭？」

名頭雖然不一樣，意思卻是差不多的。祝圓自然記得。

「這幾月已見成效，捐款捐物的鄉紳富商多了，連那作奸犯科之事都少了許多，縣衙上下都輕鬆了不少。」

怪不得休沐都不用加班了。祝圓高興。「好事啊！」

「這事妳居功至上……爹打算給妳一個獎勵，想要什麼？」

祝圓忙擺手。「我就隨口說兩句，哪來的功勞？」她爹為了把這蕪山縣治理好，天天起早摸黑的，也沒處說功勞啊～～

祝修齊詫異。「真不要？」想了想。「妳不是喜歡看書嗎？可以自己去書齋裡挑幾本。」

祝圓遲疑了下，搖頭。「不要了，縣志還沒看完呢。」這時代的書籍金貴得很，她練字已經夠費紙張了，買書什麼的還是算了，等家裡寬裕了再說。「獎勵就不用了，您是我爹，難不成還能虧了我嗎？」

祝修齊一想也是，遂不再提。

祝圓眼珠子一轉，拍拍胸口。「日後有什麼問題，都可以來找我，我給您想法子！」她站在巨人肩膀上，說不定真的能幫她爹解決一些問題。她爹仕途順利，她也得益。

祝修齊樂了。「瞧把妳能的。」

祝圓不樂意了。「娘現在有什麼事都找我商量呢。」當然，誇張說法而已。現在她和祝盈每天都要跟張靜姝學管家，平日有什麼特別的事情自然也一併問問她們的意見。

祝修齊微詫，想到妻子跟他提過的食棧，捋了捋長鬚，道：「我倒是聽說妳那得福食棧的獎懲制度不錯，回頭妳列一下給我，我拿來參詳參詳。」

「沒問題！」

送走祝修齊，祝圓鬆了口氣，忙將門掩上，小跑過去盆邊將寫過的紙團燒了。

完了便鋪紙磨墨，開始撰寫獎懲制度。

上輩子她待的美妝公司是上市公司，獎懲制度已經非常完善，她根據現在的縣衙編制、職責將其修改一二，便能套用。

但她沒打算只寫縣衙獎懲制度，畢竟她做事喜歡考慮多一些，她想做一套跟百姓民生相關的鼓勵制度。
她來到這個世界已經快滿一年了，前面幾個月一直病懨懨的，後來能走能跳了，她才慢慢開始接觸這個世界的一切。
生活不好過，奴僕自不必說，普通百姓的日子也一樣，階層的固化她無法改變；但窮，可以改變。
授人以魚不如授人以漁，她別的不會，將上輩子學到的脫貧致富、創新改革鼓勵措施搬過來，還是可以的。
畢竟是陌生的領域，她翻著記憶慢慢寫，每一條都是言簡意賅幾個字，寫完一條便要停下想半天……

第九章

找安福吩咐了些事情，謝崢再次轉回書房，便在自己的書上看到祝圓寫的一些零零碎碎的詞句，他登時眉心皺起，忍不住凝神細看。

農桑減稅、畜牧減稅、專業補貼，扶持地方產業、特色農產品……看了半天，全是花錢的政策。

知道了這丫頭的身分後，他原是打算與其減少接觸，若書寫暴露隱私無法避免，他還是能找到辦法改善，比如，讓人代筆。只是，前腳剛下定決心，後腳就看到她在瞎扯些空洞無用之舉，再想到那些膈應他好幾天的騷話，謝崢忍了又忍，終是忍不住提筆諷刺道：「不切實際，白日作夢。」

祝圓愣了愣，繼而翻了個白眼。「哪裡不切實際？」

「錢從何來？」

祝圓理所當然回道：「稅收啊！」

「農桑畜牧皆減稅，哪來的錢？」

「要點臉行嗎？要不是有農人種糧養畜，大家都餓死了，大衍朝這麼大，一直剝削他們，好意思嗎？」

謝崢額角跳了跳。「我自有莊子下人，無須靠他們吃飯。」

「哦，那我換個說法。田地稅收不值多少錢，全大衍的田地稅收說不定還不夠皇帝老兒吃一年的，適時略微減免，老百姓的日子也可以不這麼苦……」

「妳安知不夠？」

「我管他夠不夠，我就打個比方！」祝圓不耐煩了。她正在做正事呢，這傢伙能不能別來多話。「再說，我這東西又不是寫給你看的，你管好你那些水利、工匠就好，沒事別打擾姊姊我幹活。」

謝崢嗆住。「……」

小丫頭不光膽兒肥，脾氣還挺大的。

謝崢是什麼人？那可是數年後令人聞風喪膽的冷酷王爺。就算他現在還未達到當年的勢力，身為皇子，除了他父皇母妃，哪個敢給他沒臉？

如今被當頭訓斥不說，還被嫌棄，謝崢心情非常複雜，只能安慰自己，別跟個小丫頭計較。

可對面的小丫頭還不甘休。「不是我說，這些本來是你們應該考慮的東西，現在我一婦道人家在這裡憂國憂民，你還在旁邊說風涼話，呵呵。」

譏諷之態躍然紙面，尤其是最後兩字。

謝崢額角跳了跳。「田稅乃國之根本，動一髮而牽全身，豈能輕易改變。」小丫頭真是膽兒肥，還真敢對朝廷政令指指點點……

「拿田稅當國之根本，那這個根本是不是太脆弱了點？變個天指不定就災荒，收不上稅，一個不好就是改朝——」祝圓猛然想起對面之人還是個未知身分的官兒，急急剎車。

沒漏看一個字的謝崢已然冷了臉。「胡言亂語，是誰教妳這些歪理？」若是其父祝修齊教導，那這縣令的才能也不過爾爾。

祝圓譏諷道：「你沒學歷史嗎？歷史告訴我的呀！」哪次朝代更迭不是天災人禍影響，其中天災占主因的，少說有三成以上。

別說她以前學的歷史，這陌生世界裡的歷史也相差無幾。

謝崢額角跳了跳。「自古以來，田糧便是國之根本——」

「看，你自己也知道田糧是國之根本，不是田稅。老百姓辛苦一年還得交重稅，都快活不下去了，第二年誰還給朝廷種？這稅賦不減——」

說得輕巧。謝崢氣笑了。「田稅減少，官員的俸祿從何而來？兵將俸祿從何而來？朝廷如何運行？沒有了朝廷，百姓如何安穩？」

「田稅不夠從別的地方收啊，士農工商，怎麼只針對農人折騰呢？」祝圓忿忿。「再不濟，攤丁入畝啊，那些富紳地主白白占這麼多地，不用交稅的嗎？」

謝崢正欲反駁，緩慢消失的某詞陡然映入眼簾，他皺了皺眉，問道：「攤丁入畝何解？」

……哦豁，不小心把雍正大佬的政策給拉出來了。祝圓撓了撓頭。這裡是大衍，應該不會有雍正大佬的身影，那拿出來也沒啥吧？

不管了，萬一這狗蛋真能搞成，也算是造福百姓了。這麼一想，祝圓便毫無顧忌，揮毫潑墨，將這攤丁入畝的具體措施及可能帶來的後果一一列明。

謝崢咋舌。「……」這也是祝修齊教的？這、這……

「你看，這政策是把權貴地主往死裡得罪，你能做嗎？皇帝都不一定做得了……誒不對，」祝圓醒過神來。「那我怎麼減稅？白忙活一場了！」

謝崢無語。「……」

「唏噓……看來只能先搞點小錢錢鼓勵一下商業和發明，等有足夠的稅收再扶助農業吧。」

謝崢靜默。「……」

這丫頭怕不是缺心眼，話又說回來，這真的是十一歲小丫頭能想出來的東西嗎？再回憶一遍佩奇適才書寫的內容，謝崢開始懷疑自己的推斷。

祝圓可沒再搭理他，奮筆疾書，半個下午便寫好一疊獎懲制度和縣城發展計劃，然後興沖沖拿去給祝修齊過目。

獎懲制度便罷了，祝修齊早就有所耳聞，後面的縣城發展計劃真的讓他大吃一驚。

祝圓自然是各種忽悠，什麼老宅看的書啊，什麼在京城聽到客人們的談論啊，也不知道祝修齊是什麼想法，好歹是混過去了。

接下來能不能做、如何做，就不是她操心的範疇，她要繼續折騰自己的美妝事業了。

府裡的木匠已經製作出口紅管和模具，也不知道這些匠人怎麼做的，打磨後的木管木模光滑清亮，在現代就是高貴典雅的簡約派。

祝圓確認沒有錯之後，交給他一張logo設計稿，讓其照著雕刻到管子底部——這設計稿還是擅畫的張靜姝親自操刀繪製的。

祝圓跟張靜姝兩人商量過後，最終選定了「玉蘭」當品牌名，至於廣告詞……兩位長輩都覺得祝圓原來寫的那些太露骨，全給否決了，她還得再想想。

一切準備就緒，接下來便是製作口紅了。

材料已經備妥，杏仁油、蜂蠟、紅花，祝圓領著幾名丫鬟開始忙碌，搗紅花取汁熬色，隔水燒融蜂蠟，加入杏仁油與紅花汁，攪拌後注入刷了油的模具裡，待口紅冷凝後再小心套入口紅管，這簡易版的口紅便做好了。

張靜姝剛開始還覺太過粗糙，待祝圓拔開木蓋，旋出豔紅的唇膏，她便開始驚奇了。紅袖拿來銅鏡，張靜姝接過女兒遞來的口紅，在幾人好奇的目光下，對著銅鏡，小心翼翼地往唇上抹。

許是女人對美妝產品的天賦，張靜姝三兩下便給自己補了個唇妝。

銀環盯著她上妝，完了忙問：「怎樣？感覺如何？」

張靜姝抿了抿唇，對著銅鏡看了看，轉過頭，笑道：「挺潤澤的，顏色也不錯。」

銀環盯著她的唇，連連點頭。「好看好看，看著就溫溫柔柔的。」

張靜姝努努嘴，示意她。「妳也試試。」

「誒。」

祝圓麻溜地遞上一管口紅，解釋道：「因為是同一批做的，色號都一樣，這個色我特地調過，偏豆沙色，基本不挑膚色，誰用都不會出錯。」

銀環也上好妝了，完了愛不釋手地把玩口紅。「這樣真的輕巧方便，也不需要帶那許多工具。」

祝圓笑咪咪。「回頭我再讓人做點小銅鏡，買口紅送小銅鏡，走哪兒都能上妝，不管何時都是漂漂亮亮的。」

張靜姝點頭。「不錯。」舉起口紅管子仔細端詳，然後問：「妳這一管打算賣多少錢？店鋪要開在哪兒？妳那方案裡是不是漏了這一項？」

祝圓撓頭。「我還沒想好。」

張靜姝瞪眼。「……」

祝圓一看她神情，立馬乾笑。「我知道了，我這就去好好計劃一下。」完了立馬溜走。

張靜姝無言。「……」

祝圓這邊忙忙碌碌，謝崢也沒閒著。

他在思考攤丁入畝與現行人丁稅的差別，越想越覺得可行，但仍有些許疑問。

只是彼時，祝圓已經忙得腳打後腦勺，壓根懶得理他，他接連守了幾天，都只能得到對面「嗯嗯、哦哦、回頭聊」等敷衍話語，憋得滿心鬱鬱。

也不知是鬱悶自己兩世為人，竟然還要找一名小丫頭求教，還是鬱悶小丫頭竟然絲毫不把他放在眼裡，愛搭理不搭理的……

憋著一股氣，他索性直接去找承嘉帝，兩父子閉門聊了一上午，再出來時，他身上便多了個九品的戶部檢校之職。

雖然職銜低微，戶部之人依然如臨大敵，謝崢也如他們所想，到職第一天，便索要舊年稅冊，有幾名年輕些的當場便出了身冷汗。

眼見戶部尚書要站出來說話，謝崢掃了他一眼，淡淡道：「我只是做點功課，給我承嘉元年的稅冊便可，無須近年的。」

言外之意，不是為了查他們的底子。都是老油條，這話一出，所有人都鬆了口氣。

雖然不知道這位皇子在做什麼功課，只要不是來查他們的，戶部尚書自然大開方便之門，還體貼地給他配了一名擅算學的未入品副使，協助他核算帳本。

如是，謝崢便開始書鋪、城郊、戶部三地跑，兩人各自忙碌，相遇機會自然大幅減少。

日子如流水般過去，祝圓的口紅鋪子還沒準備好呢，秦和的第一批水泥出爐了。

京城上下還未反應過來呢，這大衍朝第一條水泥路便已開始動工。

據聞，此水泥路是要打通京城與章口鎮，而且這只是第一段，未來會往蘇杭方向一路鋪過去，但詭異的是，這水泥路不是直接在原有的土路上鋪設，而是沿著土路方向，在其邊上新開一條。

兩道並行，讓人覺得莫名其妙，而且這水泥造路的方式也罕見，先用那巨大的滾石碾平道路，再把那水泥粉末混進砂石、水，攪和攪和，鋪到地面刮平，過上一、兩日，那原本濕漉漉軟乎乎的地面便變得堅硬如石，聽說潞州防洪的堤壩也是用此物打造。

不過幾天工夫，城外便多了一條長長的水泥大道，灰白整潔，走在上頭還不會塵土飛揚，走起路來噠噠噠地響，與平日所走的土路那是一個天一個地。

如此神奇，自然招來許多人探看打量，連承嘉帝也忍不住跑出來，騎著馬在上面跑了一段，回來便直說暢快。

這連番動靜下來，所有人都覺得秦家這是要起來了，再想到那水泥方子是由三皇子謝崢倒騰出來的，看向他的目光便複雜了幾分。

各家有待嫁閨女的，都開始蠢蠢欲動，只不過還未等大夥有所動作，京城往章口方向路段徹底竣工當下，秦家又在道路兩旁種上荊棘、入口處設置崗亭，完了崗亭還掛上一塊大大的木牌，上書紅色的「收費站」三字，底下還附了個表格，詳細列明各種馬車、載重的收費標準。

眾人譁然，行人大道要收費？這跟攔路打劫有什麼兩樣？

好了，所有人看秦家、看謝崢的眼光頓時又變了，尤其是對謝崢——秦家與他休戚相關，水泥方子又是他搗弄出來的，這攔路打劫的措施，肯定跟他有關。

三皇子這吃相，哪裡是什麼帝王之相，分明是土匪進了鳳凰窩！

那些個有待嫁閨女的人家頓時縮了，罷了罷了，還是再看看吧。

謝崢可不知道京城裡的人家如何看待自己，水泥路的修成讓他愉悅萬分，這日恰好又遇到佩奇上線，想到這水泥方子有她一份功勞，他順手便報了個喜。

「水泥路已修好一段，準備開始掛牌收費，回頭分妳半成利。」

遠在蕪山縣的祝圓眨眨眼，欣然接受。「算你有良心。」至於怎麼給她這個「姨娘」，就不需要她操心了。這廝要是有誠意，自然能想到辦法。

謝崢挑了挑眉，戲謔地問了句。「妳較具巧思，可有想到什麼精妙絕倫的廣告詞適合用在這收費亭的？」他還記得自己被這丫頭的廣告詞驚過一回呢。

祝圓眼珠子一轉，問道：「兩旁栽荊棘了嗎？」這是他們早先討論過的。

「已栽。」

祝圓嘿嘿笑。「此路是我開，此樹是我栽，要從此路過，留下買路財。」

謝崢瞪眼。「……」

他是瘋了才找這丫頭想廣告詞。

其實，秦家修建的這段水泥路並不是人人收費，不，正確來說，人並不收費。這段路只針對馬車、貨物收費，根據不同的規格有不同的收費標準。

比如一騎車，即是一匹畜牲拉的馬車，不管是滿載貨物還是坐人，甚至是空車，過路都得給錢，也不貴，全程只收十文錢。若是兩騎拉車，則收十五文，三騎二十文，以此類推。即使不拉車，只騎著畜牲走，也得收八文，只有普通行人不收費。

這收費牌一掛，所有人都等著看秦家和謝崢的笑話。

別的不說，挨著這水泥路旁邊的就是一條寬敞的土路——誰會放著好好的免費路不走，非要花錢去走大路呢？難不成就圖那路乾淨整潔嗎？過個十天半月的，不還是塵土滿地，當誰稀罕呢！

許是大家都在觀望，這水泥路掛牌後，一整天都無人經過，連那無須收費的行人也只敢在土路那邊張望。

承建水泥路的秦和也不著急，優哉遊哉地與各大商鋪店主吃飯喝茶。

又過了兩天，大夥看到他騎馬出城，有人便忍不住攔住他，先隨口問一句上哪兒去，打算寒暄兩句再進入正題。

卻聽秦和笑咪咪答道：「去章口吃飯呢，約了平安貨行的掌櫃吃午飯。」完了他看看天色便揮手道別。「我得趕緊了，不然就遲到了，回頭聊啊！」

平安貨行是章口的大貨行，京城的好些鋪子都要找他們家拿貨來著，問話之人對此也略知一二。

但是，這會兒都辰時末了，去章口，再快也要兩、三個時辰，如何趕得上過去吃午飯？問話之人一臉懵，扭頭問旁邊人。「那位爺是不是說錯了？」

大夥都豎著耳朵呢，自然沒錯聽，所有人面面相覷，都覺得秦和是在吹牛，想給他家水泥路造勢。可若是撒謊，這種事壓根禁不住較真，秦和沒必要撒這種謊。

再者，新落成的水泥路就在眼前，幾個銅板而已，天子腳下最不缺有錢人，這秦和說得有模有樣的，便有那富貴閒人呼朋引伴，或是騎馬，或是驅車，熱熱鬧鬧地湧出京城，踏上前往章口的水泥路。

城裡人紛紛翹首以盼，等著這些人第二天或過幾日回來抱怨。

誰知當天傍晚，這些去湊熱鬧的人便紛紛回京，還帶回許多章口的東西，比如章口特有的燻鴨。

不到一天工夫，京城上下都知道，京城到章口來回一趟，因為有了水泥路，時間足足減少了一半！

眾人譁然！這一半是什麼概念？是章口剛宰殺的禽肉，當天便能運到京城售賣；是章口的特色糕點，能帶著餘溫送進京城貴人家……

也無須旁人多說，沒過幾天，那段水泥路的來往人車便熱絡了起來。

這裡可是京城，章口又是京城貨物的重要來源之一，聚集著來自南方的幾乎所有貨源貨商，比如蘇府的絲綢刺繡、杭府的茶葉等。

如今兩地有了更平穩更迅速的路段，那來去的車馬如何會少？

拉貨的車、貴人走親訪友的車，每天來來去去，絡繹不絕，一車十文、一車十五文……每到傍晚，便有一隊護衛駕車抵達收費站，將幾大麻袋的銅板收走，甚至連收費站也增設了護衛，從早到晚，直至宵禁。

肉眼可見的銀錢滾落秦家口袋，是個人都眼紅，大夥看向謝崢、秦和的目光便又再次複雜起來。

秦家的來客近日多了許多，這日，國子監祭酒夫人過來找秦老夫人喝茶聊天。

國子監祭酒夫人夫家姓崔，與秦老夫人是手帕交，多年聯繫未斷，她這回過來也不算突兀，秦老夫人也沒多想，照例與她吃吃喝喝閒聊，順嘴還抱怨了句。「虧得妳讓人送帖子說要過來，不然我今兒還得去陪客呢。」

崔老夫人詫異。「妳都當奶奶的人了，怎麼還讓妳去陪客？」

「最近三殿下不是折騰了那什麼水泥出來，又交給我那小兒子去倒騰嗎？鬧得動靜大了，便有許多人來問，擾得我好些天沒得清靜了。」

崔老夫人若有所思。「都問些什麼？想要插一腳水泥生意？」

「差不多。」畢竟是男人們的事，秦老夫人也沒多說，只是攤手道：「我們自己家都沒整明白呢，妳說那些人來問能問出啥情況？」

崔老夫人笑了。「你們自己也沒整明白？」

「那當然，這水泥可是新鮮玩意，都摸著石頭過河呢。」

「我看秦和那小子淡定得很，不像啊。」

秦老夫人沒好氣。「裝的，每天回來都跟他爹他哥商議到半夜呢。」

崔老夫人被逗得不行。「那還裝得挺像的。」

「是吧。」秦老夫人嘆氣。「所以，這麼多人來問，我們也是難辦。」

崔老夫人笑咪咪。「那我問點別的。」

「嗯？」

崔老夫人壓低聲音。「我是想問問妳那外孫，找著人家了沒有？」

秦老夫人愣了愣，繼而詫異。「妳怎麼也來問這個問題？」

崔老夫人也愣住。「有別人問了？」

「好幾家來問了。不過我說，我記得妳家小孫女還不到五歲呢，怎麼也跑來湊這個熱鬧？」

崔老夫人無奈。「這不是受人所託嘛。」

這一來，秦老夫人反倒好奇上了。「誰家姑娘啊？這麼大費周章地找到妳頭上。」

「是我那不爭氣的娘家姪兒，他閨女今年十三了。」

秦老夫人回憶了下她娘家姪兒的情況，登時皺眉。「皇家再怎麼不講究，也不會……」

「沒應沒應。」崔老夫人連連擺手。「我這不是面子情過不去，厚著臉皮過來說一聲嘛，反正我話傳到了，別的我可不管了。」

秦老夫人笑罵了句。「妳這是把鍋扔我頭上呢。」

「反正我那姪兒也找不著妳。」崔老夫人笑了笑，完了壓低聲音。「那位殿下果真要開始相看了？不才十四歲嗎？」

秦老夫人不以為意。「都是外頭的人一頭熱，三殿下是個有主意的人，他娘又……說不定折騰兩年都定不下來呢。」

崔老夫人自然知道些許內情，忍不住問了句。「難不成還攔著不給娶親？」

「那倒不至於，不過我猜，大概會壓一壓女方的家勢吧。」秦老夫人忍不住又嘆氣了。

「妳說這都什麼事，也不知道信了哪個小人的讒言，竟然覺得兒子剋了——」

「噓！」崔老夫人忙噓了聲，低斥道：「這些話可不能亂說。」

秦老夫人擺擺手。「不說了不說了。」頓了頓，她微笑。「不過我們還真找著幾家挺不錯的。」

「喲，那不錯啊。」崔老夫人非常識趣，絲毫不問有哪些人家，只笑著接道：「那我就等著喝喜酒了？」

「去去去，還早著呢。」

謝崢最近忙得腳打後腦勺。

鍛鍊、習字、做功課、書鋪的籌劃、紙張的研發、舊年稅收的情況……若不是許多文章都熟讀在心，做起功課得心應手，他怕是連休息時間都得減少。

別的還在折騰，舊年的丁稅、各種與田地相關的雜稅等便先整理了出來——畢竟他不是要查帳，他只是要個總數。

拿到資料後，他便找人開始核算，經過這幾個月的經營，他已經多了許多人手，要做些什麼都便宜，尤其是算帳，他現在又要弄書鋪又要倒騰造紙，每天都要花錢，不找幾個管帳的怎麼行。

專業的事專業的人做，謝崢把資料扔給擅算學的人，讓他們按照他給的方向算出個結果，完了揣上結果便去御書房找承嘉帝。

大衍，甚至大衍之前的朝代賦稅制度都是沿用人丁稅，而攤丁入畝，就是換了個計算方式，改收土地稅。

目前實施的人丁稅，對普通老百姓而言負擔極重，若都是青壯年小家庭，再有幾畝地，那生活自然美滋滋，可哪家沒有老人小孩？若是孩子多又還無法勞動，或是老人體弱多病……這丁稅一收，便能脫層皮。

若是按照土地收稅，對於老人、孩子多的人家，負擔便能減輕，甚至能鼓勵老百姓多生孩子。人多了，什麼事幹不好？承嘉帝自然能看出這道理，若是真能推行新稅制，仁義愛民的讚頌必定少不了。

當皇帝的誰不想名留千古？有更好的方案他自然也能接受，只是他憂慮的是稅收情況。

謝崢知道這一點，胸有成竹地將全大衍的田地數據擺上來。「這是各州府登記在冊的田地數量，以及我讓人核算的，按照田畝收稅能得到的每年稅收情況。」

承嘉帝一看，驚了。「如此之多？」

謝崢點頭，指向紙張上某列數字。「官紳貴族的田地，占了各州府的一半以上，若是全部收稅，總額算下來，與人丁稅也差不離了。」

其實會更多一些，畢竟官紳貴族有的是下人，開荒拓田是小意思，還都不需要經過買賣，也就不需要經過官府。這樣一來，官方統計出來的田地筆數自然會偏少。

承嘉帝自然也想到這一茬，謝崢再次加把火。「而且，於官紳貴族而言，繳交田稅頂多就是肉痛幾天，影響不大，然而對老百姓來說，每一分錢都是能不能吃飽穿暖的問題。」

這樣一比，自然知道孰優孰劣。

承嘉帝嘆了口氣。「朕知道。」問題是牽扯太大。這稅改若是執行，動到的可是貴族富紳的錢袋子，會遇到的阻力可想而知。

「父皇，這是利國利民的——」

承嘉帝擺擺手。「朕知道，這事朕需要再考慮考慮，你別再摻和進來。」

謝崢一怔，繼而一喜，點頭。「是。」這稅改若是執行，不知會招來多少怨言，父皇讓他別摻和，自然是為了保他，也說明父皇確實心動了，只是茲事體大，他需要做好準備。

事已至此，接下來便與謝崢無關，見承嘉帝猶自皺眉看著那些數字，謝崢行了個禮，安靜地退了出去。

回到皇子院落，安福迎上來。

「主子，東西到了。」自從去了潞州，安福幾人私底下都習慣了喊他主子。

謝崢張開雙手，隨口問了句。「什麼東西？」

安福輕手輕腳幫他解下外袍，道：「活字模子。」

謝崢雙目一凜。「在哪？」

「擱在書房呢，就等您回來看看了。」

「好！」謝崢立馬轉身，大步前往書房。

寬敞的書房裡，寬大的字模台子安靜地立在牆根下，三千塊大小均等的字模按照部首整齊地鋪在台子上，看起來頗有幾分氣勢。

謝崢翻出一塊端詳。模子是匠人特製的陶土，表面磨砂狀，著墨方便；字體是特地找人描寫的，橫平豎直，中規中矩。旁邊還備了幾個小木框，均是書頁大小，將需要的字模排進去，印刷出來便是一頁工整字體。

謝崢點頭。「備紙墨。」他要來親自拓印一版。

挑字、排序、刷墨、拓印，一頁墨字很快便擺在面前。

他揭起紙張，掃了眼毫無特色的印刷字，再看看上頭猶自不停浮現的縣志內容⋯⋯

謝崢勾唇。很好，對面的小丫頭看不見這些內容。

謝崢在自己書房搞了套活字模，旁人不知道，承嘉帝必然是知道的，倒不是哪個探子下人洩了密，只是因為他同時送了套活字模給承嘉帝。

承嘉帝龍心大悅，直接將其擺在御書房，還拉著他拓印了幾版，這樣一來，全後宮的人便都知道這件事了。

好在謝崢天生冷臉，大部分人都沒敢過來湊熱鬧，除了大皇子、二皇子，和他的親弟弟謝峍。

大皇子、二皇子自不必說，正是要臉的年紀，一個個端得跟什麼一樣，藉故跑過來也只是看兩眼，感嘆兩聲，然後在謝崢的面無表情中悻悻然離開。

倒是謝峍，本就頑皮得很，謝崢最近帶他出宮晃了兩回，更是順杆子往上爬，聽說了活字印刷的消息便興沖沖跑過來，巴巴地跟他說想各印一本書給父皇和母妃。

那就是兩本書了！可要是讓這小胖墩賴在這兒印上一本書，他這兩天就啥也不用幹了。

謝崢板起臉欲要把人轟走，謝峍索性抱住他大腿鬼哭狼嚎。謝崢被鬧得沒轍，只得答應他過幾日休沐再帶他出宮去玩玩。

謝峍一聽，立馬抹掉眼淚鼻涕，高高興興道：「就這麼說定了啊！」

謝崢無語。「……」

安福忍笑，急忙拉過小胖墩。「六殿下，昨日奴才在宮外買了些果子，去給你洗一些吧？」

「什麼果子？」謝峍瞬間被勾走。「甜不甜？」

安福還未說話呢，謝崢便皺眉。「別給他吃太多，都胖成什麼樣了。」

小胖墩登時炸毛。「我哪兒胖了？母妃說我這樣是福相！」

謝崢自然不會與他吵鬧，拍拍他腦袋，轉身回到座位上，接著看書。

謝峍欲要衝過去，安福忙攔住他，忍笑哄著他往外走。「殿下這般便很好，只是這會兒天涼，果子吃太多了胃涼，咱就吃幾顆就好，再吃點別的糕點，如何？」

謝峍這才甘休。「行吧。」

安福離開，安瑞便沒再挪窩，安安靜靜地站在門口守著。

屋裡的謝崢捧了本書，彷彿在認真閱讀，其實腦子裡已經開始盤算著各種事情。

屋裡有一套活字模，不光可用來傳遞消息，謹防被旁人窺探，還能避免讓那位祝家小丫頭看見。

不管如何，這小丫頭對他助益良多，她知道得越少，對她越好。

蕪山縣，祝圓的新店「玉蘭妝」開業了。

玉蘭妝走的是高端路線，鋪子自然不能隨意，祝圓直接大手筆地在最好的街道租了間鋪子，所有粉刷、裝潢都是她親自設計監工，光是牆面便刷了好幾遍石灰，直刷得牆面白淨細膩又光滑才甘休。

屋裡沒有繁複的雕花和華麗的櫃子，窗明几淨，陳設簡單大方，櫃檯是仿照現代美妝專櫃做的展示架，鋪上一層暗色絲絨布，包裝精美的產品往上一擺，瞬間格調就上來了。

開業當日請了舞獅隊熱鬧熱鬧，張靜姝更是早早邀請了縣裡諸多夫人們，到店就送一份伴手禮，裡頭包含一支精巧的潤唇膏、一支護手霜，雖然看起來小巧，但精巧的小盒子一點也不便宜。

夫人們得了禮，自然不好空手而歸，索性便在店裡逛逛，鋪子裡訓練有素的丫鬟們圍上去逐一介紹試用，沒多會兒，鋪子裡擺著的產品便都一掃而空。

有些不差錢的，甚至一口氣買了好幾套，嚇得丫鬟們一個勁兒地勸，說這些玩意都有保質期，用不完就浪費了，沒想到貴夫人們財大氣粗，大手一揮，道：「用不完送人！」

得，她們樂意就好。

開業典禮結束，祝圓當晚一盤帳——好傢伙，直接回本不說，還掙了近三十兩！

張靜姝驚呆了。「怎會如此之多？」

祝圓得意道：「一管正裝口紅售價便要三兩，精巧裝的也要一兩，一盒面霜五兩，保濕水二兩……今兒可是除了試用品外所有產品都賣光了，怎麼可能不回本？」

張靜姝聽得眼熱。「那咱們趕緊多做些、多掙點！」

祝圓擺擺手。「不急不急，接下來少量做，每隔幾天做一批便行了。」

「為何不乘勝追擊？」

祝圓好笑。「客人們剛買了一批，這些夠她們用上一、兩個月了，做多了會賣不出去。」

張靜姝有些失望。「也對，這些都不是一天兩天能用完的。」

「不著急，咱們慢慢來。」祝圓眼珠子滴溜溜一轉，朝她伸手。「在此之前，先把開業花的錢報一下帳唄？」

張靜姝無語。「……」

小財迷，鑽錢眼裡去了！

盤完帳後，祝圓開心地回到房裡。這些日子為了籌備玉蘭妝，從產品定位開發到店鋪裝修再到開業，樁樁件件都得她操心，加上幫得福食棧做冬日菜色優化、每天還得練琴、抄書，那真真是忙得腳打後腦勺。

如今事情已經完成了大半，接下來只需每天抽出些許時間跟進一下就行，祝圓終於可以緩口氣了，安靜了一會兒後她突然想到，似乎很久沒碰到狗蛋了？

她看了眼紙上漂亮了許多的墨字，撓了撓頭，拿過一張新紙，不客氣地寫了句。「狗蛋，出來！」

正在書房練字的謝崢筆一劃，整幅字帖登時毀了。

這丫頭……雖然眉峰輕皺，謝崢的唇角卻忍不住勾起清淺的弧度。

冷落了她一段時間，這丫頭終於忍不住了吧？他暗忖，小丫頭就是小丫頭。

蒼勁墨字緩緩浮現。「我一直在」寫字。

祝圓嘿嘿笑。「這是禮貌！」正是看見他在寫字才故意喊的呀～～不能浪費如此驚才絕豔的名兒！

謝崢氣結。「……」

祝圓接著感慨了句。「最近真忙，都快把你給忘了。」

謝崢下意識皺了皺眉。「忙什麼？」一個小丫頭，能有他忙嗎？

祝圓沒好氣回道：「有手有腳的成年人，怎麼可能不忙？」

謝崢一頓。「……」

好有道理，問題是這丫頭還未及笄呢。

「話說你在忙什麼？你最近也很少出來啊，抄書偶爾遇到你，你也不吭聲。」雖然她也忙得要命沒吭聲。

「在忙攤丁入畝之事。」

祝圓大驚。「哇！大叔你如此厲害，這都能做？」這得罪的人多了去了。

「只是提給了皇上，再過一段時間，應該會有動靜。」

哦，原來是報給皇帝老兒啊。「切，還以為是你親自動手呢！你確定皇帝老兒願意攤上這種麻煩事？」

皇帝老兒四個字讓謝崢嘴角抽了抽。「功在千秋之事，為何不願意？」

「這事會得罪的人可多了……」祝圓大筆一揮。「他不怕龍椅不穩嗎？」

謝崢皺眉。「慎言。」

祝圓翻了個白眼。「大哥，咱倆這狀況還不知得持續到何年何月，說不定等你落土為安了，我還能跟你來個陰陽相通……要是每回說話都半遮半掩的，你不累我都累死了。還是說，你這傢伙打算把我供出去，安個莫須有的罪名？對了，在此之前，你還得先跟別人解釋一下，你是怎麼跟祝家二房小妾侍勾搭上的哦～～」

謝崢無言。「……」

「安啦安啦，咱們私下交朋友，就放鬆點嘛！」

這丫頭歪理一套一套的，謝崢嘆了口氣，索性由她去了。

這話題倒是讓他想起一個問題。「若是能選，妳想要何種生活？安定富足，抑或是尊貴榮華？」

「怎麼突然問？要報答我嗎？」祝圓逗他。

謝崢坦然。「是。」

祝圓傻眼了，瞎吹噓她擅長，突然這麼正兒八經，她反倒有些不知所措了。她撓了撓頭。「我也不知道啊，我現在就是有一天過一天，別的就不想了。」

「何出此言？」好歹是縣令嫡出千金，為何如此喪氣？

祝圓謹記自己姨娘身分，半句口風也不透。「女人心海底針，任你才高八斗也猜不透。」

謝崢也不強求。「那妳當下最想要何事何物？」

祝圓想了想。「錢！」

謝崢扶額。「除了錢。」

「還是錢！」祝圓斬釘截鐵。「有錢能使鬼推磨，錢比啥都靠譜！」

謝崢嘆氣。「……」果然還是小丫頭。

他捏了捏眉心，寫道：「我知道了。」

祝圓一愣。「？？？」

他知道什麼？

未等她再問兩句，狗蛋留了句「有事」，便不見了人影。

祝圓翻了個白眼，神神叨叨的。

忙完玉蘭妝的事情，沒歇幾天，祝家的帖子突然多了起來。

這寒冬臘月的，燕山縣彷彿突然多了許多喜事，今兒東家明兒西家的，張靜姝天天都得出門吃酒喝茶，忙得都顧不上教祝盈管家，甚至還直接把家裡瑣碎事交給祝圓。

她本想交給銀環，奈何銀環除了識字，別的都不會，對上帳本就蒙圈，壓根沒法管。

張靜姝只得把事情都交代給祝圓，甚至還讓她帶著妹妹一塊兒學，有什麼問題等她傍晚回來再一一答疑。

看了看比自己還小的祝盈，祝圓仰天長嘆。她才十一歲啊，怎麼就沒個空閒的時候呢？

而且也不知為何，這幾天管家便罷了，銀環姨娘以及家裡的管家娘子們每天見著她都特別笑咪咪的，不是平日那種溫和親切的笑，就是有股……奇奇怪怪的感覺。

祝圓心下狐疑，關起房門將自己渾身檢查了遍，再仔細回憶自己這段時間做過的事、說過的話，確定沒有出格之處，才略微鬆口氣。

也不能就這樣算了，待得下午張靜姝回來，祝圓便悄悄問她，是不是她做錯了什麼。

張靜姝愣了愣，繼而失笑，笑吟吟地看著她。「妳以為是自己做錯事了？」

祝圓撓頭。「不然大家為何這樣看我？」她壓低聲音。「是不是我上月月銀沒發夠？」

張靜姝失笑。「咱家下人的月銀已經夠高了。」先是得福食棧，接著玉蘭妝，家裡下人都被調出去一大批。

因出去的人都能多拿一份獎金，為了公平起見，祝圓還弄出個輪班制，五天一換。除了幾位主子近身伺候和管事的，只要不是歪瓜裂棗，全都可以報名參加兩間鋪子的輪崗。

人少了一半，留在府裡的下人事情便多了許多，張靜姝也相應地給補了些月銀。這樣一來，別說這蕪山縣，擱京城裡，他們家下人的待遇也算是極好的。

祝圓更不明白了。「那怎麼大夥都怪怪的？」

張靜姝摸摸她腦袋。「妳再猜，為娘的最近為何天天出門？」

祝圓茫然。不是說近年關，好事多嗎？

張靜姝笑嘆了句。「是因為咱家的圓圓長大了呀！」

祝圓眨眨眼，半晌，終於反應過來，不敢置信地指著自己鼻子。「您是說，因為我？」

張靜姝含笑點頭。

祝圓驚了。「我才十一歲！」一個個都這麼沒人性的嗎?!

「誰叫我們家圓圓這麼能幹呢？」張靜姝也有些無奈。「上回咱家擺宴，接著妳開了得福食棧，再然後是玉蘭妝……這又能管家又能賺錢，長得又好，哪個不眼饞？」

祝圓無言。「……」合著還是她自己招來的？

「娘～～」她急忙拽住其袖子撒嬌。「我不要嫁人！」

張靜姝拍拍她腦袋。「放心，娘不過是走個過場。」

祝圓舒了口氣。

「不過，也該準備起來了。」張靜姝則嘆了口氣。「翻過年妳就要十二歲了。」

「是才十二歲！」祝圓強調。

張靜姝白了她一眼，道：「妳爹說這一年蕪山縣治安好了許多，今秋的田稅也比往年高，知州大人頗有讚譽，如無意外，三年後必定可得升遷。這蕪山縣咱們待不久，娘自然不會把妳嫁到這裡。」

「那……」

張靜姝擺擺手，繼續往下說：「咱家在京城也無甚根基，妳爹估計還是外派，也不知道何年何月才能回京，若是一直在外頭，妳這親事……」她眉心輕蹙。「所以我跟妳爹商量過，決定還是把妳嫁到京城。

「一來，妳大伯一家都在京城，有人照拂，總比妳孤零零的好。二來，妳哥要考科舉，妳爹要往京城使勁，總不會放妳一個人在京城……」

「娘……」這些話，祝圓剛穿越過來還病在床上時便已聽過，經過這一年相處再聽，百種滋味更勝當時。

「可妳爹這境況，若是妳嫁去京城，高不成低不就的，娘這心裡也是懸得慌……」

祝圓眨眨眼。「上回秦家不還跟妳提到皇三子嗎？怎麼就高不成低不就的？」

「皇家不一樣。太祖立朝之初便有了旨意，為防外戚專政，皇家兒媳皆不能挑那高門大戶。」

祝圓好奇了。「歷代就沒有皇子娶高門？」都這麼聽話？不可能吧！

張靜姝微笑。「自然有，只是那至尊之位，便也無緣了。」

原來如此！祝圓恍然大悟，怪不得那皇三子能跟她相親，也怪不得狗蛋跟她聊起後宅的時候是那副語氣……「既然這樣，那就別去吃茶喝酒了，省得看了不應，招了別人閒言。」祝圓煞有介事道。

張靜姝纖長的食指往她額頭一戳。「想得美了！」她輕哼。「大家不光要看妳，還得看妳哥呢！妳忘了妳哥今年剛過童生試嗎？」

祝庭舟年紀輕輕便過了童生試，將來前途不可限量，若將女兒嫁進來，將來指不定能得個誥命夫人咧。

「……好吧。」是她天真了。

跟張靜姝談過一番後，祝圓便有些鬱悶了。

俗話說，女人嫁人是道坎。嫁得好了，一輩子平安順遂最好，若是不好……這話擱現代都是箴言，更別說這個女人相夫教子、三從四德的年代。想到將來要依附某個不知道哪個旮旯裡冒出來的男人，還不定要跟幾個女人分享一個男人，她這心裡便哇涼哇涼的。

她娘親與侍妾和諧共處是一碼事，她娘不介意，她自然也不介意。可若是放到她自己身上，她便接受不了。

她現在拚命掙錢，就是想手裡多攢點錢，萬一以後嫁了個垃圾，她索性就拿著錢自己過逍遙日子……可想法終歸只是想法，這時代，女人連自己的銀子都不一定能支配得了，想想就覺得不開心。

鬱悶的祝圓宛如鹹魚，趴在桌上唉聲嘆氣，墊在臉下的潔白紙張突然浮現熟悉的蒼勁墨字。

「何事。」

祝圓眼睛一亮，爬起來，抓筆落墨。「狗蛋T_T」

「既然你一大把年紀，肯定交遊廣闊吧？」

「？」

「來來，給姊姊介紹幾個小白臉，就要那臉俊身嬌好推倒、不賭不嫖不惹事的少年郎！」

謝崢一口氣哽在嗓子眼差點沒背過氣去。

還未等他訓斥一番，對面又繼續補充。「要是找不到這樣的，那就找個行將就木的老頭子，最好是那種有萬貫家產又可能隨時嗝屁的，哦，還要不舉的。」

謝崢語塞。「……」

死丫頭從哪學來這些亂七八糟的東西？

「妳可知禮義廉恥四字？身為姑娘家，竟然堂而皇之議論這些！」

帶著怒意的墨字力透紙背，凌厲之氣鋪面而來。

祝圓心裡一動。姑娘家？她記得自己是假裝祝家姨娘的身分……她猶豫片刻，試探道：

「我這不是開玩笑嘛，都是成年人，開開玩笑很正常。」

謝崢絲毫沒有顧忌，依然繼續教訓道：「若是祝修齊教的妳，他這父母官約莫也是當得一塌糊塗。」

什麼祝修齊教的？祝圓心裡有了不好的預感。不過，這廝竟然污蔑她爹，不管如何，氣勢不能輸！

「你別上綱上線啊，都是識字的人，用得著什麼都要別人教嗎？你要沒能耐介紹，這話當笑話聽過就算了唄，何必當真？」

謝崢氣結。「……」

誰說他沒能耐介紹的——不是，重點不在這裡！

還未等他提筆呢，對面接著又道：「還有，把你的長輩架子收一收，我一不吃你家大米，二不是你家小輩，你別在我這裡找存在感。」

毛筆字刷刷的，幾乎寫成連筆，可見小丫頭也不爽得很。

謝崢捏了捏眉心，緩下語氣。「好端端的，為何突然提起這個話題？」

祝圓撇撇嘴。「你當我想呀？我——」她停頓一瞬，立馬接上。「家大姑娘要開始議親了，我這不是愁得慌嘛！」

祝家二房的大姑娘？不正是她嗎？謝崢皺眉。「我記得年歲還小，為何如此之早？」

這狗東西當真是把他們家查得透透的，祝圓心裡暗罵，明面繼續吹噓。「誰叫我們家大姑娘受歡迎呢？」

謝崢無語。「……」

「既然受歡迎，為何還要找……」那些不堪入目的辭彙他不想再重複。

好在祝圓明白，直接解釋。「受歡迎不代表合適好嗎？我前面說的兩個條件，才是我——」頓了頓。「家大姑娘的擇偶標準。」

一個只要臉，一個只要財……什麼擇偶標準?!謝崢忍氣。「小姑娘哪學來的歪門邪道？婚姻大事，當遵從父母之命媒妁之言，如何輪到妳挑挑揀揀？」

這話說得直白了，對面這口吻，妥妥就是在跟「小姑娘」說話！祝圓瞇了瞇眼，索性直接問出口。「你是不是知道我是誰？」

謝崢頓了頓，反問道：「為何不知？」

竟然真的知道了？「我哪裡露了馬腳？」

謝崢自然不會告訴她是從祝庭舟那兒得到的線索，只輕描淡寫道：「破綻太多。」

祝圓咬牙切齒。「不要臉！」

謝崢挑眉。「何出此言？」

「做人當坦誠以待，我這馬甲都被脫光了，你還在我這兒裝老頭！要臉嗎？」

脫……謝崢扶額。「妳這小丫頭，說話含蓄些。」

祝圓呵呵道：「我說啥了？還是看到『脫』字你就想到什麼？無恥！」

教訓不成反被罵，謝崢無語了，他似乎總在這死丫頭面前吃癟？

「來，介紹一下你自己。」

「主子，」安瑞低頭垂手站在門邊。「莊子那邊遞了消息，說是有進展了。」

謝崢一喜。「好。」看了看天色。「準備出宮。」

「是。」

謝崢扔了筆，順手揭起桌上紙張揉成團，扔進火盆。「燒了。」

「是。」安瑞忙快步過來，撿起邊上火摺子，目不斜視地將火盆裡的紙團燃了，還拿小鐵棍戳幾下，確保紙張墨痕無可循跡。

謝崢已經離開，回房更衣出門，安福亦步亦趨地跟了上去。

遠在蕪山縣的祝圓半天沒等到消息，氣得跳腳——竟然溜了！太無恥了。

——正在更衣的謝崢打了個噴嚏，嚇得安福忙不迭給他披上外袍。

第十章

寒冬臘月，各家各戶都開始準備過年，蕪山縣的祝家也不例外。

這幾年他們二房一直沒有在一起好好過年——去年剛聚在一起，祝圓便出事，導致一整年都過得陰鬱，今年祝修齊夫婦便打算好好慶祝慶祝。

恰好祝圓姊妹開始跟著管家，張靜姝索性拉上銀環，四人一起商量採買年貨事宜，若是祝修齊休沐，也會過來插幾句，連那不通庶務的祝庭舟都被拉著出門當了幾回護花使者。

蕪山縣這邊是其樂融融，羨煞旁人，京城則是另一番光景。

大衍人講究過個好年，按理來說，進了年關後，萬事都得擱一邊，專心過年才是正理。

可今年，京中氣氛卻格外凝重。

皆因承嘉帝在大年二十九拋出了一項政務——全國田地普查，若有未登記入冊之田地，可在普查前登記造冊，否則，將一律收歸國庫。

一石激起千層浪，誰也不會傻得以為承嘉帝只是閒得無聊想查查大衍朝有多少田地，聯想到前段時間皇三子到戶部查舊年稅入，眾人驚疑不定。

朝上大佬們天天找幕僚商議討論，各種揣摩承嘉帝此舉意涵，品階低的官員或有門路的貴族富紳們也頻頻串門子，希望打聽到些許風聲，作為皇三子外家，秦家大門都快被上門拜訪之人踏破。

情況未明，各家家眷約莫都得了囑咐，這年便過得有些冷清了，連宮裡都冷清不少。

承嘉帝除了除夕的團圓大宴和初一的祭祖、大朝，別的時間再沒踏入後宮，每日不是與內閣輔臣關在上書房商議事情，便是接見各地知州——這也是令滿朝文武心驚之處。

非調任升遷，各地知州竟然被承嘉帝召回京城?!

雖然偏遠地區的知州還未抵京，只看那陸續進城的知州數量和任職之地，便知後頭還會有更多知州抵達……

從第一名知州返京算起，承嘉帝竟是早在月前便已籌謀此事，甚至是鄭重以待。再聯結到田地普查登記之措，眾人心驚膽戰，京中人心惶惶。

承嘉十年的春節就在這種暗潮洶湧中緩緩滑過。

二月中旬，大衍朝第一次田地普查轟轟烈烈展開，祝修齊忙得腳不沾地，每天早出晚歸，既要緊盯田地造冊之事，又要與各鄉紳老爺、貴人親族周旋，好讓他們配合。

連軸下來，祝修齊生生瘦了一圈，惹得張靜姝、銀環兩人天天愁容慘澹的，每天變著法子弄出菜色點心補品，恨不得追在他後頭給他進補。

罪魁禍首祝圓半句話也不敢多說，只好衝著另一名罪魁禍首抱怨。

「瞧把我爹累的，皇帝老兒就不能想想別的辦法，讓人主動上衙門登記嗎？」

謝崢反問道：「比如？」

祝圓啞口，完了改口吐槽別人。「滿朝文武難不成都是擺設？這麼多人就沒一個想出辦法嗎？」

胡攪蠻纏。謝崢索性不理她。

「還有你，這攤丁入畝要是成了，朝廷稅收肯定要漲一大波，你豈不是又要立大功？你看看你，從我這兒拿了多少東西去，虧你還知道我是誰，怎麼連個表示都沒有？就你這食古不化、墨守成規的老古板，我也不指望你能給我找到什麼好對象了，但好歹不能裝聾作啞吧？你對得起你抄過的四書五經嗎、對得起你寫過的詩詞文章嗎……」

墨字飛快刷過，攪得正在看書的謝崢頭疼不已。他捏了捏眉心，轉頭問書房另一邊正在擦拭書架的安福。「振武何時抵達？」

他口中的振武姓章，是他去潞州路上因緣際會救下的人才，身手不凡，被他當成心腹培養，如今全家老小都被安置在他京郊的莊子裡當差，他本人則被安福派出遠門。

安福心裡估算了下，稟道：「如無意外，約莫這幾天便能抵達。」

謝崢舒了口氣。「那便好。」

他最近閒了些，看書的時間長了，碰見那祝家丫頭的次數便多了，每回被逮著叨叨叨的，讓人頭大不已。

安福欲言又止，謝崢斜了他一眼。「有事便說。」

安福腆著臉湊過來。「主子。」他嚥了口口水。「您這是看上……那位主兒了？」

謝崢沒好氣。「胡說八道。」毛都沒張齊的小丫頭，他如何看得上？

安福撓了撓頭。「那怎麼……」

謝崢擺擺手。「這事你別管，讓振武嘴巴嚴實點，這事兒半點口風都不能漏。」

「是。」

遠在蕪山縣的祝圓自然不知道有什麼在前頭等著自己，她還得折騰自己的事業呢。

過去的冬日，玉蘭妝的產品大受好評。

霜水配合，持久保濕，馥郁芬芳，自是不在話下。口紅潤澤又漂亮，管狀造型，上唇自有一股風情，還有多款顏色供君選擇，不管是參宴吃酒、做客迎賓，抑或是出門閒逛、居家自賞，各種色系各種場合，總有一款適合。

再有祝圓籌謀的各種宣傳轟炸，蕪山縣上下女性對此趨之若鶩，不光已婚婦人，連那二八年華的少女也以集齊一套不同色澤的口紅為榮。

因產品帶有蜂蠟及各種花果油，祝圓擔心會有顧客過敏，鋪子裡的所有產品都擺了試用品，顧客採買之前都會讓其試用一番，而產品包裝裡也另附有一紙書箋，上面用漂亮的簪花小楷列明各種注意事項。

甚至，只要買過玉蘭妝產品的客人，春節還都收到了玉蘭妝送出的節日好禮，一支正紅色的口紅小樣。

這般貼心，哪家女人不愛？

到了元宵，眾人又收到了玉蘭妝的新品好禮——迷你試管香水，那濃郁芬芳、餘香縈繞的香水，再次在蕪山縣女人中掀起熱潮。

多管齊下，祝家掙得盆滿缽滿，祝圓也拿到不少分成。只不過如今天候漸暖，冬日霜水厚重，並不適合夏日使用，她又得開始研發夏季新品了。

玉蘭妝的新品研發與產品生產都在鋪子後院裡進行。因生意紅火，覬覦之人漸多，張靜姝做主，安排了護衛十二時辰輪班值守，加上裡頭研發生產的人皆是祝家下人，過來也安全無虞。

故而，即便祝圓年歲還小，張靜姝夫婦便放任她日常來去。

這日，夏日用的乳液研發有了大幅進展，祝圓心情大好，出了玉蘭妝便繞到隔壁街，買了許多涼果糕點，打算回去跟家裡幾位一起慶祝慶祝。

剛踏出糕點鋪子，便被迎面一人撞了個正著，立刻踉蹌著後退一步，好險沒摔著。

緊跟其後的夏至急忙攙住她，一迭連聲問：「姑娘！撞到沒有？疼嗎？」然後抱怨。「這誰啊，走路不長眼的嗎？」

祝圓卻驚疑不定地望向那名撞了自己的漢子，還沒等她看清楚，那人便飛快隱身人群，消失不見。

夏至急慌慌。「姑娘？」

祝圓回神，搖頭。「無事，走吧。」一完了快步走向馬車，提起裙襬鑽了進去，夏至欲要跟進。

「我累了，想歇會兒，妳坐外頭吧。」

「啊？……是！」

馬車啟動，軲轆軲轆的緩慢前行，車裡的祝圓卻神情凝重地盯著手裡的小布包，然後慢慢慢解開。

一層布包，然後兩層油紙，最後才是一層宣紙。

如此鄭重？祝圓深吸了口氣，揭開宣紙——

熟悉的蒼勁墨字赫然入目，上書道：「承嘉九年利，二百五。」

祝圓氣結。「……」

你才是二百五！王八狗蛋，是不是故意的？

祝圓忿忿揭開帶字的宣紙，裡頭果然還裹著幾張銀票，一數，果真是二百五十兩，多一個子兒都沒有。

摳門！太摳門了！不說別的，光一個攤丁入畝，這二百五就說不過去了！還彷彿在罵她！要不是知道這年頭還沒有二百五的概念，她真的要罵娘了！

祝圓將銀票、紙條收起，團起剩下的油紙紙張，在馬車拐進無人處時，掀起簾子扔了出去。

到家後，照例先進正院跟張靜姝打聲招呼，再跟正在學算帳的祝盈說幾句話，撩一撩滿地亂跑的小庭方，祝圓才慢悠悠晃回自己屋。

進了門，她東摸摸西摸摸，時不時往桌上書冊紙張瞄一眼。

突然她眼睛一亮，轉頭就朝夏至撒嬌。「夏至姊姊，我有點餓了～～」

夏至剛將鋪子裡帶回來的實驗冊子擺好，聞言詫異。「還得好一會兒才吃晚飯呢。」想了想，她問道：「奴婢先去廚房看看有沒有什麼合用的點心，您先用些填一填？」

「好～～」

目送夏至出了門，祝圓立馬竄到書桌前，磨墨鋪紙，朝對面剛剛出現的狗蛋打招呼——哦不是打招呼，是開罵！

「你丫的臭狗蛋！」

對面剛寫了兩字的謝崢一愣。「……」

他暗嘆了口氣，提筆問道：「我又何處得罪妳了？」再沒別的字比這個「又」字，更能體現他這段時日遭遇的精神荼毒了。

祝圓哪管他如何無奈，繼續罵道：「王八蛋，你從我這裡拿了多少想法和方子？區區二百五十兩就想打發我?!」

謝崢挑眉。「收到銀票了？」也不需要問她如何認得，他的字，祝家這位丫頭還是認得出。

祝圓氣憤不已。「小氣鬼，別想顧左右而言他！」她的攤丁入畝、她的水泥方子、她的印刷術……就值個二百五十兩嗎？

她的玉蘭妝跟得福食棧這半年都賺回來了，狗蛋這臭不要臉的！

謝崢無奈。「妳仔細看看我寫了什麼。」

「就那麼一句話，還用得著怎麼看？」

「承嘉九年利，二百五，是也不是？」

祝圓忿忿不平。「對，你看，你就寫了那麼——」

謝崢索性打斷她。「這是承嘉九年的一成利。」

祝圓眨眨眼。

謝崢難得耐心地解釋。「現在只有水泥推出去，正在回利的也只有水泥，印刷術還需要過段時間看看情況，攤丁入畝也需要緩緩。我現在手頭不太鬆快，暫且給妳分一些。」省得天天來找他叨叨。

他手裡沒啥錢？祝圓頓時有些不好意思了。「你早說嘛，誰知道你沒錢……」

謝崢沒好氣。「妳都念叨了大半年了。」

祝圓心虛。「誰讓你不說。」完了理直氣壯。「我又不是你肚子裡的蛔蟲，誰知道你想啥？你要早說了，也不用為了這百八十兩的讓人特地跑這一趟了。」

謝崢額角跳了跳。怎麼到了她嘴裡，還成了他的不是了？若不是她天天念叨，他何至於冒著風險讓人去送銀票?!

「妳若是不想要，我讓人去取回來。」祝家丫頭那邊茲事體大，振武短期內都得待在蕪山縣待命，拿回來也方便。

「誒你這人怎麼這樣？」祝圓立馬抗議。「這是我應得的好嗎？給出去的錢潑出去的水，哪能要回去的？」

謝崢滿心無力。這丫頭實在難纏。

許是有些心虛，祝圓沒等他說話，很快便轉移話題。「話說，你都兒孫滿堂了，怎麼還沒錢？」

謝崢隨口搪塞了句。「不善經營。」

祝圓不信，繼續套話。「那你好意思生一窩子孫？養孩子不花錢的嗎？還是你只管生不管教？」

謝崢嘴角抽了抽。誰家子孫是用「一窩」來形容的？索性直接當沒看見。

祝圓等了半天沒等到回答，悻悻然道：「你這人真是……」難搞！她接著吐槽。「還有，你既然沒幾個錢，怎麼還天天練字？就你這手字，都不知道浪費了多少筆墨呢！都練成這樣了還練什麼？」

是說他的字不錯的意思嗎？謝崢感慨道：「難得得妳一句讚賞。」然後補充。「日常練習書法，是為了平心靜氣。」

祝圓吐了吐舌頭。「誰讓你這人平時總是傲世輕物的樣子，我看不慣肯定要懟兩句啦～～」筆鋒一轉，開始打探。「你究竟有多少子孫？難道就沒有一個能掌家善經營的嗎？」

「嗯，過些時日便好了。」謝崢不欲多言。

「你是說活字印刷嗎？你拿去弄出什麼了？打算怎麼掙錢？」

謝崢謊稱道：「我手上錢不多，找了些權貴合作，他們怎麼用，暫且還不知道。」

祝圓翻了個白眼。「你這人是不是當官當太久了？」

「何意？」

「這官腔打得那叫一個爐火純青，每一句話都拐彎抹角，好像啥都說了，實則啥也沒說。」

謝崢沈默。「……」

「你這樣真的能帶好下面的人嗎？」祝圓毫不客氣地質疑他。「在你手下幹活，天天都得花心思揣摩你的話，還有精力幹正事嗎？」

謝崢怔住，下意識抬頭看了眼守在一邊的安福，垂眸斂眉安靜站立的安福完全沒發現他的注視。他清了清嗓子，安福立即抬眼，詢問般望過來。「主子？」

謝崢遲疑了下，問道：「我平日下令，是否很難明白？」

安福愣了愣，急忙擺手。「怎麼會？主子說話自有主子的道理，是奴才愚笨——」

「行了。」看來還真被小丫頭說中了。

安福一個激靈，撲通一聲跪下來。

謝崢回神，無奈擺手。「起來，我並無責怪之意。」

安福鬆了口氣，忙爬起來，小心翼翼問道：「主子，為何突然……」這麼問？

「無事。」

安福還想再說，謝崢已低頭繼續書寫，他只得按下心中疑慮不提。

另一頭，拿到狗蛋千里迢迢送來的分成，祝圓心裡別提有多美。

多了筆私房錢不說，也算是再次對狗蛋更加了解幾分——唔，這傢伙約莫就是個不邀功之人，只幹不說，被她叨叨了幾個月半句口風也不露，是覺得銀票沒到她手上便不算嗎？

二百多兩，特地從京城送到蕪山縣……

祝圓差點就被感動了，只是差點，若不是這數字太令人不悅……

這幾張銀票都是出自大衍最大的錢莊，燕山縣雖然沒有分店，但大一些的城市，比如京城、比如蘆州，都有分店。這麼說，將來不管她到了哪裡，都能便宜行事。

祝圓滿意不已，算這傢伙識趣。畢竟這筆錢來路不好說，她短期內是不能兌領，也不能曝光了。恰好這幾個月張靜姝開始給她玉蘭妝的分成，每個月足有十幾兩，加上月銀，也是筆不小的數目。

她找了個帶鎖的小箱，將私房錢全部鎖了起來，但夏至肯定瞞不過去，她索性做了個荷包，將銀票縫進布裡，再扔進錢箱。

這樣，夏至即便知道有東西在裡頭，總不能拆了查看。

不幸的是，荷包收尾的時候被她爹看見了，她只得含淚又多做了幾個，給長輩兄妹都送了。

要送人，總不能就素面布料縫個造型了事吧？總得繡些花啊草啊字什麼的，就憑她那拙劣的針線活……那段時間，她連練字時間都大幅減少，只能逮著狗蛋又是一頓懟。

無辜的謝崢無言。「……」

唯女子與小人難養也！

承嘉十年，九月初一。

承嘉帝宣佈徹底廢除丁稅，實行攤丁入畝、地丁合一的新稅政策。

打承嘉帝普查田地之始便有所感的滿朝文武頓時譁然。他們有想到承嘉帝可能會有大動作，可他們完全沒想到，承嘉帝竟然是直接衝著丁稅去的。

丁稅在大衍這塊土地上沿用了上千年，怎麼突然說廢除就廢除？難怪前段時間要登記各州府田地……

滿朝上下，家裡根基稍微好一些的，哪個名下不是掛著上千畝田地？這要是按地收稅……好傢伙，這是要挖他們這些人家的根啊！

諸位大臣自然不樂意，今兒上書，明天陳條，下了朝還要去堵承嘉帝。只是承嘉帝為了這事已經籌劃了半年，豈會輕易被說服？他將旨意扔出來，不過是為了看看眾人態度，等各方表態了，才輪到他安排的人上場……

朝堂上的唇槍舌戰、暗流湧動自不必說，尚未及冠也未有一官半職的謝崢也不得閒。

當然，他並不是跟著摻和這攤丁入畝之事，而是他莊子裡的匠人，終於將造紙的流程給簡化了。

是的，只是簡化。

造紙耗費巨大，光是碎料便需要大量人手，成本高昂，如今的他如何能承擔得起？他索性直接收了一批匠人，讓他們專心研究這些。

折騰了近一年，確實原料基本無法改，但匠人們倒是做出了一整套造紙設備——只需要幾名漢子，便能透過操作設備完成碎紙、煮漿、蕩料等造紙過程。

聽聞這個好消息，謝崢立即帶著安福等人前往查看。

想到造紙後需要運營，他還繞道外祖父家，把小舅秦和也拽了出來。

秦和不樂意，出了城還在不停抱怨。「我明天還得出遠門呢，我那水泥都快管不過來了，您怎麼又倒騰出——我去！」

十數名持刀拿棍的大漢突然從野草掩映的窪地裡飛竄而出，朝他們奔襲而來。

帶頭的謝崢冷笑一聲，狠狠一揮鞭，胯下馬兒嘶鳴一聲，加速朝著漢子們疾衝而去。

那些漢子下意識停頓了下，連手裡大刀都來不及揮出，便被他闖了過去。

「好樣的！」

秦和大喝一聲，揚鞭夾馬，飛快跟上。安福等人不落其後，眨眼工夫，這群漢子便被拋諸腦後。

秦和回頭張望，同時朝前頭的謝崢大喊。「怎麼回事？這些人哪裡的——小心！」

謝崢神情一凜，急忙俯身，破空聲響，下一瞬，左上臂便傳來劇痛。

他中箭了！

「主子！」安福等人驚恐不已。

秦和更是驚怒交加，後頭還有箭支飛來，他拽住韁繩——

「不許停。」謝崢彷彿知道他們在想什麼，沈聲喝道：「死不了，到莊子再說。」

此處坡地高低起伏，又有雜草灌木掩映，不知埋伏者幾何，停下來才是找死。

說完他率先揮鞭，駿馬嘶鳴，速度又快了幾分。

眾人咬牙，紛紛跟上。

秦和狠狠揮了兩鞭，衝到謝崢前邊喝道：「你退後，我來開路。」同時抽出馬背掛著的大刀，虎目凌厲地巡視兩邊道路。

謝崢頓時想起這位小舅會武。

也不知道怎麼回事，明明他外公跟大舅都是斯文儒雅的讀書人，後面兩個舅舅卻完全不一樣，二舅學武，小舅擅商。而小舅與二舅年歲相差不大，拳腳刀劍都是一塊兒學的，故而小舅的武藝雖比不上二舅，但也不差。

思及此，他微微鬆了口氣。

接下來的路程他們果真又遇到兩批攔路的，其中一批甚至在路中拉了絆馬索，幸好有秦和在前頭開路，大刀一揮，絆馬索迎刃而斷，還因衝勢太大，將拉絆馬索的漢子拽翻在地。謝崢目不斜視衝了過去，跟在後面的安瑞不甘心，拽住韁繩，馬頭方向一拐，從漢子身上踏過。慘叫聲起，大夥心裡頓時一陣暢快！

秦和還回頭朝安瑞吹了聲口哨。「漂亮！」

另一批攔路的倒是膽大，揮著刀便衝上來，打算砍他們的馬腿，不過還未靠近，就被探身出來的秦和反殺回去，另一側則是謝崢帶出來的兩名侍衛給攔了。

一路快馬疾奔，一行人終於抵達莊子。

不等馬兒停穩，安福幾人立即跳下馬，連滾帶爬衝到謝崢跟前。

拔箭、止血、上藥、包紮……安福盯著莊裡大夫快速地處理傷口，萬分慶幸莊子裡養了大夫。

面沈如水的謝崢由得他們折騰，只低聲詢問莊子情況，末了還開始安排人分道回京報訊。

秦和在屋子裡轉了幾圈，停步道：「雖然不知道是誰要動你，端看今天這情況，這些人是不會善罷甘休的，你莊子的人都是普通百姓，出去估計就是送命……」

謝崢沈著臉。「總不能坐以待斃，多找些人分道出去，總能——」

秦和擺擺手。「我去。」他神色嚴肅。「這裡只有我跟兩位侍衛大哥習武，他們倆還得守著你，我去最合適。」那兩名侍衛就是宮中那些輪值的普通侍衛，平日能應付一下旁人，臨到這種時候就是個擺設，讓他們去，別沒把消息遞出去人還沒了。

兩名侍衛面面相覷，皆不作聲。

謝崢直接否決。「不行，對方人多勢眾，萬一你出事——」

秦和打斷他。「別萬一了。我要是不跑這一趟，大家都得交代在這裡了！」

謝崢啞然，半晌，他終於道：「把人散出去，多分幾路。」人多了，分散對方注意力，秦和才能安全些。「還有，我這裡暫且安穩，你不要太過著急，安全為上。」

「好！」

帶著擔憂送走秦和等人，謝崢便待在莊子裡等消息。

安福、安瑞等人緊張兮兮地佈置著莊子裡那丁點人手，務必要把正院這處護得水洩不通。

謝崢則坐在屋裡沈思。

上輩子他也招來許多刺殺，但都是在好幾年後，在他勢如中天之後。

如今他一光桿皇子，除了能自由出入皇宮，連銀錢都沒幾個——為了挪出給祝丫頭的錢，他連匠人都沒敢多找兩個。如此拮据的皇子，怎會招人眼紅呢？

要說潞州之行刺了某些人的眼，那都過去一年了，書鋪的開業更是遙遙無期……

如此想來，應當是攤丁入畝一事惹來的麻煩。

父皇提出攤丁入畝之事已經過去月餘，這些人是終於反應過來，挖到他身上了？

他從未想過自己能避開，別的不說，他年前去戶部查舊年帳冊的事情，有心人一打聽就知道，瞞是瞞不過去的。

關鍵是……這些人是查到什麼程度？是查到他摻和了，還是查到他提出攤丁入畝？

謝崢撫了撫火辣疼痛的左臂，眼底閃過一抹陰霾。

單槍匹馬闖出去的秦和終於回到京城，雖然掛了點彩，好歹是全胳膊全腿的。

他沒有官職，回到京城的第一時間便直奔太常寺，找到秦銘燁。後者一聽，臉都嚇白了，立馬帶著他進宮面聖。

待承嘉帝收到消息派宮中禁衛去接謝崢，後者莊子裡的下人已經十去四五。

禁衛到了，隱忍許久的謝崢反倒不急著走了。

這次領隊出來接人的，恰好是謝崢的老熟人趙寬，謝崢見到他的第一時間，便讓安福、安瑞將其綁了。

趙寬愕然，卻沒有反抗——他若是有心反抗，區區幾名太監如何是他的對手？

謝崢面沈如水。「接下來，有勞趙領隊在此歇息，待我這邊事了，自當親自去向父皇請罪。」

畢竟共處了幾個月，趙寬對他頗有幾分了解，只略遲疑了一瞬，便點了頭。「殿下小心。」

謝崢「嗯」了聲，大步出去。

當天，謝崢親自領著禁衛將聞訊四散的刺客死士抓回大半，甚至親自審問。

閉口不言者，直接受千刀萬剮之刑——匕首蘸著濃鹽水一刀一刀將血肉片下來，慘叫聲響徹雲霄。

這審問甚至無須找禁衛，失去親人的莊子下人紅著眼睛忍著噁心親自動手。吐了一個，謝崢立刻換上另一個，莊子下人不敢上了，便換上禁衛。如此這般，生生片出十幾具骨架，淌下的鮮血洇濕了一片泥地。

饒是訓練有素的死士也崩潰了，有幾人直接嚇得失禁癱軟，一勺涼水潑過去，立馬哭嚎著將主謀供出。

竟還不是同一家，還挺齊心，都約好同一天來。

冷眼旁觀的謝崢勾起唇角，手一揮，讓人給剩下的所有死士一個痛快，然後才施施然帶著禁衛回宮。

據聞，當天狀況太過血腥，慘叫太過淒厲，好長一段時間，附近村落的百姓都沒敢靠近謝崢那莊子。

此乃後話。

皇子遇刺，還是在天子腳下遇刺，承嘉帝勃然大怒。攤丁入畝之事茲事體大，他料到了必定會有種種阻力，但他沒料到這些人竟敢朝他兒子下手。

是要殺雞儆猴還是要讓他對攤丁入畝之事斷了想法？

他登基後走仁善愛民之路，這些人便忘了他上位之前是如何的雷霆手段？

他還沒老！

天子一怒，伏屍百萬。

鄯西、鶴枡、鞍惠三地布政使第一時間被抓入大牢，吏部、戶部、都察院被擼掉一批官員，抄家、砍頭、流放……這場鬧劇直至十月中旬才徹底落幕。

經此一役，承嘉帝改革的決心可見一斑，攤丁入畝正式開始往前推動。

外頭紛紛亂亂，罪魁禍首謝崢卻優哉遊哉的在宮裡養傷。

箭傷在左臂，不耽擱他看書習字，又因為他有傷在身，不能鍛鍊，每日也只能看書習字，這樣一來，與祝圓的聊天時間、次數都大幅增長。

起初祝圓還不曾察覺如何，聊了幾天後，她便覺出不對，一盤算，好傢伙，這廝除了飯點跟午休時間，幾乎從早到晚都在線上，別不是失業了吧？

對狗蛋的說話風格深有體會的祝圓越想越覺得像，說話便溫和了不少。

謝崢被懟得少了，便越發愛找她說話解悶了。

這日，祝圓照例翻出《詩經》開始抄寫——最近她已經開始學寫詩作賦，祝修齊翻出《詩經》讓她多多抄寫並熟記內容。

「采薇采薇，薇亦——」

「薇字過繁，運筆當輕快。」

祝圓瞥了眼，當做沒看到，繼續往下寫：「作止。曰歸曰歸，歲亦莫——」

「莫字過於瘦長，可下筆厚些。」

祝圓忍怒，繼續寫：「止。靡家靡室——」

「靡字——」

祝圓怒了。「你沒完了是吧？」

她不間斷的每天練字，已經持續了近兩年，不說別的，一手字已經很能拿得出手，連她爹都覺得不錯，這人不停挑毛病，是不是找茬？

對面謝崢停頓片刻，慢吞吞道：「身為長輩，指點後生小輩乃是分內之事。」

長輩？誰知道是真是假，祝圓翻了個白眼。「我看你是太閒了！」

謝崢有些心虛。

祝圓想了想，終於問出憋了兩天的話。「我說，你是不是惹了上級，被罷免了？」

謝崢挑眉。「何出此言？」

「你看看你這幾天，完全沒去應卯吧？」祝圓信誓旦旦。「肯定是被罷免，又不好意思說吧？瞧你，咱們啥交情啊，用得著遮遮掩掩的嗎？」當然，這些話都是為了詐他。

謝崢莞爾。他身為皇子，即便得了各部職銜，應卯之事也無須太過嚴格，若是祝家丫頭有心核對，必定生疑。

思及此，他索性提筆，道：「實不相瞞——」

祝圓屏住呼吸。

「我年歲已高，前幾天乞休了，自然無須應卯。」總而言之，他的長輩身分必須得穩住。

祝圓一噎。「……」

她信他個鬼，這個假老頭子壞得很。

謝崢受傷，宮裡自然也各有表示。

平日冷淡的淑妃來得迅速，甚至還帶了太醫過來給他看傷上藥，完了還難得地在他院子裡略坐了會兒才離開。

哦，臨走還不忘給他留了點銀子。

謝崢暗自嘆息，倒是託了受傷的福啊……

「哥。」胖乎乎的小腦袋在門框處探頭探腦，神情忐忑又不安。

謝崢回神，放下手裡書冊朝他招招手。「進來。」

拔高不少的謝峍蹬蹬蹬跑進來，先看了看他微微鼓起的左臂，小聲問道：「你的傷好點沒啊？」然後將手裡抱著的盒子一股腦兒放到桌上。「這是我那庫房裡存著的人參跟鹿茸，福生說這些都是補身子的好東西。」福生是他的近身太監。

謝崢搖頭。「不用，你留著就好，我這裡也有。」

「哦……」謝峍有點失望，又伸手進衣襟裡掏啊掏，忍痛掏出幾張銀票。「那這些錢給你，太醫院那些老貨最會看菜下碟了，你打點好了，他們才會用心些。」

竟是把小庫房的銀兩都拿過來了，謝崢啼笑皆非。「自己收著，我還不至於窮到這地步。」不過，沒想到這小胖墩還真挺有錢。

他這年紀，銀錢從哪兒來的自不必說，淑妃這心啊……

謝峍不樂意了。「你是我親哥，你受傷了還不許我表示表示嗎？」

謝崢回神。淑妃雖然對他……不過，謝峍確實被教得很好。他拍拍謝峍腦袋。「心領了。我不缺錢，這些銀錢你留著，以後開府，多的是花錢的地方，別胡亂花掉了。」

「真的嗎？」謝峍懷疑地看著他。「我聽安福說，你現在每月都得等小舅家的分紅過日子呢。」

謝崢一僵，似笑非笑地瞟了眼牆根下低頭的安福一眼，道：「還不到這地步。」

謝峍不信，面帶憂慮地將銀票往前遞，道：「哥你別逞強了，這錢沒了我還能找母妃要，你要是沒了，母妃……」他急忙嚥下半句，偷覷了他一眼，見他神色不動，才接著道：「反正你知道，我肯定是不缺銀錢的。」

謝崢索性拿過銀票塞回他衣襟裡，板起臉道：「真不用。」然後放軟語調。「我要是缺錢，再跟你拿。」

「誰缺錢了？」承嘉帝的身影踏進書房。

謝崢兩人忙跪下行禮。

承嘉帝擺擺手，逕自走到茶几邊落坐。「過來，陪朕說說話。」

兩人自然起身跟上。

過去前，謝崢不著痕跡地掃了眼書桌，確定適才與祝家丫頭說話的紙張已然燒毀才鬆了口氣。

兩兄弟依次落坐，安福忙領著福生給父子三人上了茶水，然後退出去候著。

承嘉帝略抿了口茶便放下茶盞，問道：「剛進屋就聽你們說缺錢，誰缺錢呢？」

不等謝崢解釋，謝峍便把安福打的小報告一咕嚕說了出來，謝崢扶額。得了，有謝峍這大嘴巴，指不定現在全後宮都覺得他窮了。

承嘉帝聽完，懷疑地看向謝崢。「你的錢哪兒去了？沒記錯的話，去歲朕還給了你一千兩。」

謝峍跟著望向謝崢。

謝崢無奈，道：「買了幾處房子蓋書鋪，買了個莊子，養了些匠人，這日常還得花銷……」頓了頓，他再次將水泥分紅拿出來當擋箭牌。

承嘉帝挑眉。「秦家那水泥路，聽說都開到滄州，即將抵達蘇杭了？」

「是。」

承嘉帝好奇。「這收費的路，每月能得多少分紅？」

「上月拿了二百多兩。」

承嘉帝驚了。「朕記得你才拿三成，竟然有這麼高？」

「是。」謝崢想到祝家丫頭的形容，鬼使神差補了句。「畢竟是攔路打劫的生意。」

承嘉帝一頓。「……」

「你小子也會開玩笑！」他有些驚奇。

謝崢被噎了下。

「這樣看來，戶部每年能拿兩成稅也挺不錯的。」承嘉帝摸了摸下巴。「要是多開幾條水泥路……」這一年下來，也是不菲的數目了。

謝峍則睜大眼睛問了句。「哥你每月能拿這麼多，怎麼還不夠花？」

謝崢無言。「……」小兔崽子，今兒是特地來給他添亂的是吧？

承嘉帝也詫異。「不夠花？」

謝崢無奈，老實道：「莊子裡倒騰造紙術，浪費了許多材料而已，過兩月就好了。」他還未開府，花銷再高能高到哪兒去？

「早就聽說你在研究這個，都折騰了一年，還沒出來？」

「原本已經差不多了，」謝崢神色有些沈鬱。「研究的匠人前日丟了性命，其他人接手還需要些時間。」前日發生何事，也無須他多做解釋了。

提起這茬，承嘉帝也沈下臉來。他看了眼謝峍，想了想，三言兩語將其打發出去，等小屁孩出了門，便朝謝崢道：「前日之事，是朕思慮不周。」

謝崢搖頭。「不過是意外，父皇何必自責。」
承嘉帝擺擺手。「那些客套話就別提了。朕今日前來，正是為了此事。」
謝崢肅手恭聽。
「稅改之事草創未就，你又遭此禍，朕定要撤下一批官員，這樣一來，你勢必會成為許多人的眼中釘肉中刺……」
謝崢斂眉垂目，承嘉帝話鋒一轉。
「算了下，你今年也有十五歲了，按理來說也該準備起來，看看哪些人家有何合適的好姑娘，過個三五年便成家開府。」
上輩子確實是這般沒錯。謝崢暗忖。
「現下遇著這樣的事，你這親事怕是有點難了……」得罪的世家太多了。承嘉帝嘆了口氣。「不說這些人怎麼看你，好好兒的，你跑去審問那些人作甚？」還折騰得這般血腥嚇人。「你看現在哪家姑娘敢嫁你？」
謝崢默然。
承嘉帝頓了頓，忍不住問了句。「話又說回來，你這是從哪兒學來的手段？」
謝崢遲疑片刻，答曰：「刑律。」
承嘉帝一頓。「……」
他怎麼不知道他大衍朝的刑律這般……包羅萬象。
承嘉帝沒好氣。「你倒也敢做。」完了忍不住又問了句。「你看了不怕嗎？」

謝崢抬眸，淡然道：「他們欲取我性命，我為何要怕？」

承嘉帝皺眉。「你這性子啊……你好好一皇子，摻和這些幹麼？」

「審出結果便行了，方法過程不重要。」

承嘉帝被噎住。半晌，他擺擺手。「罷了罷了，說不過你。」話題一轉。「你現在在外頭有鋪子有事業，朕不讓你出去也不行，再者，我謝家男兒也不能當個縮頭烏龜足不出戶……」

謝崢垂眸靜聽。

沈著冷靜，很是不錯。承嘉帝眼底閃過抹欣賞，接著道：「按制，開府皇子都有定數的侍衛，雖然你還未開府，好歹還有個莊子在京郊，朕便提前把人給你，你平日來去，帶些人也安全些。」

倒是意外之喜，謝崢暗忖。有了人手，以後做事也方便許多了。

京郊一場刺殺，讓謝崢聲名大噪。

不是因為刺殺，而是因為其心性之堅韌、手段之殘忍。

貴為皇子，殘忍如斯！流言蜚語漫天飛，即便謝崢在宮裡養傷，也有所耳聞。

秦家第一個不樂意。秦和如今也還在家裡養傷呢，謝崢當時若是躲得慢些，那箭就要當胸穿過……那些歹徒絲毫沒有手下留情，怎麼換成謝崢審問他們，還得考慮手段慈和？難道是腦子有病？

雖有秦家極力闢謠，可這麼多禁衛看見，謝崢兇殘暴戾的名聲短期內是沒法修正。

再者，此事一出，所有人都知道謝崢與這稅改之事息息相關，雖不知這稅改將來會是如何個結果，目前看來，這皇三子與世家貴族之間的關係必定是勢同水火。即便承嘉帝為表明態度，接連多日宿在昭純宮，也無法改變眾人對皇三子的態度。

原本明示暗示著要跟謝崢聯姻的人家彷彿一夜之間統統消失，因此也才有了承嘉帝前面的那一番話……

別人尚且算了，秦家那個恨啊！秦家關起門來商量了幾天，秦老夫人便遞了牌子進宮，請見淑妃娘娘。

「……現下這般情況，三殿下親事短期內必定艱難。可翻過年，殿下都要十六了，這事兒可不能再拖了。您身為一宮之主，若是由您出面——」

「娘，謝崢才十五呢。」淑妃輕聲細語打斷秦老夫人的話。「這皇家子孫婚配，向來是宜晚不宜早，連老大都是十八歲才成親開府，謝崢還早著，急什麼呢。」

秦老夫人皺眉。「就算十八歲成親，這相看人家、籌備婚事的，來來去去不需要一、兩年嗎？哪還有時間拖拉。」

「來不及便晚一些唄，」淑妃不緊不慢。「晚個一、兩年有什麼打緊的。」

秦老夫人板起臉。「怎麼不打緊了？我看是打緊得很！哪家兒子成親之前，當娘的不是從頭操心到尾的？妳倒好，三殿下的衣食住行妳撒手不管便罷了，怎的連婚姻大事，妳也不當回事？我以前是這麼教妳的嗎？」

這是直接開訓了，淑妃笑容一滯，其身後的宮女玉屏更是臉色大變，忙不迭揮手將眾侍女趕出去。

秦老夫人話一出口便有些懊惱了，只是這不孝女著實可惡，她這口氣憋在心裡不說不快。「當年妳剛進宮，萬事不懂聽了那起子小人的讒言，錯待了三殿下，如今都熬過來了，好日子都在後頭了，妳怎麼還如此冥頑不靈？」

淑妃眉心輕蹙。「娘，妳莫要勸我，我也不是沒找人算過……這麼些年下來，妳也見著了，凡是他好了，我便得遭殃，他若是有什麼問題，我的日子便舒坦。端看這一次，」她臉上泛出些許紅暈。「他前腳剛受傷呢，這幾年偏寵新顏的皇上便頻頻來我宮裡……」

秦老夫人簡直要被她氣死。「妳這傻丫頭啊！那都是三殿下拿功勞、拿命換回來的！」

淑妃冷下臉。「我看你們是見不得我好。」她咬牙。「當年為了榮華富貴送我進宮，如今為了那從龍之功，又想把我推入火坑！我定不會如你們所願的！」

秦老夫人差點沒被氣吐血。「這麼多年下來，妳怎麼一點長進也沒有？那是妳兒子！」

「娘，妳怎麼還沒搞清楚，大師說了，他是生來剋我的！」淑妃想起那段日子便不寒而慄。「他一出生我便大出血，他活蹦亂跳長大，我卻纏綿病榻三年，甚至還得了皇上厭棄……那段日子，我每一天都在熬心，每一天都在掙命……你們誰幫我了？誰幫我了?!」說到後面已經泣不成聲。

畢竟是自己閨女，秦老夫人登時心疼了。「那都是命啊……」

「憑什麼這就是我的命？憑什麼就不是他剋我？」淑妃哭著低喊。「你們總是擔心這個擔心那個，從來不把我當回事——」

秦老夫人跟著哭了。「妳是我身上掉下來的肉，我怎麼會不把妳當回事？那幾年妳爹為了妳，天天東奔西走，到處給妳打點，只想讓妳好過點。妳大哥拚了命考進士，妳兩個弟弟拚命學武……不都是為了給宮裡的妳多點支持，讓妳在宮裡好過些嗎？妳這樣說，置他們於何地啊……」

淑妃泣不成聲。「那你們為何都幫著他？為何不幫幫我？就算你們想擁立皇子，我還有嵂兒啊！」她想到了什麼，一把拽住秦老夫人。「對，嵂兒多好啊，他簡直就是福星降世，他一出生我便晉升妃位，他周歲我便開始協理宮務——」

「妳怎麼轉不過彎來?!」秦老夫人恨鐵不成鋼。「妳都生了兩個兒子了，又是早早跟著皇上的老人，升妃位不是理所當然嗎？再加上妳爹那幾年升任——」

「那都是我的嵂兒帶來的！」淑妃擦乾眼淚，斬釘截鐵地強調道：「那都是我的嵂兒帶來的福運。」

秦老夫人被噎住了，愣愣地看了她半晌，哭道：「妳這是被魘住了啊——」

筋疲力盡的秦老夫人拖著沈重的步伐回到秦府。

秦銘燁已然在大堂等著，看見她進門，急忙迎上來，連忙問：「怎樣，怎樣，臻兒還好嗎？」

臻兒，是淑妃的小名，全名秦臻是也。

跟在其後的秦家老大秦也仔細打量秦老夫人的臉色，眉峰便皺了起來。

秦老夫人神色懨懨地擺了擺手。「進屋說吧。」

秦銘燁察覺不對，攙著她進屋落坐，壓低聲音問：「可是有什麼問題？」

秦也直接摒退下人，親自端了茶水給秦老夫人，溫聲道：「爹，娘一大早便進宮，讓她先喝口茶潤潤嗓子。」

「誒，對對，是我疏忽了，妳先喝茶！」

秦老夫人接過茶盞，試著適口了便一仰而盡，剛將茶盞擱在几上，眼淚便下來了。「我這是造了什麼孽啊……」

秦銘燁父子倆嚇了一跳，忙一迭連聲問她什麼情況。

秦老夫人哭了會兒，抹掉眼淚，哽咽著將宮裡的情況說了一遍。

秦銘燁頹然坐倒在椅子上。「臻丫頭……都怪我，都怪我！」

「怎麼能怪你？」秦老夫人抹淚。「又不是你把她給送進宮裡的，她自個兒看上當時還是皇子的陛下，怪得了別人嗎？」

秦也神色凝重。「六殿下都九歲了，她怎麼還轉不過彎來？」

秦老夫人回想了下淑妃的執拗，搖頭。「你說她要是一直轉不過彎來，咱們的三殿下可怎麼辦啊？」

秦也遲疑。「淑妃再不懂事，也不至於刁難三殿下吧？」

「你那是沒見著她那模樣，」秦老夫人悲從心來。「她分明是已經魔著了，都快要把三殿下當剋星看待了，不刁難……在那宮裡，光是不刁難有何用……」

秦銘燁父子對視一眼。

秦也先開口。「那三殿下的親事……」

秦老夫人嘆了口氣。「她說了，如今這狀況正好，既然高門大戶的都看不上，就別往這些家裡使勁，給三殿下找些小家碧玉的盡夠了。」

秦銘燁父子無語。「……」

「不是。」秦也率先反應過來。「如今不是選不選高門大戶的問題，是沒有人家敢跟三殿下扯上關係。」

秦銘燁皺著眉頭。「如今京城這邊的人家怕是都想避避風頭，要不，咱們也緩一緩？」

「可轉年三殿下就十六了。」秦老夫人不贊同。

秦又也搖頭。「咱們等得起，就怕淑妃從中插一杠子，這娶妻娶賢，萬一……」他沒說徹底，在座的都能明白。

秦老夫人又開始抹淚了。「這可怎麼辦啊？」

秦銘燁嘆了口氣，背著手轉了兩圈，停下。「要不，咱們找京外的人家吧？上回老二不是推薦了一家嗎？是那什麼、什麼——」他敲了敲腦袋。「竟然記不住了！」

「是蕪山縣縣令的嫡長女！」秦又眼睛一亮。「也是禮部員外郎的姪女，我記著去年三殿下還給那小丫頭的哥哥送了賀禮，聽說是考上童生來著。」

秦老夫人也想起來了。「聽說還跟三殿下見過面了。」完了她又有些遲疑。「可我記得，那姑娘年歲還小啊……去歲說的時候，不是似乎才十一歲嗎？即便再過兩年，也太小了點。」

秦又不以為意。「聽老二家的說，那小丫頭活潑開朗得很，若是跟三殿下一塊兒，說不定能讓殿下開懷些。最重要的是，這丫頭才十一歲便能開店做生意，還會管家，以後能幫著三殿下打理後宅。」他撫掌。「若是人不錯，再多等一年也無妨。」

去歲十一，今年便是十二，再過三年便及笄了。三年，三殿下也將將十八歲而已。

秦老夫人猶自猶豫。「既然都是找外官家的姑娘，也沒必要遷就這祝家丫頭吧？」

秦銘燁點頭。「自然是這個道理，只是咱們也不認識什麼人家，這祝家先留著，回頭我們也多留意留意幾個別的人家。」

「是這個理。」

承嘉帝的子女年歲漸長。

先皇后早逝，僅留下一名公主，年十八，去歲下嫁京衛指揮使，目前有孕待產。

再下來，接連都是皇子。

時年十九的大皇子去歲開府成親，今年初還得了禮部閒差，日常除了探望其母妃安嬪，平日已較少出入後宮。

二皇子謝峸乃嫻妃所出，今年已十七歲，正在議親。

三皇子謝崢自不必說。近兩年他做了許多事情，惹來承嘉帝的青眼相待，甚至未及開府，便先得了人手，還能自由出入後宮，惹得諸位皇子吃味不已，尤其是謝峸。

因嫻妃、淑妃占了協理後宮的四妃之二，兩人所出的皇子謝峸與謝崢地位相當，又年歲相近，碰面機會多，即便謝崢平日都擺出冷臉，兩人仍是齟齬頗多。

謝崢這回受了傷，親事似乎也頗有波折，謝峸難得逮著這樣的機會，自然要跑過來探視一番。當然，名為探視，實則是酸了，想要過來嘲諷兩句罷了。

彼時謝崢正在書房裡與祝家丫頭聊天，聽見外頭動靜，順手便將紙張拽了揉成團扔進火盆，然後迎出去。

瞅見他，被安福攔住的謝峸沒好氣。「老三，你就養個小傷怎麼跟坐月子似的，大白天還躲屋裡不出門。」

謝崢沒搭理他的話，朝安福擺擺手，示意他退下，然後才淡淡道：「二哥撥冗前來，有何要事？」

謝峸笑咪咪。「這不是聽說你受傷了過來看看嘛。」招手，讓太監送上兩個長條木盒。「我也沒啥好送的，聽說你手頭拮据，就送你兩根上好人參，回頭你好好補補，可別為了省幾個錢，虧了身體。」

謝崢無言。「……」看來，「窮」這個標誌，得跟著他一段日子了。

既然如此……謝崢勾起唇角。「這人參貴重，二哥既然知道我手頭拮据，不如將人參收回去，換成銀兩給我吧。」

謝峸一頓。「……」

謝崢竟然承認沒錢，還跟他要錢？

等等，他也沒幾個錢啊，人參都是別人送的禮他收在庫房裡的，拿出來也不心疼，要是換成錢，他得給多少？

眼見謝峸呆立原地，謝崢拉下嘴角。「二哥莫非是不樂意？」

謝峸乾笑。「怎麼會……」

「還是說，二哥手頭也沒多少錢？」

謝峸氣結。「……」

老三這小子怎麼回事？何時變得這般不要臉的？

最後，好面子的謝峸不光留下兩根上好人參，還賠了三百兩——美其名曰，幫扶兄弟。

白得三百兩的謝崢心情愉悅地返回書房，提筆道：「謝了。」

正在習字的祝圓莫名其妙。「大白天夢遊呢！」

謝崢啞然。

唔……看來他不光要學習祝家丫頭的厚臉皮，還得將其懟人的功力發揚光大。

——未完，待續，請看文創風924《書中自有圓如玉》2

為流浪貓狗加油 和貓寶貝 狗寶貝 廝守終生(一定要終生喔!)的幸福機會

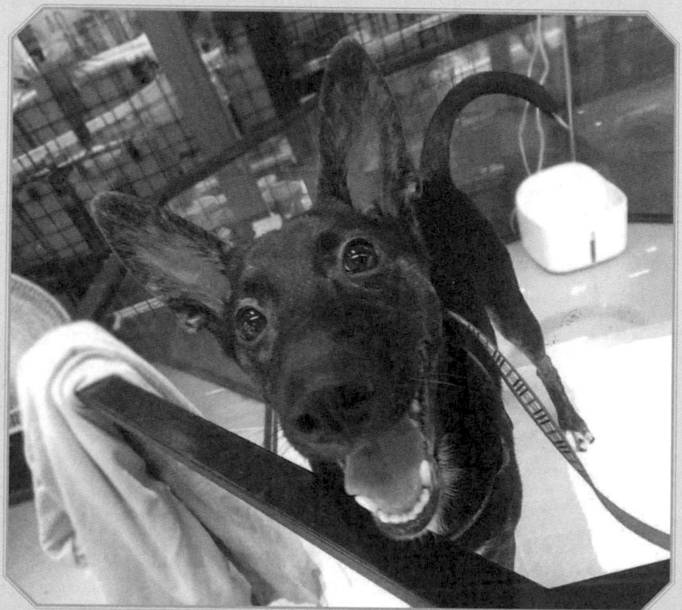

對人來說，貓寶貝狗寶貝只是生活的一部分，但妳(你)對牠們來說，卻是生活的全部，領養前請一定要考慮清楚——

▲ 動靜皆美的小公主 童童

性　　別：女生
品　　種：米克斯
年　　紀：8～10個月左右
個　　性：活潑好動
健康狀況：已完成三劑幼犬疫苗＆體內外驅蟲；
　　　　　犬瘟、腸炎、心絲蟲皆為陰性
目前住所：新北市新店區

本期資料來源：中途陳小姐

『童童』的故事：

胸前有一撮白毛的童童，曾於去年十一月初被認養，可惜中途只開心了一星期，因為領養人家中的貓咪無法接受童童，於是牠只好又回到中途家中，現在要再重新出發找新家～～

童童是隻貼心又靈動的小女生，一天二十四小時牠的蹤影總是會讓人備感溫暖。白天，牠活潑好動又愛講話，對於外面的世界總是充滿好奇心，一見有新鮮的事物都喜歡去探索一番、開懷大叫；晚上，牠化身暖暖包，會躺在人身邊陪睡，到了早上該起床的時間，甚至會用一個早安吻來喚醒你。

中途非常希望能幫貼心的童童找到幸福一輩子的家，所以若您是喜愛戶外活動的朋友，牠會是非常適合的良伴喔！不過領養前還請詳閱認養資格，勿因一時衝動而領養。如果決定好了，就請連絡中途周小姐LINE ID：valeria0901吧。

認養資格：

1. 認養人須年滿二十歲，若與家人同住，請先徵得家人或房東的同意，
   以免日後因家人或房東不同意的理由而棄養！
2. 不因工作、唸書、搬家、結婚、生育、移民、男女朋友分手而棄養童童，並要具備飼養寵物之耐心。
3. 童童尚在幼齡期，會因為長牙、換牙而咬家裡的東西，甚至關籠時有可能會該該叫，
   長大後是一般中型犬大小，這些成長過程若能接受再來領養喔！
4. 這時期的童童需要細心照顧，若工作繁忙、長時間不在家，不建議領養。
5. 須同意結紮，負擔晶片轉移費NT$100，並簽認養寵物切結書。
6. 須同意送養人日後之追蹤探訪，對待童童不離不棄。
7. 狗狗沒有健保，醫療費可能從幾千甚至到幾萬都有可能，請衡量自身能力與經濟狀況再來領養！

來信請說明：

a. 個人基本資料：姓名、性別、年齡、家庭狀況、職業與經濟來源等。
b. 想認養童童的理由。
c. 過去養寵物的經驗，及簡介一下您的飼養環境。
d. 若未來有結婚、懷孕、出國或搬家等計劃，將如何安置童童？

我的書櫃春意濃濃

牛角掛書好快樂

2021
過年書展
狗屋

2/1(8:30)~2/21(23:59)

Bang！新書75折

文創風 923-926 清棠《書中自有圓如玉》全四冊

文創風 927-929 橘子汽水《金牌虎妻》全三冊

Wow！舊作一樣精采

【72折】文創風870～922

【66折】文創風750～869

【49折】文創風594～749（加蓋 狗 正）

Yo！銅板價不買就虧大了 此區加蓋 狗 正

【70元】文創風001～593

【50元】花蝶/采花/橘子說全系列（典心、樓雨晴除外）

【3本20元】小情書全系列、Puppy1～300

【15元】Puppy301～546

清棠姊姊發紅包嘍！

《書中自有圓如玉》任1本＋文創風 872-874《大熊要娶妻》任1本

→ 即贈 紅利金 20元，買齊全套三冊就贈 紅利金 60元

※加購舊書1本贈紅利金20元，2本40元，最多可獲得紅利金60元

※以單筆訂單交易為主，限下次購書時使用

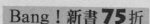

她不僅有貌還有才，當今世上要找個能與她旗鼓相當的女子，難也，
如此與眾不同的聰慧女子說要覓良婿，他頓時起了私心，想占為己有，
可她說男人有權會變壞，最好一輩子庸庸碌碌的，賺錢的事她來就好，
還說身分高了指不定怎麼欺負她呢，所以不用太努力求取功名，
這下可好，他一個有權有錢能力又好的皇子，該怎麼讓自己平凡點呢？

文創風 923-926 《書中自有圓如玉》全四冊

媽呀，她這是大白天的活見鬼了嗎？
好好地在自家書房抄縣誌，宣紙上卻突然浮現「你是何方妖孽」幾個字，
沒搞錯吧？她才想問問對方究竟是妖是鬼咧！
鼓起勇氣細問之下才知道，原來這人已經看她抄了半月有餘的縣誌，
問題來了，他們兩個普通「人」之間，為什麼會出現這種筆墨相通的狀況？
難道……是穿越大神特地贈送給她祝圓的金手指小禮物？
雖然不知這人的來歷，但能肯定對方是個男的，並且家世挺不錯的，
因為她提了水泥這東西，結果他真弄出來築堤、造路了，這來頭還能小嗎？
自此，所有來錢的事她都不吝跟她親愛的筆友分享，
直接跟他說多好，事成之後他還會分她錢呢，她這是無本生意，穩賺不賠啊！
而且兩人關係這麼好，她還託他調查一下家裡幫她相看的幾個對象，
模樣啥的都是其次，會不會喝花酒、有無侍妾、人品好不好才重要，
結果好了，他一下子說這個愛喝花酒、一下子說那個有通房了，
總而言之一句話——這裡頭就沒有一個配得上她的好人家！
於是她請他介紹，可到了相親之日，那對象卻成了他！這是詐騙兼自肥吧？

清棠出品，好作再推

文創風 872-874 《大熊要娶妻》全三冊

說起熊浩初這個人，林卉雖然沒見過，倒也是有所耳聞的，
傳言他有些凶……好吧，這是含蓄的說法，講白了就是這人風評極差！
據說，他年紀輕輕就殺過人，還上過幾年戰場，尋常人家皆不敢招惹，
本來他如何都不干她的事，可如今縣衙裡竟要把這頭大熊配給她當夫君？
原來本朝有規定，男弱冠、女十六就得成親，若無則由縣衙作主婚配，
這樣一號人物，即便剛穿越來的她膽子再大，也是有點心驚驚的，
但她才辦完雙親的喪事，不僅一窮二白還帶著個幼弟，不嫁人就得餓死，
何況她這個窮光蛋偏偏生了張招禍的美人臉，若不嫁，日後恐難自保，
既然自家這般條件他都敢娶了，她怕啥？正好抓這頭大熊來養家護嬌花！

橘子汽水　婦唱夫隨，富貴花開

左手生財，右手馴夫，
這穿越後的日子可有得忙了呀～～

文創風 927-929《金牌虎妻》全三冊

唉，一朝穿越就直接當人妻，丈夫還是被踢出家門、靠收保護費度日的失寵庶子，
本性不壞，但打架鬧事如家常便飯，根本像她養過的哈士奇，一日不管便闖禍！
幸好丈夫喬勐天不怕地不怕，就怕惹她生氣傷心，還有她那根聞名鄉里的家法棍，
關起門來懂得跪算盤認錯，她就不跟他計較了，定把他調教成有出息的忠犬，
從此街頭一霸變成唯娘子是命的妻管嚴，她馭夫的名聲在平江可是響叮噹啊～～
接下來還有更重要的事得做——喬勐口袋空空，以前收的保護費還不夠養家呢！
眼看喬家不肯給金援，打算讓他們自生自滅，再不想辦法賺銀子就要餓肚子了。
幸好前世她是精通雙面繡的刺繡大師，又擅長廚藝，乾脆用這兩樣絕活來掙錢吧！
孰料她準備一展身手之際，喬勐無端捲入傷人官司，縣令盛怒將他抓進牢裡。
她的生財大計豈能少他出力，如今禍從天降，她該怎麼替他解圍才好……

2021
過年書展
狗屋

姊姊 妹妹 扭一NEW，牛出一個好喜氣

抽獎方式

活動期間內，只要在官網購書並成功付款，系統會發e-mail給您，並附上抽獎專用之流水編號，買一本就送一組，買十本就能抽十次，不須拆單，買越多中獎機率越大

得獎公佈

3/10(三)於狗屋官網公佈得獎名單

獎項

經典獎	5名	創意天后莫顏最新力作《莽夫求歡》全一冊 電子書2月上架
新書獎	3名	《書中自有圓如玉》全四冊
	3名	《金牌虎妻》全三冊
狗屋獎	3名	紅利金 600元
	3名	紅利金 300元
	3名	紅利金 200元

過年書展 購書注意事項：

(1)請於訂購後**三日內**完成付款，最後訂購於2021/2/24前完成付款才算有效訂單喔！

(2)寄送時間：若欲在過年前收到書，請於**2/5前下訂並完成付款**。
2/6後的訂單將會在2/17上班日依序寄出。

(3)購書滿千元(含)以上免郵資。未滿千元部分：
郵資65元(2本以下郵資50元)／超商取貨70元(限7本以內)／宅配100元。

(4)特賣書籍因出書時間較久，雖經擦拭、整理，仍有褪色或整飾痕跡，故難免不如新書亮麗。
除缺頁、倒裝外無法換書，因實在無書可換，但一定會優先提供書況較良好的書給大家。
若有個人原因需要換書，需自付來回郵資。

(5)各書籍庫存不一，若遇缺書情形可選擇換書或退款。

(6)歡迎海外讀者參與(郵資另計)，請上網訂購或是mail至love小姐信箱(love@doghouse.com.tw)詢問相關訊息。

狗屋有權修改優惠活動的實施權益及辦法。

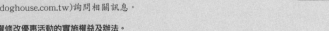

文創風
923

書中自有圓如玉 1

國家圖書館出版品預行編目資料

書中自有圓如玉 / 清棠著. --
初版. -- 臺北市 : 狗屋出版社有限公司, 2021.02
冊 ; 公分. --(文創風)
ISBN 978-986-509-180-4(第1冊:平裝). --

857.7　　109021488

著作者	清棠
編輯	黃淑珍　李佩倫
校對	周貝桂
發行所	狗屋出版社有限公司
地址	台北市104中山區龍江路71巷15號1樓
電話	02-2776-5889～0
發行字號	局版台業字845號
法律顧問	蕭雄淋律師
總經銷	知遠文化事業有限公司
電話	02-2664-8800
初版	2021年2月
國際書碼	ISBN-13　978-986-509-180-4

本著作物由北京晉江原創網絡科技有限公司授權出版

定價260元
狗屋劃撥帳號：19001626
網址：love.doghouse.com.tw　E-mail：love@doghouse.com.tw